Algunos días de febrero

Jordi Sierra i Fabra

Algunos días de febrero

INSPECTOR
MASCARELL
13

Papel certificado por el Forest Stewardship Council®

MIXTO
Papel procedente de
fuentes responsables
FSC® C117695

Penguin
Random House
Grupo Editorial

Primera edición: abril de 2022

© 2022, Jordi Sierra i Fabra
Autor representado por IMC Agencia Literaria
© 2022, Penguin Random House Grupo Editorial, S. A. U.
Travessera de Gràcia, 47-49. 08021 Barcelona

Printed in Spain – Impreso en España

ISBN: 978-84-01-02789-5
Depósito legal: B-3036-2022

Compuesto en Comptex & Ass., S. L.

Impreso en Black Print CPI Ibérica, S.L.
Sant Andreu de la Barca (Barcelona)

L027895

A Pep Munné

Día 1

Martes, 12 de febrero de 1952

1

Cuando Raquel había empezado a gatear, se dispararon las alarmas. Descubrir que los cajones se podían abrir y que dentro se escondían cosas de lo más excitantes hizo el resto. Le encantaba vaciarlos. Ahora que ya daba los primeros pasos era peor. Se caía una vez, y se levantaba. Se caía dos veces, y se levantaba. Se caía tres, cuatro, cinco... y se levantaba. Sin llorar. En sus ojos siempre había un destello de determinación a prueba de todo, especialmente de las posibles reconvenciones de Patro o de Miquel. Se los quedaba mirando como si pensara: «Ya, ya. Lo he captado. Pero voy a seguir». La parte de atrás de la mercería se había convertido en su territorio. Todas las cajas del almacén o la trastienda habían tenido que subir a las alturas y ser repartidas por los estantes. Lo mejor de todo, aparte de lo mucho que dormía, era que no lloraba ni gritaba. Miraba. Con los enormes ojos heredados de su madre.

Patro solía decirle a Miquel:

—Se parece a ti cuando tienes algo entre ceja y ceja.

Y él se reía.

Roger había salido más a Quimeta.

Como si el destino hubiera repartido el juego.

La mañana era fría. Parecía como si las parroquianas no quisieran salir de casa. Tres en una hora, con un gasto irrisorio de doce pesetas entre todas. El cielo amenazaba lluvia, pero con el termómetro tan bajo igual se convertía en nieve. Patro, de pie junto a la puerta, miraba la calle con los brazos cruzados mientras Teresina se lo tomaba con calma leyendo el ejemplar del mes de la revista *Lecturas*. Su empleada pagaba con gusto las siete pesetas porque se la leía de cabo a rabo. Decía que así se enteraba de la vida y milagros de aquellas y aquellos que luego veía en las películas.

Bueno, lo de empleada...

Teresina ya casi era de la familia. Podía llevar la tienda ella sola y, a veces, lo hacía. Había crecido. Incluso hablaba de casarse con el novio antes de lo que las circunstancias mandaban, aunque les aseguraba que no dejaría el trabajo.

—Me pregunto si esta gente también tendrá sabañones. —La oyó suspirar mientras pasaba las páginas de la revista con fotografías del irreal mundo situado más allá de lo cotidiano.

Se volvió hacia ella.

—¿Te imaginas a Clark Gable o a Marilyn Monroe con sabañones?

La cara de Teresina lo dijo todo.

—No, ¿verdad?

—Más que nada porque viven en ese lugar, Hollywood. Allí hace calor todo el año. Tienen hasta palmeras.

—Yo creía que solo había palmeras en África.

—Y en Elche —bromeó Patro.

Abandonó la puerta para ir a echarle un vistazo a Raquel, pero ésta se abrió inesperadamente, como si la parroquiana se hubiera materializado de pronto al otro lado. Patro se volvió tanto por el ruido como por la ráfaga de aire helado que se coló por el hueco.

La reconoció al instante, y la aparecida a ella.

—¡Dalena!

En realidad era Magdalena, pero nadie la llamaba así. Magdalena Costa, tan guapa como siempre, tan llamativa y espectacular como en los años que habían compartido el oficio más viejo del mundo. Aun en pleno invierno y aterida de frío, no podía ocultar su belleza y sensualidad. Porque Dalena era más que guapa. En el Parador del Hidalgo los hombres la deseaban nada más verla. Siempre había tenido un algo de mujer fatal, ojos turbios, boca grande de labios carnosos, un cuerpo moldeado por una mano celestial.

A fin de cuentas, vivía de eso.

Y por esa razón Dalena era su nombre de guerra.

Fue la recién llegada la que reaccionó primero. Se le echó encima y la abrazó. La abrazó muy fuerte, temblando, y ya no de frío.

—Patro... —le susurró al oído con emoción.

Se quedaron así, unos segundos, bajo el silencio.

Patro hizo memoria. La última vez que la había visto fue en el 47, cuando, ya con Miquel, dejó «el trabajo», la prostitución, el Parador del Hidalgo y su pasado marcado por la guerra y el hambre prolongadas por aquella larga y oscura posguerra. Ni siquiera recordaba haberse despedido de ella. No se había despedido de nadie. Eran lo que eran. Carne. Solo carne. Mercancía en venta. Los sentimientos quedaban siempre al margen. Las chicas del Parador no eran amigas, solo se conocían.

Aunque Dalena sí había sido algo más.

—¿Cómo estás, cariño?

—Bien, bien —susurró Patro—. ¿Cómo me has encontrado?

Se separaron apenas un palmo. La aparecida seguía sujetándola por los brazos, aunque acabó cogiéndole las manos para no perder el contacto físico. No llevaba guantes, así que las tenía muy frías. Estaban cara a cara y era como si se levantara un espejo entre las dos. Los matices contaban. Patro vio las leves arrugas en las comisuras de los labios y los ojos, la sensación de cansancio flotando en las pupilas, la piel tan blanca que parecía no haber sido bañada jamás por el sol en contraste con el rojo de los labios. El espejo era tan transparente como reflectante.

—He ido a tu casa —dijo Dalena—. Recordaba que vivías en esa esquina de Gerona con Valencia. La portera me ha dicho que trabajas aquí.

—Soy la dueña.

Se arrepintió casi al momento de habérselo dicho.

Más que una revelación, había sonado a defensa.

Orgullo.

—¿La dueña? —Alzó las cejas Dalena.

—Han pasado muchas cosas.

—Ya veo —asintió sin abandonar su sorpresa. Y al presionarle las manos, en un gesto de empatía, notó el contacto del anillo en el dedo anular de la mano izquierda. Ni siquiera lo tuvo que comprobar. Lo que expresó entonces fue asombro—. ¿Casada?

—Sí.

—¡Ay, Dios, Patro! —Fue como si se derritiera—. ¡Me parece que me has de contar muchas cosas!

—Ven.

La hizo pasar al otro lado del mostrador. Teresina miraba a la visitante con atención. De hecho, era la primera amiga de Patro que conocía. Dalena la saludó con una leve inclinación de cabeza. Cuando llegaron a la trastienda, lo primero que vio fue la cuna en la que dormía Raquel.

El asombro ya no tuvo límites.

—¿Es... tuya?

—Sí.

—¡Pero bueno...! —Bajó la voz para no despertarla—. ¡Qué cosita tan rica!

Se quedó junto a la cuna, mirando aquel milagro. Raquel dormía despatarrada, con los brazos abiertos. Su piel rosada era un golpe de color en la penumbra del lugar. Patro observó a su excompañera. Era como si la viera derretirse.

Ninguna prostituta hablaba de ser madre, porque si quedaba embarazada, era por un cliente.

—Así que encontraste a quien te retirara —dijo envolviendo en un suspiro cada palabra.

—No —replicó Patro—. Me retiré yo antes.

—¿Cómo es eso? Un día desapareciste sin más, y nadie supo nada de ti.

—Vamos, siéntate. —Le ofreció una silla mientras ella ocupaba otra—. ¿Qué quieres saber?

—¡Todo! ¿Te parece poco? ¡Apenas han pasado cuatro años y medio y te encuentro casada, madre y con un negocio!

Patro intentó parecer normal.

Después de todo, quizá lo fuera.

—En el 39, justo antes de que las tropas de Franco entraran en Barcelona, un hombre me salvó la vida. Fue el primero que me trató bien en aquellos días... años. Yo era una cría, tenía dos hermanas pequeñas. Tuve que venderme para darles de comer... Bueno —hizo un gesto de dolor—, eso ya da igual. Sucedió y punto, no trato de justificarme. —Retomó la historia—. En 1947 ese hombre salió del Valle de los Caídos, indultado después de haber sido sentenciado a muerte.

—¿Tenía delitos de sangre?

—Era inspector de policía.

—¿Un poli? —Saltó como si la palabra le quemara.

—Miquel era la mejor persona del mundo, un hombre honrado, Dalena. —Sus ojos se llenaron de amor y paz—. ¿Sabes lo que es dar con un hombre honrado en estos días? —Continuó sin esperar respuesta—. Nos reencontramos de manera casual. Él acababa de quedar libre, no tenía a nadie. Su hijo Roger había muerto en el Ebro y su mujer, Quimeta, de cáncer justo al acabar la guerra, antes de que lo detuvieran. Pasó algo que nos unió, eso es todo. Me había salvado la vida una vez y volvió a hacerlo. Le ofrecí vivir conmigo, alquilarle una habitación, supongo que primero por lástima, porque me sentía moralmente obligada. Por un golpe de suerte consiguió un poco de dinero y él me lo dio todo con la condición de que dejara el oficio. Luego, con el roce...

—Os encamasteis.

—No lo digas así —le reprochó—. Nos enamoramos, los dos.

—¿Le quieres, en serio?

—Mucho, Dalena. No sabía lo que era el amor hasta que apareció él.

—Pero será mayor.

—Sí, tiene más del doble de mi edad. ¿Y qué? ¿No nos acostábamos incluso con hombres viejos?

—¿Y él? Menuda suerte encontrarse con una mujer joven y guapa como tú, ¿no?

—Es una larga historia. En parte se enamoró de mí la primera vez que me vio, en enero del 39. Yo estaba desnuda en un balcón, iba a tirarme abajo. —Se detuvo porque no quería hablar de ello—. Esa imagen mía le acompañó siempre y dice que hasta le ayudó a sobrevivir durante aquellos ocho años y medio en que estuvo preso con la amenaza de que se cumpliera su sentencia, porque yo representaba la esperanza, el futuro. Una vez libre, sin nada y sin nadie, de vuelta en una Barcelona que ya ni reconocía... Sí, yo era joven y guapa, pero también ejercía la prostitución. ¿Y sabes algo? Nunca ha dicho nada, ni un reproche. Incluso diría que me ama de una forma... —Hizo una pausa antes de agregar—: Dalena, te juro que soy la mujer más feliz del mundo. Y encima, ahora, con mi niña... Eso ha sido un regalo, ¿entiendes? Me siento incluso en paz con mi pasado; porque, aunque fue duro y me marcó, a veces demasiado, en el fondo no ha sido más que un camino que me ha llevado hasta aquí.

—Hija, lo tuyo parece una película. —Sonrió Dalena.

—Tuvimos que casarnos porque en la escalera había rumores. Mujer joven, hombre mayor, y siendo él un preso indultado... Mejor hacer las cosas bien. Pero ¿qué quieres que te diga? A mí me parece el hombre más guapo del mundo, tan interesante y pausado...

—Después de haber estado con tantos...

—Precisamente por eso. Puedo saberlo, ver la diferencia. La edad asusta tanto o más que lo que tuvo que soportar preso, pero es tierno, dulce, el mejor padre. —Se miró el anillo de casada extendiendo los dedos sobre su rodilla—. Te diré algo: yo nunca había tenido un orgasmo. Nunca. No sabía lo que era eso, supongo que porque la primera vez aún era una cría. Fingía y nada más. Con él tuve el primero, y todos los demás cada vez que lo hacemos.

—Me estás dando una envidia...

—¡No! —Alargó la mano y atrapó la de Dalena—. Solo te pongo al día. Tú has preguntado. Somos dos personas con heridas, pero juntos hemos hallado la paz.

—¿Dónde está ahora?

—Tiene sus cosillas. No es de los que paran quietos ni sirve para estar sentado en casa o vendiendo hilos y agujas aquí.

Dalena llenó los pulmones de aire.

—Un policía y una...

—Puta. Dilo.

—No, mujer.

—Es la verdad. Todos pagamos el precio de esa maldita guerra. Cada uno a su manera.

—¿Cómo se llama? —Señaló a la durmiente.

—Raquel, por mi hermana muerta. La otra se casó y vive fuera de Barcelona. Ella también sabe que hice lo que hice para darles de comer.

—En el Parador eras de las favoritas, de las más guapas, no por exuberante, sino por tu encanto. Sigues pareciendo una niña. ¡Anda que no se notó ni nada tu ausencia!

—¿Tú sigues...?

—¿Trabajando ahí? —Hizo un gesto evidente—. ¡Pues claro! Al menos hasta hace poco. Es el mejor lugar si quieres algo con clase. Sabes que no todas podemos entrar en un sitio como ése.

—Te veo bien, y muy guapa —dijo Patro.

—Tú sí lo estás. Tienes un brillo especial. Y pareces tan distinta...

—Lo soy.

—Yo espero estar como tú. —Se echó para atrás en la silla, relajándose ya más distendida—. También he encontrado a mi hombre. Bueno, al menos al que va a retirarme, porque a mi edad... Sabes que pasados los treinta hay que competir con la carne fresca que llega, chicas de veinte años, o menos, dispuestas a comérselo todo. En el Parador ahora soy de las más veteranas, ya ves.

—¿Y eso de que has encontrado a tu hombre...?

—No solo lo he encontrado, sino que también voy a casarme, Patro.

No quiso ser o parecer grosera, pero le salió del alma.

—¿Qué?

—¿Tan extraño te resulta? ¿No es lo que todas esperamos?

Patro iba a decir algo, pero ya no pudo. De la tienda hacía un par de minutos que les llegaba el rumor de una conversación. Teresina metió la cabeza por el hueco de la puerta, interrumpiéndolas. Se dirigió a su jefa.

—¿Puedes venir un momento?

Patro se levantó y salió al pasillito. Teresina no hizo ademán de volver a andar. Bajó la voz para decirle:

—Es la señora esa del moño, la que viene cada día. Pregunta por Raquel.

—Parece una atracción turística. —Resopló Patro—. ¿No has notado que viene más gente desde que la tenemos aquí?

—Claro, todas quieren verla. Y como les sonríe y es así de zalamera, que sería capaz de irse con cualquiera que la coja... Tendría que estar siempre en la sillita sobre el mostrador.

Reemprendieron la marcha.

Cuando la señora del moño las vio aparecer sin Raquel, expresó el pesar que la embargaba con un expresivo:

—¡Oh! Debe de estar dormidita, ¿verdad? Bueno, a ver si me paso luego y la veo, ¿eh?

2

Regresó a la trastienda y se encontró a Dalena de nuevo asomada a la cuna en la que dormía Raquel. Le acariciaba la mejilla con un dedo, suavemente. La uña pintada de rojo contrastaba con la seda rosada de la piel del bebé. Patro se sentó en la misma silla de un momento antes y esperó a que su reaparecida amiga hiciera lo mismo.

Más que sentarse, sin embargo, lo que hizo ella fue dejarse caer de forma pesada sobre la madera. Vestía un traje de chaqueta de tono oscuro, no lo bastante grueso para el frío que hacía. Patro se dio cuenta, por primera vez, de que no llevaba abrigo. Algo en su figura, sus gestos, su comportamiento y la forma de hablar, denotaba cierta urgencia y desazón.

Dalena no estaba allí para hacerle un cumplido o una visita de cortesía.

Lo comprendió de pronto.

—Me estabas contando que ibas a casarte. —Inició la segunda parte de la conversación.

—Sí, y por esa razón he venido, Patro. Te juro que no sabía a dónde ir ni a quién recurrir. Yo... necesito tu ayuda, ¿entiendes?

Habían pasado cuatro años y medio.

Y reaparecía para pedirle ayuda.

Patro esperó.

—¿Te extraña? —quiso saber Dalena.

—No. —Lo dijo tranquila—. Cuéntame de qué se trata.

—Tú conocías a Dimas.

El nombre le golpeó la razón.

Ahora sí regresó al pasado.

—¡No me digas que sigues con él!

—Sí —asintió Dalena—. Sigo con él, y por eso estoy muerta de miedo.

—¿Vas a casarte... pero sigues con Dimas? —Quiso dejarlo claro Patro.

—Dios... —Dalena se llevó una mano a los ojos—. Es complicado, ¿verdad?

—Insólito, aunque imagino que tendrás tus razones.

—Tengo la oportunidad de dejar esta vida, y hacerlo justo a tiempo. —Hablaba con un deje trágico, envuelta en esperanza, pero bajo el peso de un miedo invisible que la atenazaba—. Sé que debí dejar a Dimas hace tiempo, pero...

—Si es el mismo Dimas que yo recuerdo, no era alguien a quien se pudiera dejar.

—Es el mismo —le confirmó Dalena—. Y yo le quiero... le quería, no sé. Es difícil de explicar. No es el mejor hombre del mundo y sin embargo... —Volvió a pasarse la mano por los ojos, no porque fuera a llorar, sino porque le pesaban—. Las cosas del corazón son así, ¿no crees? Él me dejaba trabajar, no se metía...

—Era tu chulo, Dalena.

—No digas eso —exclamó con dolor.

—Vivía de ti, y creo que todavía debe de hacerlo.

—También tiene sus cosas, sus chanchullos. Sigue igual que entonces, sobreviviendo. —Dejó de esforzarse por convencerla—. Mira, Patro, no digo que sea la mejor vida ni la mejor relación, pero nos hemos apañado todos estos años. Lo que pasa es que... bueno, no soy tonta. Entiendo que lo nuestro no iba a ninguna parte. Eso si no acababa en la cárcel, por listo que sea y lo haya evitado siempre. —Lanzó un suspiro—.

Ya te digo, con treinta y tres años, comparada con las nuevas del Parador, me quedan cuatro polvos antes de terminar en el Raval.

—¿Y tu pretendiente?

—A eso iba. —Cabalgó una pierna encima de la otra y puso las dos manos unidas sobre el muslo—. Se llama Domingo, tiene cuarenta y cinco años, soltero, con una buena posición...

—¿Cuarenta y cinco y soltero?

—Tiene una explicación. Ha vivido con su madre, una mujer de armas tomar. La clásica matriarca celosa de cualquiera que se acercara a su hijo. Lo quería para ella, lo controlaba; no podía salir con ninguna mujer, al menos oficialmente, sin que a su madre le diera un desmayo o un ataque. Ninguna era lo bastante buena para él. Lo tenía en un puño. Y, encima, Domingo se desvivía por ella, la tenía en un pedestal. No me preguntes más porque cada cual sabe los líos que tiene de puertas para adentro con la familia. Yo tampoco soy quién para juzgarle. La única forma que tenía Domingo para aliviarse era con prostitutas. —Quiso dejarlo claro—: Es un hombre, tiene sus necesidades. Frecuentó el Parador, era elegante, amable, simpático, extrovertido, generoso con las propinas... Eso sí, de gustos exquisitos. Las quería jovencitas, inexpertas, para enseñarles. Hasta que hace seis meses una tarde me encamé con él y vio el cielo. Las jovencitas aprenden, y aprenden rápido, pero yo soy una mujer. —Levantó la barbilla con orgullo—. Y una profesional. Sé la Biblia en verso. Ya no quiso a otras. Al principio me hacía gracia, incluso jugaba con él. Es de los rápidos, ya me entiendes. Se corre a la que jadeo, le digo alguna cochinada o me muevo. —Volvió a suspirar—. Como te digo, para él ya no hubo otra más que yo. Y ya entonces me decía que, si no fuera por su madre, se casaba conmigo. La primera vez no te lo crees, pero si lo repite y lo repite... Yo me reía. ¿Creerle? ¿Cómo iba a creerle? ¿Cuántos nos han dicho lo mismo en plena noche de pasión o mientras gritan y gritan al venirse? Sin embargo, ya ves: su madre murió hace dos meses. Para mí dejó de ser una broma. Hablaba en serio. Incluso le importaba una mierda el luto, tenía prisa. Ya no quería que otros me tocaran. «Eres mía», decía. «Eres mía y de nadie más». Lo único que no hacía era llevarme a su casa, por los vecinos y el buen nombre de la familia estando la madre recién difunta. Yo le dije que me casaría, que le amaba y que sería muy duro esperarle mientras siguiera viviendo en mi casa, en un lugar en el que todos me conocen. Eso le alarmó. Quería tenerme a salvo. Así que ayer, de pronto, en uno de sus habituales ramalazos de generosidad, me dio dinero para que me fuera de casa dispuesta a empezar una nueva vida donde nadie me conociera, hasta que pudiéramos casarnos. Dinero para asegurarme paz y tranquilidad. Me sugirió lo de la pensión para así poder vernos también sin impedimentos, ya que es un sitio donde le conocen y hacen la vista gorda.

—¿Hablas de mucho dinero?

—Suficiente. Y no le mentía en lo de irme de casa, no solo por Dimas, para acabar de una vez con eso. En la calle donde vivo me conocen, claro. Demasiado. Ayer me instalé en una pensión, sí. Lo malo es que no me dio tiempo a llevarme nada de casa. No podía hacer una maleta y que, de repente, entrara Dimas y me sorprendiera. De hecho... estaba muy asustada, Patro. Mucho. Habría tenido miedo incluso estando sola. Ni siquiera lo pensé. Tenía el dinero, me cegué y ya no volví. Fue algo inesperado, intuitivo y visceral.

—¿Te fuiste con lo puesto?

—Sí.

—¿Y tus cosas?

—Tengo miedo de ir a por ellas.

—¡Jesús, Dalena!

—¡Lo sé! —Se agitó—. ¡Llámame irresponsable, loca, lo que quieras! ¡Domingo es mi oportunidad, pero Dimas...!

—¿Crees que te puede hacer daño?

—Sí —afirmó de manera rápida.

—¿Sabe algo Dimas de Domingo?

—Lo justo.

—¿Cómo que lo justo?

—Cuando dejé de ir al Parador y solo lo hacía con Domingo, tuve que contárselo.

—¿Y...?

—Nada. —Se encogió de hombros—. Incluso dijo que «mejor uno que cien». Si pagaba por cien... Dimas siempre ha ido loco detrás de cualquier peseta que pudiera afanarse. Eso de que tuviera un cliente rico que me quería solo para él le sonó a gloria. Lo primero que me preguntó era cuánto creía yo que podríamos sacarle.

—¿Podríamos?

—Sí, en plural. Siempre me ha tenido así como muy segura.

—¿Y dices que no es tu chulo?

—Patro, por favor...

—Perdona. —Hizo un gesto con la mano—. ¿Le contaste a Dimas que Domingo quería casarse contigo?

—Lo hice, sí. Y se echó a reír. Me dijo que «así se hacía», que eso era «trabajarse bien la mercancía». Para Dimas, Domingo era el clásico pardillo. Sin embargo, viendo cómo iban las cosas, que me sacaba del Parador y todo eso, empezó a creérselo. Una noche, medio borracho, llegó a decirme que si me casaba con él y luego sufría un accidente, todo sería para mí, es decir, para nosotros.

—No creo que estuviera medio borracho —apuntó Patro.

Dalena se vino un poco abajo.

—¡Lo sé, lo sé! —gritó ahogadamente para no despertar a Raquel—. ¡Por eso tengo tanto miedo! Esta noche, sola, en la pensión, le he dado muchas vueltas en la cabeza a todo. ¡Me he ido de casa sin avisar! ¡Loca, loca, sí! ¡Pero es que Domingo es mi oportunidad! ¡La única que tendré en la vida para ser una mujer decente y respetable, como tú! —Señaló el anillo de casada con una mano y a Raquel con la otra—. Yo aún puedo ser madre también, Patro. Solo me ha faltado verte a ti.

—Tendrías que haberte enfrentado a Dimas.

—¿Cómo? —Le mostró las palmas desnudas.

—¿Piensas que te dejará ir sin más, que no te buscará?

—Necesito tiempo, nada más. Domingo sabrá qué hacer llegado el momento, cuando le cuente el problema y le hable de Dimas.

—Espera, espera. —Frunció el ceño—. ¿Domingo no sabe nada de Dimas?

—¡No!

—¿Nunca lo habéis hecho en tu casa?

—¿En un cuchitril como el mío, con alguien como Domingo? ¡No! —Se inclinó hacia delante, para dar más vehemencia a sus palabras—. Patro, Dimas me dijo más de una vez que si lo dejaba me daría una paliza y me haría una cara nueva. Y hablaba en serio. No es excesivamente violento, pero sé que hablaba en serio. Llevamos seis años juntos. Eso es mucho tiempo. La gente acaba acostumbrándose el uno al otro. Por eso ayer, con el dinero de Domingo en la mano, en lo único que pensé fue en ponerme a salvo. ¡No tuve valor para enfrentarme a Dimas, ni creo que vaya a tenerlo ahora mismo! Lo malo ha sido despertar esta mañana, el ataque de pánico... —Se llevó las manos a la cara y se dobló aún más hacia delante—. Me fui con lo puesto y nada más, Patro.

—Déjalo todo. No vuelvas. Puedes comprarte ropa nueva.

—Mi vida está allí, ¿no lo entiendes? —Bajó las manos y la miró con los ojos extraviados—. Nunca he tenido gran cosa, pero los recuerdos, las fotos de mi familia... No quiero perderlo, ¿sabes? Sería como arrancarme... No sé.

Patro buscó un poco de serenidad en la crispación del momento.

Todavía no comprendía qué quería Dalena de ella.

—¿Estás segura de que Domingo va en serio?

—Sí, lo estoy. —Fue categórica.

—¿Y Dimas?

—Cuando me case con Domingo sé que no se atreverá a tocarnos, no es tonto. Domingo tiene contactos de altos vuelos y, pese a lo de su madre, es hombre de mundo. Pero mientras tanto... Dimas sí es capaz de todo, puede darle un pronto y reaccionar mal, lo que sea.

—¿Y pegarte?

Dalena se estremeció.

—Sí —admitió.

—Entonces ¿qué vas a hacer? —Hizo la pregunta esencial.

—Pensaba que podría quedarme contigo un par de días, para no estar sola. Ganar tiempo, ya sabes.

Fue un golpe.

Patro intentó no acusarlo.

—¿Quieres esconderte en mi casa?

—Por favor. Aunque antes...

—¿Antes qué? —Se envaró.

—¿Podrías ir a mi casa a por mis cosas?

La primera petición había sido inesperada. La segunda la desarboló por completo. Se la quedó mirando, con su traje de chaqueta, sin abrigo ni guantes. Por un lado, era una mujer asustada. Por el otro, una persona a la que la vida acababa de abrir una puerta y no estaba dispuesta a dejar de cruzarla.

Podía entenderla.

Casi.

—¿Y qué le digo a Dimas?

—No, por las mañanas no está nunca. El problema es que si voy yo y alguien me ve salir con una maleta...

—Cuando llegue, él verá igualmente que te has llevado tus cosas.

—Dimas es alguien en la calle, y en el barrio. A mí también

me conocen de sobra. ¿Y si me siguen? Aunque no es solo eso. —Unió las manos con tanta fuerza que se le blanquearon los nudillos—. Es... el miedo a entrar en la casa. Temo bloquearme, no poder volver a salir. Ayer, cuando tomé la determinación, veía las cosas muy claras. Esta mañana es distinto. —La miró suplicante—. A ti te será fácil, Patro. Te digo dónde está lo esencial. Tardarás cinco, diez minutos. Nadie va a reparar en ti.

—Me pones en un compromiso —insistió ella.

No lo esperaba.

O tal vez sí.

Dalena lo dijo entonces, como si le disparase un cañonazo en el pecho.

—¿Un compromiso? ¿Te recuerdo que yo fui a la cárcel por ti?

3

Al entrar en el portal, Miquel no tuvo más remedio que sacarse las manos de los bolsillos del abrigo. Las tenía calentitas. Aun así, abrió y cerró los dedos, para que no se le acartonaran con el cambio de temperatura. En días fríos como aquél, casi lamentaba no llevar sombrero. Por suerte, todavía le quedaba cabello. No estaba calvo como la mayoría de los hombres de su edad.

Su edad.

De no ser por Patro, creería que tenía más de cien.

Llamó al timbre de la puerta del despacho de David Fortuny, y ya no hizo un segundo intento porque, al no escuchar ningún ruido al otro lado, dedujo que el detective no estaba allí. Subió hasta el piso, despacio, sin cansarse demasiado, aunque llegó resoplando un poco. Las manos seguían calentitas, pero los pies, a pesar de los calcetines gruesos, estaban helados y las rodillas acusaban también lo gélido del ambiente. Por alguna razón había odiado siempre febrero. Solía ser el mes con las temperaturas más bajas del año, y aunque era el más corto, se le hacía eterno, a la espera de marzo y la promesa de la primavera.

En el Valle había creído morir de frío más de una vez, especialmente los primeros dos o tres años, antes de convertirse en un autómata y acostumbrarse a todo. O casi.

Ocho años y medio de febreros a la intemperie y trabajando en aquella monstruosidad.

Sin olvidar los veranos, capaces de fundir a cualquiera.

Llamó al timbre del piso del detective.

Ahora sí, al otro lado oyó movimiento.

—¡Voy!

La voz de Amalia.

¿Allí, a esa hora, un martes por la mañana?

Se abrió la puerta y la vio al otro lado, en bata, el cabello un poco revuelto y sin maquillar. La mortecina luz de la bombilla del recibidor le confería un halo de discreción que no empañaba su poderío de mujer abierta y de franca belleza femenina. Los ojos le dijeron que se alegraba de verlo. Los labios, al sonreír, más.

—Hola, socio —lo saludó—. Buenos días.

No venía mal un poco de buen humor. A pesar de lo cual, mientras entraba, Miquel chasqueó la lengua.

—Menos coñas —dijo.

—¡Uy! —Cerró la puerta—. ¿Estamos como el clima?

Ayudaba a David en la agencia, «para hacer algo y no aburrirse», como decía Patro. Pero de ahí a ser su «socio»...

Tampoco tuvo tiempo de rebatírselo.

—Espere, espere, no se quite el abrigo —le pidió Amalia antes de llegar al comedor.

—¿Ah, no? ¿Por qué? —Miró pasillo arriba—. ¿Y David?

Amalia se cruzó de brazos.

—Tiene la gripe.

—¿En serio?

—¿Se extraña? Con este frío... Ayer empezó a titiritar, le dolían los huesos, las articulaciones, los músculos... Por la noche se puso a treinta y ocho y medio. Ahora le ha bajado un poco y acaba de hacer vahos, porque obediente sí es. Pero será mejor que no entre en la habitación, porque como la pille usted será peor.

Solo le faltó decir «a sus años».

—¿Y usted qué?

—Yo no he estado enferma en mi vida —se jactó ella.

Miquel dejó escapar un chorro de aire.

—Pues la gripe es cosa de una semana o diez días. Lo malo es que te deja hecho polvo otras dos semanas.

—Dígaselo a él, que está que se sube por las paredes.

—Lo siento. —Fue sincero.

—Me ha dicho que se ocupe usted de la agencia.

No era un chiste.

La miró con cara de póquer.

—¿Yo?

—Ya le he insistido a David recordándole que usted no puede figurar ni dar la cara; que como pase algo y le pillen haciendo de detective sin licencia vuelve a la cárcel. Pero también ha insistido él. Dice que no podemos estar parados tantos días.

—¿Tantos días? —Lo proclamó con sorna—. Llevamos una semana sin un mal cliente, salvo la señora de ayer. Es como si el frío lo hubiera congelado todo. Además, no voy a pasarme el día abajo, en el despacho, esperando a que venga alguien, y luego ponerme a trabajar yo solo.

—Soy la mensajera, nada más. —Amalia levantó las dos manos, como si la apuntara con un revólver—. Según David, si los clientes ven la agencia cerrada, se van a otra parte y los perdemos.

—Pero ¿qué película de Hollywood se ha montado, por Dios? —rezongó—. Ni que tuviéramos clientes fijos. Que yo sepa, al menos en estos meses que hace que le ayudo, nadie que le haya contratado ha vuelto. Amalia —hizo un gesto de cansancio—, sabe que bastante hago metiéndome en líos a mis años, y aunque refunfuñe siempre, no deja de gustarme lo justo seguir activo, mantener vivo al policía que fui y, en parte, no he dejado de ser. Pero de ahí a convertirme en un burócrata sentado detrás de una mesa esperando que alguien llame a la puerta... Eso no es lo mío. Prefiero estar en casa con mi mujer y mi hija.

—No, si lo entiendo —aseguró ella—. Podría hacerlo yo. Tomo nota y luego le paso a usted lo que sea para que investigue.

—¿Solo?

—Bueno, siempre dice que prefiere hacerlo así. Como lo de ayer, ¿no? —Reaccionó al recordarlo—. Por cierto, ¿cómo le fue?

—Bien. Fácil. Le podemos asegurar a la señora que su marido no la engaña ni tiene una querida. Más bien al contrario. Resulta que el tipo va a clases de baile, con una profesora particular.

—¿En serio?

—El hombre está enamorado de su mujer. Y mucho. Pero es un patoso y ella en cambio muy bailonga. Al parecer, siempre se ha sentido mal por eso. Ahora van a cumplir veinticinco años de casados y quería darle una sorpresa mayúscula: llevarla a un club de los buenos y bailarlo todo, la noche entera. Por este motivo aprendía. Era su regalo de aniversario.

Amalia tenía los ojos muy abiertos.

—¡Qué tierno!

—Ya ve.

—Lo malo es que ahora, cuando le contemos que su marido es un santo y la adora, desvelaremos la sorpresa.

—También.

—Bueno. —Sonrió—. Se quedará tranquila y el día del baile tendrá que fingir.

Miquel se la quedó mirando. Era una de las personas más enteras y positivas que conocía. A veces trataba de imaginársela en brazos de Fortuny y todavía le costaba. Agua y aceite. Una potente viuda comunista y un pequeño fascista-oportunista superviviente de sus propias guerras.

La suma de factores de la larga posguerra española.

Recordó la pelea entre ellos de un mes antes, cuando le recomendó a David que le comprara flores y, aunque a regañadientes, él le hizo caso.

Agua y aceite, pero se necesitaban.

O, como decía ella, «me da pereza buscarme otro a estas alturas».

—Yo ya estoy. —Se encogió de hombros volviendo a la realidad—. Dígale que he venido.

—Sabe que estamos hablando. Ha oído el timbre y ha dicho que probablemente sería usted. Escuche. —Le puso una mano en el brazo para retenerlo un instante más—. Si voy abajo y llega un cliente, ¿le tomo nota?

—Hágalo, claro. Me llama a la mercería y lo vemos.

—Es usted...

—Un santo, sí.

—Iba a decir un buen amigo, pero si lo prefiere...

—Me gusta más lo de buen amigo. De santos ya hay demasiados llenando las iglesias. —Levantó la voz para hacerse oír por el enfermo y gritó—: ¡David, si se muere no me deje la agencia! ¿De acuerdo?

Un gemido de ultratumba se esparció por el piso.

—¡Aaaaaah...!

—¡Bien, ya veo que está animado!

Amalia ahora le dio un golpe en el antebrazo con la mano abierta.

—¡No sea cruel, que lo está pasando mal! —Se lo reprochó sonriendo.

Volvió a escucharse el gemido.

—¡Hala, déjese mimar, y cuidado si tiene fiebre! ¡Uno nunca sabe lo que pueda decir si delira!

Ya no hubo un tercer gemido.

Miquel retrocedió en dirección a la puerta. Por detrás escuchó la voz de Amalia preguntándole:

—¿Por qué ha dicho eso?

Se detuvieron en el recibidor.

—Póngase un anillo y finja que le ha pedido matrimonio —dijo Miquel.

—¡Mire que es malo! —Se agitó ella.

—Sí, ¿verdad? —Le guiñó un ojo mientras abría la puerta para regresar al frío de las calles de Barcelona.

4

Al llegar a su destino, a Patro se le aceleró el corazón.

La calle, el silencio bajo el frío, la sensación de vértigo.

Hasta ese momento se había dicho que no pasaba nada, que era un trabajo fácil, un simple favor; apenas entrar y salir. Unos minutos. Hasta ese momento.

Pero no le gustaba lo que iba a hacer.

Meterse en una casa ajena, recoger los recuerdos y lo más selecto de la ropa de Dalena, confiar en que ella tuviera razón y Dimas no se presentase, salir corriendo... Cuatro años y medio sin saber nada de ella y de pronto no solo reaparecía, sino que la metía en aquel lío.

Apretó la llave con la mano dentro del bolsillo del abrigo.

Se estremeció, y no solo por el frío.

—Primero mira en el bar de la esquina, por si acaso, por mera precaución. Siempre está allí —le había dicho ella.

La calle era normal, vulgar. Lo mismo que el barrio, apartado del centro: casas bajas y baratas, tiendas a pie de acera, con la sensación de absoluta normalidad en una mañana cualquiera de un día cualquiera. No había muchas personas yendo de un lado a otro, y las que lo hacían caminaban encorvadas, para ofrecer la menor resistencia posible al gélido ambiente. La mayoría eran mujeres con sus cestos de la compra. El cielo, cubierto y gris, preludiaba la posibilidad de una inminente nevada, al menos en el Tibidabo y las zonas altas.

Patro se dirigió al bar.

Recordaba a Dimas. No le había visto más allá de dos o tres veces, la última hacía alrededor de cinco años, pero lo recordaba. Alto, fornido, cabello negro, bigote recortado, ojos penetrantes, hombros rectos, manos grandes, de un atractivo chulesco, mucha labia, con un insultante deje de falsa elegancia, aparentando siempre más de lo que era. Casi resultaba extraño que la policía no le hubiera echado ya el guante en más de una ocasión. O era listo o sabía caer de pie.

Eso si caía.

Patro nunca había entendido la relación de Dalena con él.

¿Comodidad? ¿Miedo?

Como decía Miquel, la vida solía hacer extraños compañeros de viaje. O de cama.

Cuando entró en el bar, media docena de miradas convergieron en ella. Solo se le veía la cara, pero era suficiente. Bastaba. Su belleza destilaba una dulce sensación de serenidad. No era estridente, reflejaba paz y ternura. Ojos limpios de mirada amable. Apenas iba maquillada. Tampoco había tenido tiempo de arreglarse. Ni hacía falta. Lo que más deseaba era regresar al amparo de la mercería, con Raquel. Después...

Dimas no estaba allí.

Las miradas se hicieron más penetrantes.

No dijo nada. Retrocedió y, tal como había entrado, salió de nuevo al exterior con la respiración contenida para no llenarse de aquel ambiente cerrado que olía a vino y tabaco.

Según Dalena, por las mañanas Dimas andaba en sus cosas.

Sus cosas.

Tampoco había sido más explícita.

Cruzó la calle y desde la otra acera contempló la casa. Dalena y Dimas vivían en una planta baja. La puerta daba directamente al exterior. Eso eliminaba la posibilidad de que se enfrentara a una portera, tuviera que tomar un ascensor o se tropezara con alguna vecina curiosa. Miró también las ventanas de los edificios circundantes. Estaban cerradas. Nadie desafiaba al clima con una ventana abierta.

No, todo el mundo iba a lo suyo, nadie reparaba en ella.

Pasó de nuevo a la otra acera, cruzando la calzada, y ya no se detuvo hasta llegar a la puerta.

Pulsó el timbre.

Tenía la excusa preparada por si abría Dimas.

Dalena no había vuelto en toda la noche. Y aunque eso, según ella, era algo normal muchas veces, quizá Dimas estuviera inquieto, esperándola.

Dimas no estaba allí.

De acuerdo, cuanto antes acabara, mejor.

Introdujo la llave en la cerradura y abrió la puerta.

Solo había estado allí en una ocasión, al comienzo de su relación en el Parador del Hidalgo, más o menos seis años antes. Dalena estaba enferma y Dimas, encima, enfadado porque no tenían dinero. Fue a verla, por orden de Plácido Gimeno, para saber cuándo podría volver a trabajar, y se encontró con él por primera vez.

Recordaba su mirada de depredador.

—¿Tú también trabajas en el Parador?

—Sí.

—Eres guapa, condenada.

—Gracias.

—Pareces una niña. ¿Qué edad tienes?

—La suficiente. ¿Y tú?

—La justa.

Él había sonreído al decirlo.

Y nada más.

Eso había sido no mucho antes del «incidente».

Sí, Dalena había ido a la cárcel, por ella, por ayudarla. Pero que se lo recordara así, como acababa de hacerlo un rato antes en la mercería...

Le había dolido.

Pensó en Miquel.

Si la dejaba quedarse en casa, ¿serían únicamente un par de días? ¿Y si, por el motivo que fuera, acababan siendo más? Sabía que Miquel no diría nada. Pero tenía miedo de que la presencia de Dalena lo inquietara. Dalena no solo era una prostituta en activo. Para Miquel quizá representase el pasado, el testimonio, el recuerdo de su vida anterior haciendo lo mismo que ella.

Dejó de pensar en ello para concentrarse en lo que había ido a hacer.

Cuanto antes se largara de allí, mejor.

No conectó la luz del recibidor y recordó las instrucciones de Dalena, la exacta ubicación de todo lo que había ido a buscar. El dormitorio estaba a mano derecha, justo al lado de la entrada, con una ventana enrejada que daba al exterior. Entró en él, pulsó el interruptor de la luz y abrió el armario. La maleta, vieja, sin cierres, con una cuerda para atarla, estaba en la parte de arriba. Alargó la mano, la cogió y la dejó sobre la cama, abierta. Lo primero que tenía que recoger, del primer cajón de la cómoda, era una caja con fotografías y recuerdos. Una vez depositada en la maleta, era cuestión de meter la mayor cantidad de ropa posible. Las bragas y los sujetadores eran muy sexis, provocativos. Los vestidos se los había descrito. Cuando la maleta estuvo llena, colocó un enorme chal también sobre la cama y amontonó en su centro el resto de las cosas, incluidos dos pares de zapatos. Hizo un nudo con las cuatro puntas y eso fue todo.

—No toques el dinero de la cómoda, por favor. Déjaselo. Solo faltaría que me acusara de habérselo robado. A mí no me va a hacer falta.

El dinero.

Tampoco había mucho. Contó poco más de mil pesetas.

Con la maleta y el hato de ropa a punto, recordó lo último.

Las prisas y los nervios casi habían hecho que lo olvidara.

—En el comedor, sobre todo, no te vayas sin el portarretratos de plata con la fotografía de mis padres. Está encima de la radio.

Apagó la luz del dormitorio y se dirigió al comedor.

Antes de entrar en él vio un papel en el suelo. Tenía algo impreso. Se agachó de manera maquinal y lo recogió. Ni siquiera tuvo tiempo de ver qué era. Tampoco abrió la luz, porque el ventanal que daba al patio trasero tenía las cortinas abiertas y el lugar, aunque de manera difusa, estaba iluminado. Entonces lo vio.

Dimas.

Su cuerpo.

El cadáver estaba en el centro, entre la mesa y el aparador, justo en el paso de acceso al patio, boca arriba, con los brazos extendidos. Una docena o más de papeles iguales al que acababa de recoger parecían haber caído del cielo para desparramarse sobre él y por los lados, a modo de falso sudario.

Las moscas ya zumbaban a su alrededor.

Siempre ellas.

Patro no dio ni un paso más.

No pudo.

Primero, se quedó paralizada, con los ojos desorbitados. La mano que sostenía el papel se cerró sobre él arrugándolo, estrujándolo, pero sin llegar a soltarlo. Después reaccionó bajo el peso del miedo y la zozobra, haciendo lo único que podía hacer en aquellas circunstancias.

Echó a correr.

Por la casa hasta la puerta y por la calle hasta que le faltó el aliento, doscientos o trescientos metros después, y tuvo que apoyarse en una pared para vomitar no solo el desayuno, sino también la cena de la noche anterior.

5

Miquel abrió la puerta de su piso en silencio, envuelto en sus pensamientos. No solía hacer ruido, por si Raquel dormía. En caso de no hacerlo y estar despierta, sabía que la vería corretear por el pasillo a su encuentro, con los brazos abiertos y aquella carita con la que lo recibía siempre, luminosa y feliz por el reencuentro.

No vio a Raquel.

Y sí a una extraña, una mujer desconocida, con los ojos llorosos y una toalla en las manos, sorprendida a media carrera en pleno recibidor.

Por un momento pensó que se había equivocado de piso.

—Señor Miquel... —habló ella primero.

—Hola. —Se vio en la necesidad de decir algo.

—Soy Magdalena. Venga, Patro está vomitando en el lavadero.

Tuvo un sobresalto.

—¿Qué?

—No es nada, pero...

Dalena se quedó sin palabras y reanudó la marcha, ahora seguida por él. Miquel ni se quitó el abrigo. Las últimas veces que Patro había vomitado fueron durante el embarazo de Raquel. Por un momento le asaltó la idea de que volviera a estar encinta.

—¿Y Raquel? —Fue lo único que pudo preguntar antes de entrar en el lavadero.

—Duerme —le informó la aparecida que decía llamarse Magdalena.

Patro estaba inclinada sobre el lavadero, por la parte de restregar la ropa, con una mano apoyada en un lado y la otra sujetándose la frente. Tenía espasmos y arcadas, pero de su boca abierta únicamente fluían los restos de una bilis espesa, como si ya lo hubiera soltado todo y estuviese vacía. La escupió como pudo al notar la presencia de Miquel a su lado.

Dalena le pasó la toalla por los labios.

—¿Estás bien? —preguntó.

Patro asintió con la cabeza.

—¿Qué te pasa? —Le tocó el turno a Miquel.

Ella levantó la mano, más para detenerle y pedirle calma que por ansiedad. Estaba blanca y tenía los labios amoratados. En un gesto instintivo se le echó encima y él la abrazó. Las manos de Miquel se cerraron en aquella espalda breve y cálida.

Miró a la visitante.

—Soy una amiga. —Se encontró con la respuesta sin llegar a hacer la pregunta.

—Ahora te lo contamos —oyó susurrar a Patro con la voz medio tapada por el contacto contra su pecho—. Lo siento... Tranquilo... Lo siento...

—No, si tranquilo ya estoy. —Intentó que su voz lo transmitiera.

Fueron apenas unos segundos, diez, quince. Hasta que Patro se apartó de él, le miró a los ojos y luego le tomó de la mano para que la siguiera.

Salieron del lavadero y caminaron por el pasillo. Al pasar por delante de la habitación de Raquel, los dos miraron al unísono en dirección a la cuna. La gran dormilona seguía respirando sosegadamente y en paz. Solo con verla se tranquilizaron un poco. Era como si no pudiera haber nada malo en el mundo más allá de una imagen como aquélla.

Pero lo había.

Miquel se quitó el abrigo al llegar al comedor. Lo dejó sobre una silla de cualquier forma, pendiente de Patro. Cuando estuvo sentada, hizo lo propio, acercando otra silla a la de ella para seguir cogiéndola de la mano. Con la luz de la galería, apreció por primera vez los rasgos de la visitante, todavía de pie. Pese a las lágrimas y la sensación de dolor, una mujer sin duda guapa. Una mujer de las que llamaban la atención.

¿Había dicho que era «una amiga»?

Patro no tenía amigas. Y, entre las pocas que podían llegar a merecer tal calificativo, desde luego no se encontraba aquélla.

Comprender le hizo sentirse extraño, incómodo.

Una punzada de alerta.

—¿Cuál de las dos va a contarme qué está pasando? —dijo con autoridad pero sin que su voz sonara seca.

Ellas se miraron.

—Será mejor que lo haga yo —dijo la mujer.

—Pero desde el comienzo, para que lo entienda.

—¿Cómo sabe que hay algo...?

—Dalena —la cortó Patro—. Ya te dije que era policía. Dile la verdad y ya está. —Miró a Miquel y agregó—: Pero no te enfades, ¿eh?

—Ya empezamos. —Suspiró él.

—Por favor... —gimió Patro viniéndose abajo.

—Es culpa mía, señor Miquel —aseguró ella.

Nadie le llamaba «señor Miquel». Como mucho, «señor Mascarell».

—Venga, calmaos las dos. —Trató de infundirles serenidad y le apretó las manos a Patro—. Y usted siéntese. ¿Cómo la llamo, Magdalena o Dalena?

—Todos me llaman Dalena.

—De acuerdo.

Esperó a que ella se sentara. Lo hizo en una tercera silla, a un lado de ambos. Vestía una blusa demasiado liviana para el intenso frío exterior. Una blusa que realzaba su buen pecho, prieto y contundente, bajo un sujetador que tal vez fuese una talla menor. La falda le caía por encima de las rodillas, pero permitía ver unas pantorrillas bien torneadas, enfundadas en unas medias caras. Lo más punzante era el aroma que desprendía, a colonia. Un exceso que probablemente ayudaba a tapar otros olores.

Miquel intentó no exteriorizar su irritación, pero tampoco ocultó su desagrado.

—Yo trabajo en el Parador del Hidalgo —comenzó a hablar Dalena—. No hace falta que le diga...

—No, no hace falta.

—Tengo... tenía... —Se llevó una mano a los ojos al cambiar el tiempo verbal—. Mi novio...

—Tu chulo —la rectificó Patro.

—Por favor... —Le dirigió una mirada suplicante.

—Siga —intentó recuperar el hilo Miquel.

Dalena tomó aire.

—Recientemente un caballero se ha enamorado de mí. Un buen hombre, de posición, elegante y educado. Me pedía matrimonio y yo no le creía; pero a raíz de la muerte de su madre, que era el único impedimento que le ataba a sus convencionalismos, reiteró su ofrecimiento de tal forma que yo le dije que sí. —Hizo una primera pausa—. Puede imaginárselo, ¿verdad? Tengo treinta y tres años. Dejar el oficio, convertirme en una mujer decente, casada... Un sueño, señor Miquel. Un sueño.

—¿Cómo se llama ese hombre?

—Domingo Montornés.

No era un apellido especialmente corriente, pero no le sonaba de nada. Esperó a que Dalena continuara hablando.

—Domingo tiene cuarenta y cinco años y es soltero. Naturalmente, si frecuentaba el Parador, es por algo. No diré que sea un hombre normal y corriente. Tiene sus cosas, pero una tampoco está en situación de escoger o esperar que le caiga del cielo un santo.

—¿A qué cosas se refiere? —la detuvo de nuevo Miquel.

—Luego te lo cuento yo —dijo Patro rápida—. O si prefieres ahora...

—Si no es relevante, olvídalo. Continúe.

—Cuando le dije a Dimas, mi novio, que un cliente me había pedido en matrimonio, se echó a reír. Luego, incluso pensó en la idea de que aceptara e hiciera lo posible para enviudar y quedármelo todo.

—¿Enviudar de manera... natural?

—Era una idea absurda. —No quiso comentarlo—. Lo cierto es que después se lo pensó mejor, se lo tomó en serio y me dijo que me haría una cara nueva si lo abandonaba. Eso me dio mucho miedo, ¿comprende?

—¿Es violento?

—Conmigo no, salvo alguna bofetada en una borrachera o algún mal rato de los que le dan a veces. Ha vivido lo suyo, se ha hecho en las calles... —Se mordió el labio inferior y reaparecieron las lágrimas en los ojos—. Últimamente yo no iba ya por el Parador, me dedicaba en exclusiva a Domingo. No podíamos ir a su casa, ni él venir a la mía, así que lo hacíamos en lugares que él conocía, de confianza, o en una vieja casa que tiene vacía en Vallvidrera. Si hubiera sido por Domingo, nos habríamos casado ya, pero con su madre muerta hace apenas dos meses... Tampoco es que el luto le importe demasiado. Me pidió unas semanas de tiempo para ponerlo todo en orden y me rogó que ya no volviera a mi casa, que me fuese de ella dispuesta a empezar una nueva vida.

—¿Por qué no podía seguir en su casa?

—Le di a entender que tanto en la calle como en el barrio me conocían, y que cuanto antes saliera de allí, sería mejor para mí. Para nosotros. En realidad... una vez aceptada la propuesta de matrimonio, lo que quería era escapar de Dimas, ¿entiende? Ya no podía seguir con él. Si Domingo se hubiera enterado de que vivía con un hombre... Quedarme representaba un riesgo enorme. Cuando estemos casados podré contarle lo que quiera. No antes. Así que Domingo me dio dinero para que me fuera a una pensión mientras él lo arreglaba todo. Y es lo que hice ayer por la tarde. Ni siquiera fui a casa a por mis cosas. No me atreví. Con el apoyo de Domingo y ese dinero tomé la decisión y ya está. Me entró una especie de locura, pánico... No lo sé. Lo único que sé es que esta mañana me he levantado, he comprendido lo imprudente de mi acción y he venido a ver a Patro.

—¿Por qué?

—Para pedirle que dejara que me quedase aquí, con ella, un par de días. Yo... ni siquiera sabía que estaba casada, que tenía una hija... Lo siento.

—¿Y ya está? —vaciló Miquel.

—No. —Bajó la voz hasta lo indecible—. También quería pedirle que fuera a mi casa, aprovechando que Dimas nunca estaba por las mañanas, para recoger mis cosas.

—¿Por qué no podía hacerlo usted?

—No me atrevía a volver. —Lo atravesó con una mirada de mujer acorralada, al borde de un ataque de pánico—. ¿Nunca ha sentido vértigo a las puertas de un cambio, o de la felicidad?

Miquel pensó en Patro, aquella primera vez, cuando se fue a vivir con ella, cuando se casaron...

Sí, «vértigo» era el término adecuado.

Podía entender a Dalena.

—Supongo que hay más razones —arrastró las nuevas palabras—. Al no haber ido esta noche, aunque no es algo inusual, pensé que él podía estarme esperando, o buscando, o... qué sé yo. Lo que no pasa cien veces pasa una. Me martilleé la cabeza. Mi calle tiene ojos, ¿sabe? Es cierto que allí soy muy conocida. No abundan las mujeres guapas.

Había cierto orgullo en su voz.

Una mujer guapa que lo ondeaba como bandera.

Tan distinta de Patro.

—¿Has ido? —le preguntó Miquel a ella.

—Solo era entrar y salir. Cinco minutos... —Retorció las palabras Dalena.

—Di, ¿has ido? —le insistió a Patro.

Notó cómo se estremecía, cómo detenía una enésima arcada, cómo le temblaban las pupilas, incapaces de mantenerse fijas en él.

—Sí —asintió con un hilo de voz.

—¿Y qué ha salido mal? —disparó Miquel.

El silencio fue expresivo. Ninguna de las dos preguntó por qué pensaba que algo había salido mal. Una culpa invisible pareció aplastarlas robándoles hasta el último aliento.

—Patro...

—Estaba muerto, Miquel.

Podía esperarlo todo menos aquello.

—¿Qué?

—En el suelo, boca arriba, con los ojos abiertos...

—¿Dimas?

—Sí.

—Por todos los... —Intentó que Patro no sucumbiera de nuevo—. ¿Y qué has hecho?

—No lo sé.

—¡Patro!

—¡No lo sé! ¡He salido corriendo, me ha entrado el pánico! ¿Qué querías que hiciera, llamar a la policía y comprometerte a ti de rebote? ¡He reaccionado así y ya está! ¡Lo siento!

Miquel miró a Dalena. Quería asesinarla. La mujer también volvía a llorar, apretando sus manos como si estrujase algo entre ellas.

—¿Te ha visto alguien? —Hizo la primera pregunta consecuente con la nueva realidad.

—No lo sé, pero no lo creo. —Mantuvo el delgado hilo de la cordura—. Con este frío no había casi nadie por la calle, y las ventanas de las casas estaban cerradas, aunque eso lo he visto al entrar, claro.

—¿No hay portera?

—Es una planta baja. Se entra por la calle —intervino Dalena.

—¿Has tocado algo? —Miquel siguió hablándole a Patro.

—No.

—¿Seguro?

—Bueno... he hecho la maleta con lo que me ha pedido Dalena.

—¿Y dónde está?

—La he olvidado allí, sobre la cama. La maleta y un hato con más ropa. No se me ha ocurrido recogerlo todo. ¿Por qué?

—¿Dónde estaba Dimas? —Obvió la pregunta.

—En el comedor. No habría ido hasta él de no ser por un portarretratos que también debía llevarme.

—¿Había sangre?

—No... —vaciló—. Me parece que no, pero tampoco estoy segura, porque todo ha sido muy rápido. —Se enfrentó a la seriedad de Miquel—. Yo no soy como tú para estas cosas. Ha sido verlo y salir corriendo.

—¿No has tocado el cadáver para asegurarte de que estaba muerto?

—¡No! —Se asustó—. ¿Por quién me tomas?

—¿No has visto nada más, ningún detalle salvo lo de los ojos abiertos?

—Bueno... tenía unos papeles por encima, como si se los hubieran arrojado.

—¿Qué clase de papeles?

—Espera.

Patro se levantó. Miquel la vio salir del comedor sin entender muy bien a dónde iba. Se quedó solo con Dalena, pero ni ella ni él intercambiaron una palabra. La mujer le rehuía la mirada. Cuando regresó Patro llevaba su abrigo en las manos. Lo dejó sobre la mesa y buscó en uno de los bolsillos. De él sacó un papel arrugado, como si lo hubiera estrujado con rabia.

—Lo he recogido del suelo, justo antes de descubrir el cuerpo de Dimas. No sé por qué, al salir todavía lo llevaba en la mano. Supongo que estaba tan atenazada que... Cuando me he parado a vomitar, unas calles más allá, lo he notado y me lo he guardado en el bolsillo. La verdad es que ni siquiera sé por qué. Hay algo escrito.

Miquel se lo quitó de entre los dedos.

—¿Lo has leído?

—No, no. Ya ni lo recordaba.

El papel no era muy grande, un cuarto de cuartilla. Estaba impreso por un lado, reproduciendo un recorte de periódico o una especie de anuncio o proclama, y por el otro tenía apenas unas letras de molde, hechas a mano. Primero leyó esas últimas, escuetas y explícitas:

Confidente de la policía. Traidor. Éste es el precio por la muerte de nuestros camaradas, como ya hicimos en el 47, como haremos siempre con los traidores.

Fue al leerlo en voz alta cuando Dalena estalló; se llevó las manos a la cara y rompió a llorar mientras repetía una y otra vez:

—No... no... no... ¡Maldita sea! No... ¿Por qué?

—¿Sabe de qué va esto? —Intentó devolverla a la calma Miquel.

Dalena asintió sin dejar de llorar. A duras penas logró decir lo siguiente, entre jadeos y espasmos, por entre los dedos de las manos que le tapaban la cara.

—Ha de ser por... mi hermano... Mi hermano... —gimió—. Murió hace dos... dos semanas, al ir a atracar un banco...

6

Tuvieron que esperar a que se calmara, y ahora fue Patro quien la abrazó, tratando de darle apoyo y serenidad. Miquel, en cambio, estaba tenso. Sus ojos contemplaban con algo más que miedo a la mujer que acababa de conocer al llegar a casa. El miedo de la incertidumbre ante lo desconocido. Había sido policía toda su vida, hasta enero de 1939 en primera línea; conocía los entresijos del mal, los hábitos de la delincuencia, el poso que dejaba cada caso, incluso ya resuelto. Todo eran marcas indelebles. Pero Patro no. Patro acababa de tropezarse con la oscuridad.

Todos los asesinatos eran oscuros.

Miquel le dio la vuelta al papel y leyó el recorte de periódico o la proclama impresa por el otro lado. El primer titular decía: «El camino de los traidores». El segundo: «Eliseo Melis, muerto a tiros en Barcelona». El texto del artículo no era reciente, muy al contrario, venía del pasado:

> El domingo 13 la noticia corrió como la pólvora. Al principio no lo creímos, pero finalmente hubimos de rendirnos a la evidencia. La noticia era cierta. El sábado día 12 de julio de 1947, el traidor y confidente de la policía Eliseo Melis terminó su miserable y cobarde existencia.
>
> Eliseo Melis había blasonado durante muchos años de militante revolucionario. Pero su temple era blando y viscoso; su corazón débil y su conciencia fácil a la doblez y la traición.

Y falló. El triunfo de Franco y la Falange rindió su leve resistencia espiritual. Desde entonces pasó al campo de los traidores y los confidentes al servicio del régimen que verbalmente había combatido durante muchos años.

Eliseo Melis no era simplemente un confidente. Su influencia en los medios policíacos, su cínico descaro y su habilidad lo habían convertido en el símbolo de la confidencia. Su muerte tampoco es la de un traidor cualquiera. Es un ejemplo y una advertencia amenazadora. Los demás traidores y confidentes no deben olvidar esta advertencia. Deben saber que tarde o temprano el fin de los traidores es inexorablemente la muerte infamante.

Con la C.N.T. no se juega impunemente.

Aquello no lo había publicado un periódico nacional. Aquello era un panfleto anarquista.

—Dalena.

La voz de Miquel era imperiosa.

Ella seguía jadeando. Bordeaba tanto la histeria como el ataque de pánico. Fue Patro la que le retiró las manos de la cara.

—Vamos, vamos —la alentó.

Miquel no le dio tregua. Empezaba a acelerársele el pulso.

—¿Su hermano estaba en ese tiroteo del que hablaron los periódicos y en el que murieron los tres atracadores?

Dalena hundió en él unos ojos inexpresivos, de súbito vacíos.

—Responda o la echo de aquí ahora mismo.

Fue convincente.

—Sí —exhaló ella.

—¿Qué tiene que ver eso con Dimas y esta nota?

—Solo hay una explicación para esto. —Tomó aire Dalena—. ¿No lo entiende? Si le han asesinado los del maquis ha sido... por lo que dice ese papel, por confidente.

Miquel arrugó la cara.

—Un momento, un momento... —Levantó las palmas de las manos hacia ella—. Me estoy haciendo un lío. —Él también respiró profundamente—. ¿El maquis? ¿Su hermano era de ellos?

—Sí.

—¿Y resulta que el hombre con el que vivía es confidente de la policía y el causante de esa encerrona en la que murieron los tres atracadores?

—¡Dimas no podía ser confidente de la policía! —Los ojos denotaban lo aterrorizada que estaba—. ¡No tiene sentido! ¡Dimas odiaba a todo el que llevase uniforme o una placa! Pero... ellos han debido de creer que sí. —Se asustó de sus pensamientos—. ¡No lo entiendo, pero ha de ser eso!

Miquel miró a Patro. Se contuvo al ver lo preocupada que estaba ella. Los ojos de su mujer eran suplicantes. Una forma de decirle: «Ayúdala» y «No la eches de casa».

Buscó un poco más de serenidad.

—Cuénteme también esa historia, ¿de acuerdo?

Dalena tragó saliva. Tuvo que pasar una bola por la garganta, porque hizo un ruido muy gutural. Vaciló demasiado. De pronto pareció no ver en Miquel al marido de su amiga, sino al policía que había sido. Apareció en sus ojos el recelo, la defensa ante lo desconocido.

Patro también lo comprendió.

—Díselo —la animó.

—Bastantes problemas os he dado ya. —Buscó una alternativa que no tenía.

—Es la mejor persona del mundo, y ahora mismo la única que puede ayudarte —insistió Patro mirando sin embargo a su marido.

Miquel se sintió acorralado.

—Dalena, hay un muerto en su casa —le recordó—. Cuanto antes sepa qué está pasando, antes podremos actuar o determinar qué hacemos, ¿de acuerdo?

Ella asintió con la cabeza.

El último resquemor se vino abajo.

—Mi hermano siempre estuvo loco —arrancó su explicación—. Es... Era mayor que yo, diez años, pero a pesar de eso tuve que hacerle de madre muchas veces. Me tenía negra, me pedía dinero constantemente... Encima era un revolucionario, comunista convencido. Peleó en la guerra y, al acabar, se fue a Francia para seguir la lucha armada contra Franco. Creí que nunca volvería a verle, que o bien se quedaría allí o le matarían el día menos pensado. Sin embargo, reapareció en 1944, visto y no visto. Me dijo que estaba en el maquis y cruzaba la frontera francesa cuando le convenía. Desde ese momento aparecía regularmente, unas veces para pedirme dinero, otras comida... Siempre se presentaba en casa de forma inesperada. Llegó a sugerirme que averiguara cosas de mis clientes para luego chantajearlos o robarles. Yo me negué a eso. Pero ni siquiera el paso del tiempo, estos últimos años, menguaron su odio a Franco, a esta nueva España o a todo lo que simbolizaba.

—¿Se conocían Dimas y él?

—Cuando apareció Dimas en mi vida, le dije a Nicolás que no viniera más a verme ni a pedirme nada. Pero él, ni caso. Dimas le cogió manía, claro. Nicolás, encima, era un bocazas. Alardeaba de lo que hacía, cómo lo hacía... Dimas me dijo que nos ponía en peligro, que si un día le cogían o le mataban, la policía igual me detendría a mí. Eso me asustó mucho siempre. No es que Dimas fuera un santo, hacía chanchullos; también podían pillarlo a él, pero por suerte o por lo listo que era, nunca le pillaron. Nicolás era otra cosa. No es igual estafar a alguien o cometer un robo sin que te cojan, que atracar un banco.

—¿Le contaba Nicolás quiénes eran sus colaboradores en el maquis o a qué rama pertenecía?

—No, tanto no, pero hace dos semanas, después de muchos meses de ausencia, mi hermano reapareció una vez más y me contó que se había peleado con la dirección de su grupo y que por su cuenta, con otros dos, iba a dar un golpe «sonado». Necesitaba ocultarse en Barcelona la noche anterior y me pidió que les dejara dormir en mi casa. Yo le contesté que ni loca. ¿Dos desconocidos y él, y encima con Dimas? Nicolás insistió, alegando que no tenía a dónde ir. Yo me asusté mucho, en serio. ¡Iban a atracar un banco, la sucursal del Hispano Americano de Mayor de Gracia! Eso no es como quitarle la cartera a alguien. Después del atraco pensaban irse directamente a Francia de nuevo, ya no volvería a verle.

—Dice que se había peleado con la dirección de su grupo...

—Bueno, es lo que creí entender. Yo no sé cómo van esos líos ni cómo funcionan ellos.

—O sea, que el atraco era cosa de su hermano y de los otros dos.

—Eso parece. Pero él siempre hablaba de la resistencia antifranquista, la guerrilla, la causa... No creo que fuera dinero para ellos. Quizá actuasen por su cuenta, pero siempre con ese ideal revolucionario, ya sabe.

—¿Supo Dimas lo que pretendía Nicolás? —Miquel señaló el papel que había dejado sobre la mesa—. Eso da a entender que sí.

—Dimas llegó a casa cuando Nicolás y yo discutíamos. No perdió demasiado tiempo con él: simplemente le echó a patadas. Dimas sabe... sabía pelear bien. Una vez solos discutimos, como si yo tuviera la culpa de que Nicolás se hubiera presentado en casa. Me preguntó qué quería y se lo conté. Alucinó un poco, la verdad. Lo del banco eran palabras mayores. Luego, el día del atraco...

—Según los periódicos, la policía frustró el asalto porque conocía los planes de los atracadores. Los estaban esperando y no les dieron la menor oportunidad. Dijeron también que así habían evitado la posible respuesta de los ladrones, que seguramente se habrían defendido a tiros hiriendo o matando a personas inocentes. Todo muy legal, muy heroico, pero una masacre a fin de cuentas.

Dalena se mordió el labio inferior.

—Los acribillaron a los tres, sí.

—¿Leyó también la noticia?

—No, me llamó la policía por ser el único pariente vivo de Nicolás.

Miquel frunció el ceño.

—¿Qué les contó?

—Nada. ¿Qué iba a contarles, que mi hermano había venido a verme para que lo dejara esconderse en casa? Les dije que no sabía nada de él desde hacía años.

—¿La creyeron?

—¿Por qué no iban a creerme? Domingo también me ayudó. Él es abogado, ¿sabe? Heredó el bufete de su padre y, aunque no es mucho de ir por allí ni meterse en juicios, entiende de leyes. Encima, con su posición... No tuve más que llamarle.

—¿Se enfadó con usted?

—¿Por qué iba a enfadarse conmigo?

—Tener un hermano en la guerrilla antifascista y muerto en el asalto a un banco no es algo muy normal, y menos para un hombre de la posición de Domingo.

—Cada cual tiene la familia que le toca. Entendió que no le hubiera hablado de Nicolás y eso fue todo. Se mostró cariñoso y comprensivo.

—¿Y Dimas? ¿Qué le dijo él?

—Me dijo que ya estaba, que pasara página y lo olvidase. Luego... bueno, han sido dos semanas muy intensas, enterrar a Nicolás, la insistencia de Domingo para que lo dejara todo, mis ganas de cambiar de vida...

—¿No sospechó usted de Dimas?

Se le nubló el rostro. Un deje de insostenible tristeza la absorbió, sumergiéndola en un breve letargo. Fue pasajero, pero profundo.

Quizá no le amara, pero ahora estaba muerto.

Y acababa de saberlo.

—¿Por qué... iba a sospechar de Dimas? —balbuceó intentando comprender la dimensión de la pregunta.

—¿Alguien más sabía lo del atraco?

—No lo sé. Eran tres. Cualquiera de los otros dos pudo decírselo a alguien.

—Pero, por su parte, solo lo sabía Dimas.

—Sí.

—Por alguna razón, el maquis dedujo que el culpable era Dimas, ¿no cree?

—No lo sé. —Parecía estar llegando al límite.

—Miquel... —trató de decir algo Patro.

Él levantó la mano.

Solo eso.

Seguía mirando fijamente a Dalena.

—La nota afirma o da a entender que Dimas era un confidente. ¿No cree que eso justificaría que la policía nunca le hubiese detenido?

Dalena cerró los ojos.

Dos gruesas lágrimas resbalaron por sus mejillas dejando dos surcos húmedos en la piel sin maquillar, como ríos de lava transparentes.

—De acuerdo —dijo Miquel—. Hay que llamar a la policía...

—¡No!

El grito de Dalena los sobresaltó. Lo acompañó con un gesto instintivo, sujetando las manos de Miquel para que no se levantara. Luego buscó el apoyo de Patro con los ojos desorbitados.

—¿Por qué no? —quiso saber él.

—Por favor...

—Tiene que hacerlo o será peor. Y para librar a Patro, la única solución es que usted vaya a casa, finja encontrarlo, salga gritando y llame a la policía. Si ha pasado la noche en una pensión, tiene coartada. —Intentó ser vehemente—. Lo único que no puede hacer es meternos a nosotros en eso. Yo no estoy en condiciones de nada, ya se lo habrá contado Patro.

—¿Y la maleta? —Buscó donde agarrarse, presa del miedo—. Patro la dejó en la cama, con mis cosas.

—Usted iba a abandonarlo. Lo tenía todo listo para irse.

—¿Y eso no me incriminaría? Pueden decir que nos peleamos...

—No sabemos cómo murió Dimas.

—¿Por qué no va usted a por ella?

Miquel levantó las cejas.

—¿Yo?

—La saca de la casa. Así constaría que yo ya me había ido.

—Llegó a la pensión con las manos vacías, imagino.

—No creo que se fijaran en eso. La mujer era mayor, apenas si veía tres en un burro cuando me tomó los datos. Por favor...

—¿Qué gana con eso?

—¿No se da cuenta? —Se aferró a él—. ¿Y Domingo? ¡No quiero... no puedo perderle! ¡No tendré otra oportunidad así en la vida! Si me veo involucrada y mi nombre sale en los periódicos, encima en un caso de asesinato y con el maquis de por medio, Domingo puede reaccionar mal. Primero lo de Nicolás atracando un banco, ahora esto. ¿Cree que un hombre como él iba a casarse conmigo por muy enamorado que esté?

—¿Lo está? —Fue deliberadamente cruel.

—¡Sí! —exclamó Dalena—. ¿Le cuesta creerlo? ¿No lo está usted de Patro?

Fue un disparo en toda la línea de flotación.

Miquel estuvo a punto de decirle que no era lo mismo.

Pero se calló.

Las razones de cada cual eran suyas y de nadie más.

—Se lo repetiré una vez más, y es importante que sea sincera: ¿sabía Domingo que usted vivía con Dimas?

—¡No!

—¿Cómo se lo ocultó?

—Diciéndole que no recibía en casa, por los vecinos. Nunca fuimos allí. Ya le he dicho que lo hacíamos en lugares donde le conocían, o en una casita vacía en la que puso una simple cama, pero sin más comodidades. De haber estado en condiciones me habría instalado en ella.

—¿Dónde está esa casita?

—En Vallvidrera. Íbamos en su coche. Tampoco habría hecho nada yo allí, sola en mitad de la montaña, en una casa fría y sin condiciones. Señor Miquel... —Reapareció su vehemencia, su súplica—. Necesito tiempo para contárselo todo a Domingo. A pesar del luto, quiere casarse cuanto antes.

—¿No entiende que no puede dejar el cadáver de Dimas allí y que cuanto más tiempo tarde en encontrarse, más sospechosa será usted?

Dalena miró a Patro.

—No quiero volver a la cárcel... —musitó agarrotada por el miedo.

Miquel se tensó.

—¿Estuvo en la cárcel?

En ese momento Patro se levantó y le cogió de la mano.

Fue rápida.

—Ven —le pidió.

7

Desde el mismo momento en que vio a Dalena, Patro había sabido que el pasado acababa de regresar a su vida. Ahora, de golpe, era mucho más. No podía hablarle de ella sin hablarle de sí misma, y aunque Miquel jamás le había hecho ni le haría ningún reproche, lo temía, porque cada palabra, cada recuerdo, era una cuña dolorosa en su paz y su amor. Desnuda en la cama con él era su esposa, tan libre como la nueva vida que compartían. Desnuda anímicamente, con las heridas de aquellos oscuros años pasados a la vista, era, por contra, una mujer demasiado vulnerable.

Pero tenía que contárselo.

Y hacerlo a solas.

—¿Qué pasa? —dijo alarmado cuando salieron del comedor.

No hubo respuesta. Patro pasó de largo la isla de la cocina y le metió en la habitación de matrimonio. Su templo. Su auténtico refugio. Su salvaguarda. Cuando le obligó a sentarse en la cama, ella no lo hizo a su lado. Se arrodilló. No para pedirle perdón, sino para tenerlo de cara, verle los ojos. No encendió la luz. Los envolvía una penumbra blanquecina rota por la tenue luz de la ventana cubierta por la cortina. Lo último que hizo antes de hablar fue cogerle las manos.

—Miquel...

—Sea lo que sea sabes que...

—Lo sé —le detuvo—. No es nada malo, o quizá sí, no puedo asegurarlo. Pero supongo que prefiero contártelo a solas, como siempre hemos hecho desde que lo compartimos todo.

Compartir todo.

Pero ahora iba a contarle un último secreto.

—Sucedió hace años —comenzó a hablar Patro—. Aunque tampoco es que sean muchos, porque fue meses antes de que volvieras a Barcelona y nos reencontrásemos. —Le abrió las manos y se las besó antes de volver a levantar la cabeza—. Se celebró una fiesta en una casa y nos invitaron a varias de las chicas del Parador. Una fiesta elegante, con hombres ricos. No me acuerdo mucho de los detalles, aunque nunca bebía tanto como para perder el control. Recuerdo que en un momento dado yo estaba en una habitación con uno de ellos, completamente borracho, y más que querer hacerlo... me forzaba, no sé si...

—Sigue.

—No quiero hacerte daño —dijo en un suspiro que sonó a súplica.

—Tú nunca podrías hacerme daño. —Le tocó la mejilla, blanca, pura. Arrodillada a sus pies parecía una virgen hecha carne. Casi no recordaba haberla visto tan hermosa, y eso que se lo parecía todos los días—. Vamos, no te detengas.

—Ese hombre se volvió loco, perdió la razón... Fue despreciable. No sé qué hice, o qué le dije, intenté que se comportara, y entonces acabó de perder los papeles. Primero me insultó, dijo barbaridades, después empleó la violencia. Me pegó, inesperadamente. Quise defenderme, y eso le enfureció todavía más. Dejó de pegarme con la mano abierta para emplear los puños. Acabé en el suelo, con él encima y las manos alrededor de mi garganta. Me bastó con verle los ojos para saber que iba a matarme, que estaba fuera de sí. No dejaba de gritarme cosas horribles. Entonces apareció Dalena, comprendió lo que estaba pasando y le saltó encima para liberarme. Por desgracia era una bestia, se revolvió y la apartó de un puñetazo. Yo traté de escapar, pero fue inútil. Me golpeó en el estómago y me quedé sin aliento, de nuevo a su merced. Por segunda vez intentó ahogarme. A duras penas le arañé el rostro, le di algún puntapié; todo en vano. Creo que no sentía el dolor. Yo... jamás había visto la muerte tan de cerca, ¿sabes? Hubiera muerto de no ser por Dalena. Ni siquiera vi lo que pasó. Solo que el hombre, de pronto, perdió las fuerzas y se quedó rígido. Fue al caer de lado cuando vi el abrecartas sobresaliendo de su espalda y a Dalena, arrodillada, con la mirada alucinada por la escena.

—¿Lo mató?

—No, eso no. Pero el lío que se organizó fue de mucho cuidado. Hubo que llevarle al hospital y, una vez curado, presentó una denuncia contra ella. No se trataba de un cualquiera, así que Dalena fue detenida y pasó algunos meses en la cárcel, casi medio año.

—¿Medio año nada más? Pues tuvo suerte.

—Miquel, sabes que a veces tanto da un mes como seis. Es el hecho en sí, la pérdida de la libertad, quedar fichada... Hay personas que no aguantan un encierro. No todas son tan fuertes como tú.

—Yo no soy fuerte —le confesó.

—¡Pasaste ocho años y medio en aquel infierno!

—¿Y crees que sobreviví por ser fuerte?

—No, sé que no te rendiste porque no querías darle ese gusto a Franco. —Se apoyó en las rodillas de él—. ¿Recuerdas las pesadillas de las primeras noches que pasamos juntos?

—Sí.

—Dalena también las tuvo —reemprendió la narración Patro—. Cuando salió de la cárcel estaba muy desmejorada. Ni siquiera fue a su casa. Se vino aquí. La cuidé unos días hasta que se recuperó y pudo regresar al trabajo y, por supuesto, al lado de Dimas. Después... ya no volvimos a hablar de ello.

Nunca. Hasta hoy, cuando me lo ha recordado al pedirme que le hiciera el favor de ir a su casa a por sus cosas.

¿Cuándo no dejaba de volver el pasado?

Miquel se inclinó para darle un beso.

Apenas un roce de labios.

De no haber sido por la presencia de Dalena en el piso, pensó que le habría gustado hacerle el amor.

De las maneras de escapar de algo, seguía siendo la mejor.

—Crees que se lo debes, ¿no es así?

—No lo creo: lo sé.

—¿Incluso ahora, casada y con una hija?

—Sí, Miquel, incluso ahora. Si estoy aquí, contigo, es porque ella me salvó la vida. Aquel hombre me habría matado. Me salvó y, encima, pagó un precio por ello. Injustamente, pero lo pagó. ¿Cómo no voy a entender su miedo? Todos los que pasamos hambre y frío en la guerra lo tenemos pegado a la piel y el alma. Ya no va a abandonarnos nunca, por felices que seamos. A veces creo que somos tan felices precisamente porque sabemos de dónde venimos. No puedo ni imaginarme lo que pasó Dalena en la cárcel. Nunca me habló de ello, pero me bastaba con mirarla a los ojos o escucharla gritar de noche, cuando despertaba empapada en sudor y chillando aterrada. Dio casi seis meses de su vida, y mucho sufrimiento, por defenderme. También estuvo a punto de no poder volver a trabajar. Le costó recuperar la estabilidad, ser lo que los clientes querían que fuese.

—Patro, ¿no entiendes que si ella no llama a la policía será peor?

—¡Necesita tiempo!

—Te mandó a ti a por sus cosas y te encontraste con un muerto. ¿De veras te parece normal que ahora me pida que vaya yo?

—¡No sé lo que es normal o no! —Le apretó las manos—. ¡Lo único que entiendo es que se aferre a su sueño de casarse con ese hombre para empezar una nueva vida! ¡Eso es lo real para ella! Yo... no puedo darle la espalda, ¿entiendes? Si no vas tú, iré yo.

—No seas tonta.

—¡Sabes que no te pediría nada que te pusiera en peligro! ¡Y sabes que, cada vez que te metes en un lío, lo único que me mantiene viva es la idea de que siempre te sales con la tuya! ¡Pero esto es diferente! ¡Sigues siendo el mejor inspector de policía de Barcelona, con dictadura o no! Ni siquiera habrás de ver a Dimas muerto, solo entrar, recoger la maleta y el hatillo de ropa y salir. Cuando oscurezca nadie te verá.

—¿Y ese portarretratos del comedor?

—¡Olvídalo! Dalena dirá que se fue de casa a quien tenga que oírlo, y para entonces su Domingo la protegerá. ¿No es lo que hacen siempre los poderosos en esta España de ahora? —Le imploró un poco más, apasionando su voz—. Dale una oportunidad, Miquel. Lo único que te pido es que la apartes de la escena del crimen.

—¿Y después qué?

—No te entiendo.

—¿Qué hará? ¿Se quedará aquí?

—Dos o tres días, te lo prometo. Sabiendo lo que se juega, ella misma le dará prisa a su novio. Cuando se encuentre el cadáver de Dimas será otra historia, y estaremos fuera de ella.

Nunca era otra historia.

Nunca se quedaba uno fuera cuando se metía en algo.

Pero no se lo dijo.

—Nos arriesgamos mucho —manifestó.

—Lo has hecho por otras cosas. —Se mostró más calmada, como si supiera que todo estaba dicho y aceptado—. Ayudaste a Lenin con lo de los cuadros, a tu amigo el periodista cuando le acusaron de asesinato, a tu excompañero policía, el de Mauthausen...

—Era antes de que naciera Raquel.

Patro se levantó. Se abrió de piernas con la falda subida y se le sentó en las rodillas, de cara. A Miquel le gustaba que lo hiciera. Bajó las manos y se las puso en los muslos, empujando la falda para arriba hasta las bragas. El beso fue esta vez largo, dulce, prolongado.

Cuando ella le abrazó, se lo dijo suavemente al oído.

—Perdona.

Se quedaron así unos segundos.

Tiempo detenido.

—Anda, vamos —le pidió él rindiéndose.

Patro se apartó. Le ayudó a levantarse. Salieron de la habitación y, antes de regresar al comedor, se asomaron de nuevo al cuarto de Raquel. Ningún cambio. La portentosa habilidad de su hija para dormir aun en una tormenta les admiraba. Dalena seguía sentada, con los ojos perdidos y la mirada extraviada. Su rostro era una máscara de rasgos quietos. La espalda se le doblaba como si la cabeza y lo que anidaba en ella le pesaran una tonelada. Al verlos aparecer se enfrentó a ambos.

Como si esperase un veredicto.

—Iré a por esa maleta —le dijo Miquel de la manera más átona posible.

—Gracias. —Se dirigió a Patro, no a él.

—Pero hay un muerto —le recordó Miquel—. Asesinado según parece, y esto es grave. Vaya pensando qué dirá cuando encuentren el cadáver, porque le costará fingir que no sabía nada.

—Llevo toda la vida fingiendo. —Suspiró con un deje de amargura—. De todas formas... no puedo pensar en eso ahora.

—Pues debería.

—Le juro que ni usted ni Patro van a sufrir por esto, señor Miquel. Y que me muera aquí mismo si miento.

Lo dijo con tal convencimiento que parecía imposible no creerla.

8

Un par de horas antes se las prometía muy felices. Fortuny con gripe, en cama al menos una o dos semanas, y él en casa. No le molestaba «trabajar». A veces se enfadaba, más consigo mismo que con el detective, por dejarse arrastrar de vuelta a los líos policiales, pero en el fondo, aunque fuera muy en el fondo, lo agradecía. La actividad le impedía oxidarse como un anciano prematuro. Sin embargo, con aquel maldito frío, pisar la calle era demasiado.

Bueno, esta vez no podía echarle la culpa a Fortuny.

Ni a Patro.

Uno no siempre podía apartarse de la vía cuando pasaba un tren de mercancías a toda velocidad.

Anochecía rápido, así que a media tarde las sombras ya cubrían las calles de Barcelona. Algunas luces tardaban en iluminarlo todo. Ya no había apenas restricciones, pero de ahí a pensar que la larga posguerra había terminado mediaba un abismo. Esa «larga posguerra» igual duraba diez o veinte años más. Un pinchazo cicatrizaba rápido. Una herida en canal, no. Y quedaba la huella, la marca indeleble, tan eterna como evidente.

—Eres como un pararrayos: atraes los problemas —se dijo en voz alta apretando los dientes de manera inconsciente a causa del frío—. Si no te complicas la vida tú mismo, te la complican los demás.

Pensó en aquella mujer, Magdalena, Dalena.

No tenía nada que ver con Patro. Era distinta, más mujer, con más horas de vuelo, más pesos en el alma. Haber pillado a un hombre como el tal Domingo debía de ser parecido a que le tocase la lotería, el premio gordo, habiendo comprado solo un décimo. Era lógico que se aferrase a su oportunidad, dando la espalda al pasado, a su novio Dimas, al hermano atracador y situado al margen de la ley como miembro del maquis.

Era lista, y dependía de ello para salvarse.

Miquel se detuvo al llegar a la calle.

Todo estaba como se lo habían descrito. El bar en la esquina, con las luces mortecinas y apenas visibles, las dos aceras vacías salvo, en ese momento, por un hombre que caminaba con paso rápido y la cabeza baja y una mujer que llevaba a una niña de la mano. Nadie miraba a nadie. Las ventanas de las casas, cerradas. La sensación de frío era incluso mayor que en el Ensanche, porque las viviendas parecían desangeladas. Eran construcciones viejas, de tres pisos a lo sumo. No vio más que un par de tiendas, un colmado y una ferretería.

Llevaba las solapas del abrigo subidas, pero se las subió aún más y hundió los hombros y la cabeza bajo ellas antes de cruzar la calzada. Al llegar a la otra acera, frente a la puerta de la casa de Dalena, escrutó de nuevo el panorama.

Era un fantasma.

Estaba solo.

El movimiento fue rápido. Sacó la llave del bolsillo, la introdujo en la cerradura y le dio la vuelta. En su huida, Patro había cerrado de golpe, así que no tuvo que perder ni un segundo de más. Abrió la puerta y se coló dentro. Por suerte, Patro no había dejado ninguna luz encendida pese a salir a la carrera. Dada la hora, la casa estaba a oscuras.

No abrió la luz del recibidor, porque desde la calle se vería el resplandor. Ya lo había previsto. Sacó una caja de cerillas para orientarse y prendió un fósforo. A veces se decía a sí mismo que tenía que hacerse con una linterna. Iluminado por la llamita, se asomó a la habitación de la derecha. La maleta y el hatillo de ropa seguían en la cama.

Solo tenía que cogerlo y marcharse.

Solo.

«No tienes ni que entrar», le había dicho Patro.

Miró hacia la oscuridad, en dirección al comedor.

Allí había un muerto.

—Vete.

Le sobresaltó su propia voz, inesperada, como si llevase la conciencia a flor de piel y separada de sí mismo.

Allí había un muerto y él era policía.

No, no lo había sido: lo era.

Las serpientes cambiaban de piel, él no.

Se le extinguió el fósforo entre los dedos y no tuvo más remedio que guardárselo en la caja mientras encendía otro. El comedor debía de quedar al frente, a menos de un par de metros. El interruptor de la luz estaría a mano derecha o a mano izquierda. Ésa sí podía abrirla sin problemas. Levantó la llamita del fósforo por encima de su cabeza, pero el círculo iluminado era demasiado breve. Dio un paso, otro.

Encontró el interruptor, dio la luz y apagó el fósforo.

El cadáver de Dimas se encontraba donde Patro había dicho, en medio del espacio entre la mesa y el aparador, camino del ventanal que daba a un patio trasero. Estaba en mangas de camisa, con los brazos extendidos, los ojos abiertos y los papeles denunciando la causa del crimen caídos por encima de él. Lo primero que hizo fue ver dónde pisaba.

Pero no había sangre.

Ni cerca, ni debajo, ni en el cuerpo.

Miquel se acercó despacio.

Los papelitos tenían todos los mismos textos que el recogido por Patro horas antes. Los contó, por mera inercia. Eran catorce. ¿El maquis mataba a un confidente, un soplón, y lo cubría con un recorte de cinco años antes en el que se hablaba del ajusticiamiento de otro traidor por parte de la CNT?

En aquel momento, tampoco era lo primordial. Ya pensaría en ello después.

Cuanto antes se marchara, mejor.

Pero siguió al lado del cadáver.

Se arrodilló y, sin tocarlo, lo estudió con calma. La cara del muerto no denotaba nada salvo un leve deje de estupor. No había en la expresión miedo, dolor o rabia. Los ojos abiertos eran lo más explícito, porque ahora miraban al infinito en el que ya moraban. Cando lo tocó, lo encontró muy frío. A continuación le examinó las pupilas, las manos. El cuerpo presentaba ya una coloración violácea. Patro lo había encontrado por la mañana. Calculó que debía de haber muerto alrededor de veinticuatro horas antes, la tarde o la noche del día anterior. Un examen más a fondo le reveló que no había ningún golpe en la cabeza ni herida corporal. ¿Causa de la muerte? Se acercó y le olió el rostro, los labios. El olor apenas era perceptible, pero seguía allí. Arrugó la cara al separarse.

¿Veneno?

Se le antojó el más absurdo de los métodos, y sin embargo...

Antes de incorporarse registró la ropa de Dimas. No había nada en los bolsillos del pantalón. Levantó la cabeza y vio una chaqueta sobre el respaldo de una de las sillas. Sin llegar a ser excesivamente elegante, tampoco era la que llevaría un obrero. Resultaba evidente que a Dimas le gustaba aparentar. La misma corbata que anudaba su cuello, nada discreta, lo demostraba. Cuando metió las manos en los bolsillos, sí encontró algo: las llaves en el derecho y cuatro entradas de cine en el izquierdo. Todas del mismo, el Verdi, y de los últimos diez o doce días. Eso implicaba que había visto las mismas películas al menos un par de veces, como si fuera un cinéfilo empedernido.

La última sorpresa se la llevó al examinar las solapas de la chaqueta. En la de la izquierda, por la parte de dentro, no a la vista, encontró una pequeña insignia. No tenía ni idea de lo que significaba, apenas era una mancha azul con una orla dorada; pero únicamente los de la secreta llevaban insignias por dentro de las solapas, para mostrarlas en un rápido gesto a los sospechosos y paralizarlos.

Se quedó de pie tratando de entenderlo todo.

El portarretratos también estaba donde se lo habían dicho, sobre la radio. Se acercó a él. La imagen era la de una familia feliz, aunque las caras de los dos padres estaban muy serias. Por debajo del hombre y la mujer se veía a un adolescente y a una niña mucho más pequeña. Reconoció en la niña a Dalena. El chico tenía que ser Nicolás.

Dejó el portarretratos. Era demasiado grande para llevárselo, contando con que necesitaría las dos manos para la maleta y el hato de ropa. Sin embargo, la fotografía de la familia feliz le dio una idea. Buscó a su alrededor, pero ya no vio más retratos. Salió del comedor, regresó al dormitorio y encendió un tercer fósforo. Encontró lo que buscaba en la cómoda: una foto de Dimas. La sacó del marco, lo metió en un cajón y se la guardó. Era un retrato de estudio, retocado, hecho no demasiado recientemente. En él Dimas parecía un galán de cine, repeinado, con su bigote y una mirada desafiante a lo Humphrey Bogart.

Volvió al comedor para cerrar la luz, pero no lo hizo. Le seguía dando vueltas a la idea de que Dimas había sido envenenado. Un método muy poco habitual en el maquis, donde todo se arreglaba con un disparo. Buscó la cocina y la encontró en la primera puerta de la izquierda. También en ella conectó la luz. Todo estaba limpio, no había platos sucios. Vio el recipiente de la basura con una botella de coñac vacía. Un coñac bueno, un Napoleón, de los caros. Olió el gollete, pero apenas recibió el menor efluvio de su anterior contenido. Parecía tan lavada como el resto de las cosas. En cambio, el fregadero mantenía un leve aroma pegado al agujero del desagüe. Dimas no se había bebido la botella entera. Parte había ido a parar allí antes de que la botella fuera debidamente lavada. Y Dimas no se la había bebido solo, ni podía haberla vaciado y lavado después de muerto.

No quedaba nada más por ver.

Expresó lo que sentía con una lacónica palabra:

—Mierda...

Salió de la cocina, apagó la luz del comedor y se quedó a oscuras. Se dirigió al dormitorio con las manos extendidas, pues ya sabía el camino, y justo antes de llegar a él oyó el timbre de la puerta.

Se detuvo en seco.

Paralizado.

El timbre sonó una segunda vez, con mayor insistencia.

Escuchó una voz.

—¿Dimas?

Miquel se acercó a la puerta. Puso un ojo en la mirilla óptica. Deformado por el ojo de pez, vio la cara de un hombre bajo una gorra que le venía grande. Una cara vulgar e incluso patibularia, de barba mal afeitada. Parecía llevar un grueso tabardo.

El que llamaba se impacientó.

—¡Dimas, coño! ¿Estás ahí? —Bajó la voz pero pegó los labios a la puerta.

Miquel ni respiraba.

Se asustó cuando el hombre golpeó la puerta con el puño cerrado, con rabia.

—¡Cagüen todo! —rezongó—. ¿Se puede saber dónde leches...? ¡Joder!

Se rindió. Después de su estallido final, dio media vuelta y se fue.

La voz interior de Miquel volvió a hablarle:

—No.

Pero no le hizo caso.

Contó hasta diez, abrió la puerta despacio y se asomó a la calle. El hombre caminaba por la parte izquierda de la acera, con la cabeza baja, envuelto en sus pensamientos y ajeno a lo que sucedía a su espalda.

Miquel cerró la puerta sin hacer ruido y echó a andar tras él.

9

No fue un seguimiento excesivamente largo. El hombre de la gorra se metió en el bar de la esquina, que parecía ser el único lugar habitado y cálido de los alrededores. Cuando Miquel entró en él se encontró con la clásica taberna de barrio, pequeña y cerrada. El olor a vino peleón y barato se mezclaba con el del humo del tabaco, dominando el ambiente y llenándolo de un aroma ya característico. La barra quedaba a la izquierda y estaba atendida por un único hombre que sujetaba una colilla apagada en la comisura de los labios. Llevaba una camisa sucia y un paño que antes había sido blanco colgado del hombro. Por delante de ella, a la derecha de la entrada, se repartían apretadas media docena de mesas con la superficie de piedra blanca o imitación de mármol y patas metálicas. De las mesas, cuatro estaban ocupadas y en una se jugaba a las cartas en silencio, nada que ver con las estridencias del dominó. Acodados en la barra, tres usuarios más, con sus respectivos vasitos por delante, daban la impresión de llevar allí una eternidad, cada cual con sus pensamientos concretados en el líquido de aquellos vasos de cristal.

En el momento de entrar Miquel, su perseguido cruzaba una puerta situada al fondo, al final de la barra coronada por el teléfono público junto a la pared, con el hueco protegido por una cortina de tiras de plástico de colores enlazadas con ganchitos de hierro.

Las miradas de algunos de los presentes convergieron en él. Luego siguieron a lo suyo.

—Cuarenta en bastos —dijo uno de los de la partida sin excesivo énfasis.

Se sentó en el último taburete de la barra y esperó a que el camarero de la colilla llegara hasta él. No había ninguna mujer. Todos eran hombres. Tal vez fuera por la hora. Ellas, en casa preparando ya la cena, y ellos...

—¿Qué va a ser, paisano?

El paisano pidió un café. Luego agregó:

—¿El retrete?

—Por ahí. —El hombre señaló la cortina de tiras de plástico—. Tire de la cadena, no nos deje el regalo.

—Gracias.

Cruzó la frontera multicolor y se encontró en un angosto pasillito sin luz. La puerta del retrete quedaba a la derecha y, como estaba entreabierta, la taza era visible. Pasó de largo poniendo cara de inocente por si alguien le sorprendía, como si en la penumbra no viera bien. Al final del pasillito había otra solitaria puerta que debía de conectar con el almacén o la trastienda del bar. Estaba abierta y las voces salían de ella.

Voces no precisamente bajas o comedidas.

—¡Coño, que no está!

—¿Seguro?

—¡Joder, que he llamado tres veces, al timbre y a la puerta! ¡No hay nadie!

Una pausa breve.

—Pues no lo entiendo.

—¡Ni yo!

—Él mismo dijo que tenía que ser hoy. Vamos, que no insistió ni nada, ya le oíste.

—Ya, ya.

Una segunda pausa.

—¿No lo habrá hecho él solo?

—No, hombre, no. —El tono fue categórico—. Nos metió por eso, porque siendo tres no hay peligro de que el tipo se rebote.

—Pues me mosquea mucho que no aparezca.

—Y a mí.

—¿Y si lo ha trincado la policía?

—¿Al Dimas? ¡Anda ya! ¡Menudo es!

—A ver, si no está en casa y habíamos quedado, y el plan era urgente para hoy, la única explicación es que se haya metido en algún lío.

—No es de los que hacen dos cosas a la vez, tú lo sabes.

—¿Y la novia?

—Estará trabajando, hombre.

La tercera pausa fue solo un poco más larga que las otras dos. La imagen de Dalena les cambió el sesgo de la conversación.

—Coño, mira que está buena la moza, ¿eh? —El tono fue de profunda admiración—. Yo, desde luego, con una mujer así en casa, es que ni salía. Me pasaba todo el día encamado.

—¿Y con qué municiones cargarías la pistola? ¿Te crees un semental?

—No sé ni cómo le permite ir a trabajar. —Obvió el comentario—. Yo, desde luego, no dejaba que ninguno le pusiera la mano encima, y menos la polla. Toda para mí.

—Si tanto te gusta, la pagas por una hora y ya está.

—Sí, ya, como que Dimas me dejaría. O ella. Ése nos raja. Una cosa es que paguen unos desconocidos y otra que lo haga uno de nosotros.

—Todos los rabos son iguales.

—Ni siquiera sé lo que debe de cobrar... —Rezongó algo por lo bajo que a Miquel se le hizo ininteligible—. El muy cabrón, con lo guapo que es y la planta que tiene, mujeres no le han de faltar.

—La Dalena es la Dalena.

Se quedaron sin argumentos, o los tenían todos metidos en la cabeza al hablar de ella y ya sobraban. Miquel pensó en recular, porque estaba expuesto por los dos frentes: el de la espalda, si alguien entraba en el pasillito procedente del bar, y el de delante, si uno de los dos hombres salía inesperadamente.

Aun así, hubo un cruce final de palabras entre ellos.

—¿Qué hacemos?

—Nada. Le esperamos tomando cualquier cosa y a ver qué pasa, si aparece o dice algo. Ya sabe dónde encontrarnos. Pero, desde luego, tarde ya se ha hecho.

Ahora sí retrocedió y se metió en el retrete a toda prisa. Olía a perros y, el último que lo había utilizado, de tirar de la cadena, ni hablar. Se quedó allí cinco segundos, sin tocar nada, como si temiera contagiarse de algo, y luego salió fingiendo abrocharse la braqueta. Cuando cruzó la cortina de plástico miró distraídamente hacia las mesas. El hombre de la gorra al que había seguido y el otro, con el que estaba hablando, se sentaban en ese momento a la mesa más apartada, al fondo del local. Como tampoco era muy grande, «el fondo» se hallaba a menos de cinco metros. El café ya estaba en la barra. El tipo de la colilla le lanzó una mirada distraída. Por allí todos debían de ser clientes habituales, así que cualquier novedad resultaba al menos curiosa. Sin llegar a vestir como un potentado, Miquel tampoco daba la impresión de ser un obrero o un chupatintas que contaba el dinero de los demás.

Miquel se dio la vuelta, con la taza de café entre las manos, calentándoselas. Fingió mirar las oscuras paredes, el techo tan espeso y cargado de humo que más parecía una masa de barro blando. Había un cartel anunciando un torneo de fútbol en el barrio, el Carmelo, y otros dos del Fútbol Club Barcelona y el Real Club Deportivo Español, para que nadie se enfadara. Los dos hombres ya no hablaban, se limitaban a esperar, sentados. El de la gorra era bajo, achaparrado, y seguía con el tabardo negro cerrado hasta el cuello. El nuevo era un poco más alto y vestía un jersey grueso y viejo, de color avellana. O trabajaba en el bar o era el dueño, aunque más lo parecía el de la barra, mayor y mucho más hecho. Miquel les calculó unos cuarenta años a ambos.

Se estaba acabando el café, sin tener todavía claro qué hacer más allá del instinto de haber seguido al de la gorra, cuando entró en el bar un hombre un poco mayor, cincuenta o cincuenta y cinco años. También llevaba una gorra calada hasta casi por encima de los ojos y una chaqueta demasiado liviana para la temperatura exterior. Parecía aterido. Golpeó con las botas el suelo, para aliviar la congelación de las extremidades inferiores, y al ver a los dos del fondo se acercó a ellos.

No hablaron precisamente en voz baja.

—Demetrio, ¿qué haces, hombre?

—Nada, pasar el rato —dijo el hombre al que había seguido Miquel.

—No habrás visto a Dimas, ¿verdad? —preguntó su compañero.

—No, y prefiero no verlo —escupió las palabras el recién llegado.

—¡Venga, hombre!

—Mira, Segismundo, ése está cada vez peor —siguió con el mismo tono desabrido—. Si es que va a por todas, buscando dinero hasta debajo de las piedras, y se le nota.

—¿No vamos todos igual?

—Que te digo que va a acabar mal, nada más. Por mí... —Cambió la orientación de la charla—. ¿Qué, hacéis algo?

—No —le respondió Segismundo.

—Entonces me voy, que la parienta se mosquea si llego tarde.

—Y te zurra —rio Demetrio.

—¡Vete a la mierda! —Le dio la espalda el aparecido.

Salió del bar y los dejó solos.

Miquel miró la taza de café. Vacía. Con Dimas muerto, aquellos dos no iban a tener mucho más que hacer. Todavía debía volver a la casa de Dalena, a por la dichosa maleta y el hato.

Volver y arriesgarse.

Lanzó un suspiro, se dio la vuelta y llamó al de la barra.

—¿Qué le debo?

10

Tomó el taxi varias calles más allá de la casa de Dalena y Dimas, para estar seguro de no dejar rastros, y llegó a la suya veinte minutos después, cargando los dos bultos, la maleta y el hato de ropa. Esta vez se había limitado a entrar, meterse en el dormitorio, recoger lo que había ido a buscar y salir lo más rápido posible. Nadie le vio. Nadie reparó en él. Pero, más que nunca, se sintió un delincuente.

Dejó las dos cosas en el recibidor y se preparó para la llegada de Raquel con los brazos abiertos. La niña quiso correr tanto que trastabilló y se cayó de cara, con los brazos extendidos. No soltó ni una queja. Se levantó y, con la misma expresión de felicidad, se le echó encima.

—¡Pa! ¡Bfff...! —proclamó llenándole de babas.

Miquel la abrazó fuerte y la besó en la rubicunda mejilla. Luego esperó a Patro. La niña se los quedó mirando mientras se daban el habitual beso breve en los labios. Debía de gustarle verlos así porque incluso aplaudió. Siguió mirándolos como si esperase algo más.

—Tú no aprendas muy deprisa, ¿eh? —la previno Miquel.

Ella se echó a reír.

—¿Cómo ha ido? —le preguntó Patro, ansiosa.

—Bien, tranquila.

—Estaba preocupada.

—Todo ha sido rápido —le mintió.

—Pero has tardado.

—Precauciones, nada más. ¿Y Dalena?

—Se ha acostado ya. Estaba agotada. Lo de la muerte de Dimas la ha dejado... Bueno, puedes imaginarlo.

—No será porque esté enamorada de él.

—Pues no lo sé. Pero yo creo que sí. Una no pasa tantos años con una persona si no hay algo —reflexionó ella—. Que se case por necesidad, para tener un futuro, y por mucho que la encandile el tal Domingo, no quita lo otro. Según Dalena, Dimas es muy suyo, muy guapo.

Miquel pensó en el muerto.

Raquel se cansó de haber dejado de ser el centro de atención, porque se agitó y le cogió la cara a su padre con ambas manos. Él volvió a darle un beso. Luego le sacó la lengua.

La niña le imitó.

—¡Ay, Señor! —exclamó Miquel—. ¡Que vas a saber latín!

Habían llegado a la cocina. A Patro se le notaba la ansiedad, pero esperaba. Escrutaba la cara de él en busca de algo, una emoción, aunque fuera de molestia o enfado, pero Miquel daba la impresión de ser un simple oficinista llegando a casa tras un día más de trabajo.

—Desde luego, tienes un aguante... —protestó ella.

—¿A qué viene esto?

—¿No vas a contarme nada?

—Luego, aunque... ¿Qué quieres que te cuente?

—Miquel...

—De acuerdo. —Se rindió—. Déjame cinco minutos con Raquel, que no la he visto en todo el día.

—¿Te preparo algo de cenar?

—Sí, pero ligero.

—Yo no he podido tragar nada —le confesó—. No hago más que ver el cuerpo de ese hombre.

—Ningún muerto es agradable. Y aún has tenido suerte.

—¿Suerte?

—No había sangre, ni heridas. Cambia un poco.

—Pero estaba allí, con los ojos abiertos y esa expresión...
—Se estremeció.

—Voy al comedor. —Prefirió no continuar la charla él.

Seguía con Raquel en brazos. No pesaba. En dos, tres, cuatro años, si no se moría antes por la edad, como solía pensar de forma agorera, probablemente ya no podría con ella, salvo que desafiara una buena lumbalgia. Quería aprovechar cada minuto, cada regalo. Llegó al comedor y la dejó sobre la mesa. A veces comían o cenaban con la niña allí, y la miraban como si estuvieran en el cine viendo una película. A Raquel le encantaba. Él le hizo carantoñas y ella le correspondió con sus gracias. Cuando apareció Patro con un plato de sopa de fideos y un poco de verdura, más el pan y el agua, se sentó para ocuparse de la niña. En momentos así, era de lo más tranquila, como si supiera o entendiera que ellos tenían que hablar. Casi siempre los miraba con atención.

—¿Seguro que no vas a comer nada? —Se preocupó.

—No, no. —Hizo un gesto de asco.

Miquel se puso la primera cucharada en la boca. Estaba caliente. Su cuerpo se lo agradeció. A pesar del brasero instalado debajo de las mesas de la cocina y del comedor, el frío era demasiado agudo aquellos días. Patro esperó hasta la tercera cucharada. Luego, ya no pudo más.

—¿Solo has entrado a por la maleta y has salido?

—Sí.

No le creyó.

—¿No has mirado nada?

—No.

—¿Ni siquiera por curiosidad?

No iba a engañarla. Tampoco tenía demasiado sentido. No había mentiras entre ellos. Por encima de otras parejas, necesitaban de aquella complicidad. La mejor protección era la sinceridad, compartirlo todo, evitarse sustos y problemas.

—He entrado hasta el lugar en el que estaba Dimas, sí —le confesó Miquel—. No he tocado nada, pero he examinado el cadáver. Ninguna herida visible. Calculo que murió hace veinticuatro horas.

—O sea, cuando Dalena ya no estaba en casa y se había ido a la pensión.

—Eso parece.

—¡Bien! —asintió Patro tratando de disimular su alivio.

—Por tu aseveración deduzco que, a pesar de todo, pensabas que lo había matado ella.

—¡No!

Miquel se llevó otra cucharada a la boca. Le lanzó una mirada nada disimulada. Raquel se entretenía ahora con un pedazo de pan al que iba mordiendo y mirando, mordiendo y mirando. Cada descubrimiento que hacía le resultaba asombroso.

—Si no tenía heridas visibles, ¿cómo murió? —quiso saber ella.

—Te diré algo, cariño. —La sopa desaparecía a velocidad de vértigo—. Sea lo que sea que haya pasado, a mí todo esto me chirría mucho.

—¿Cómo que te chirría?

—En primer lugar, a Dimas lo envenenaron.

—¿En serio? —Puso cara de asombro—. ¿Cómo lo sabes?

—Lo sé. ¿Quieres detalles?

—Bueno... me gustaría.

—El olor de su boca, una botella de coñac vacía en el cubo de la basura... —Chasqueó la lengua—. Pequeños detalles, pero evidentes. Y, como te digo, hay más.

—Va, suéltalo. No te hagas el interesante.

—¿Yo? —Se asombró de la apreciación de Patro.

—Esos papeles, lo que ponía en el que has leído antes...

—Mira, Patro. Por lo que sé del maquis, y te recuerdo que conocimos a aquel grupo en octubre del 48, ellos no van por ahí envenenando a la gente. Si quieren matar a una persona, le pegan un tiro. Es lo habitual. Lo lógico. Para envenenar a alguien hay que conocerlo. Para tomar un coñac con alguien, has de tener la puerta abierta. Suponiendo que Dimas fuese un confidente de la policía, cosa que no niego y puede ser probable aunque no da el perfil, dejar una nota de un ajusticiamiento de un soplón por parte de la CNT en 1947 tampoco tiene mucho sentido. Suena... melodramático, no sé si me explico. Bastaba con el texto de una de las dos caras del papelito, el corto. Una denuncia pura y simple. El otro era excesivo. Y echar una docena por encima del cuerpo... lo mismo. El que mató a Dimas quería dejar bien sentado el motivo.

—Entonces ¿tu teoría es...?

—De momento, que Dimas le abrió la puerta a su asesino y que se tomaron un coñac mientras hablaban. La botella creo que la llevaba el propio visitante.

—¿Nada más?

—¿Te parece poco?

—Bueno, pues si le conocía pudo matarle cualquiera.

—Cualquiera que pudiese imaginar que el responsable de la muerte de Nicolás era él.

—¿Imaginar? Creo que algo así implica que esa persona sabía que era un confidente de la policía.

—Tal vez. —Hizo un gesto de duda—. Por ahora todo se sostiene con pinzas. En el supuesto de que sea así, como crees, es incluso más que probable. Y digo «en el supuesto» porque todo apunta a que es verdad, aunque en una investigación nunca hay que dar nada por sentado, y menos al inicio. Salvo los otros dos atracadores, por parte de Nicolás los únicos que sabían lo del atraco eran Dalena y Dimas.

Miquel ya comía la verdura. La acompañó con un poco de pan que Raquel, al comienzo, quiso quitarle de la mano. Ahora insistía por segunda vez.

—No, cariño. Éste es de papá, ¿ves?

Aunque iba abrigada, Raquel soltó un inesperado estornudo.

—¡Ay! —Se preocupó su madre.

—No te la lleves —le pidió él—. Acabo de cenar y la acostamos. Mira, tiene las manos calentitas. Incluso creo que va demasiado abrigada.

Miquel se terminó de zampar el plato de verdura. La cena había sido vista y no vista.

—¿Un flan?

—No, gracias.

—Miquel.

Captó el tono. Había muchas formas de decir su nombre.

—¿Qué?

—Has dicho que en una investigación no hay que dar nunca nada por sentado, y menos al inicio.

—Sí, eso he dicho.

—¿Vas a meterte?

Era tarde, y lo que menos quería era discutir. Y aún menos con Raquel sobre la mesa masticando un pedazo de pan, pero pendiente de ellos.

—Ya le hemos hecho el favor a Dalena, ¿no crees? —Suspiró Patro.

—Dime una cosa. ¿Te importa esa mujer?

No supo qué responderle. Llevaba años sin verla. Todo había sido muy rápido.

Pero seguía el peso de aquella deuda.

Los meses pasados en la cárcel por ayudarla.

—No me importa, pero...

—Ya. Se lo debes.

—Hay un muerto en esa casa —le recordó Patro.

—¿Y si Dalena está en peligro?

—¿Por qué iba a estarlo? —Se asombró.

—No lo sé. Cuando era policía, contemplaba siempre todas las posibilidades. Lo aprendí de buenas a primeras en un caso en el que di por sentadas demasiadas cosas que entonces me parecieron evidentes. Y cuando hay un crimen, nada lo es. Cada caso es imprevisible.

—Ya no eres policía —dijo ella inútilmente.

—Tú ya me entiendes.

—Conozco esa mirada, y ese tono.

—Yo solo digo que...

Patro le tapó la boca con un beso.

Y esta vez no fue un simple roce de labios.

Era un beso de noche, lleno de ansiedad y promesas.

Cuando se separaron se encontraron con un enorme bostezo de Raquel.

—Vamos a acostarla —dijo Patro levantándose.

Salieron los dos del comedor, ahora con la niña en brazos de su madre. Ni siquiera protestó cuando la dejaron en la cuna. Tenía sueño, sí, pero igualmente le encantaba dormir. Mientras la tapaban se los quedó mirando como siempre.

El universo estaba allí.

Entero.

—Buenas noches, tesoro. —Se inclinó Miquel para besarla.

No hubo más. Salieron de la habitación en silencio y no hablaron hasta llegar a la de ellos. Patro le tomó las manos. Seguían más frías de lo normal estando en casa.

—Antes de que me toques, hay que calentarlas, ¿eh? —le susurró.

—Claro —asintió Miquel.

—¿Dejarás de pensar en todo esto?

—¿Dejarás tú?

—Si me abrazas fuerte, sí. Ya lo sabes. —Siguió frotándole las manos—. ¿Me lo has contado todo?

—Casi.

—¿Casi?

—El tal Dimas era un ficha.

—Lo imagino, pero ¿por qué lo dices tú?

Miquel le contó la breve charla captada al vuelo entre Demetrio y Segismundo. Iban a hacer algo los tres. Y algo no precisamente limpio. Algo con alguien, eso se deducía de lo dicho. También le habló de las entradas de cine, la insignia oculta en la solapa...

—¿Por qué seguiste a ese hombre?

—No lo sé. —Se encogió de hombros—. Instinto.

—Dimas debía de estar metido en mil chanchullos, con lo cual pudo matarle cualquiera.

—¿Después de lo de Nicolás? —vaciló—. No, creo que hay relación entre todo eso.

El nombre de Nicolás hizo que Patro recobrara la seriedad. También la tristeza.

—Pobre Dalena —musitó.

—¿Pobre?

—Le matan a su hermano, aunque también fuera una buena pieza, y ahora lo de Dimas.

—Le queda Domingo.

—¿Y si se entera de todo y se echa para atrás?

—Creo que tu amiga sabrá convencerle.

—¿Convencerle o liarle?

—Las dos cosas.

Las manos de Miquel ya estaban calientes. Patro empezó a desabrocharle la camisa. Lo hizo todavía maquinalmente, sin dejar de pensar y hablar.

Miquel contempló sus manos.

—¿Sabes lo malo? —dijo.

—No.

—Si para cuando encuentren el cadáver de Dimas no hay un culpable, acabarán liando a Dalena. Y cuanto más tiempo transcurra, será peor. Su única coartada ahora es que ella estaba en una pensión anoche. Pero cuantos más días pasen, más puede que les cueste determinar el momento exacto de la muerte. La coartada de Dalena depende de unas pocas horas, Patro. Eso es lo malo y ése es el riesgo.

Ya le había quitado la camisa. Le sacó la camiseta por encima de los hombros y la cabeza. Le besó el pecho y le pasó la lengua por los pezones. Miquel cerró los ojos. Sin dejar de besarle y lamerle, ella le desabrochó el pantalón, el cinturón, la bragueta...

—Que sea despacio, por favor —susurró Patro—. Despacio y largo.

Miquel apenas pudo balbucear algo afirmativo.

Día 2

Miércoles, 13 de febrero de 1952

11

Despertó sobresaltado, de golpe. Y cuando miró la hora descubrió que, encima, era más tarde de lo normal. El mal humor fue inmediato. Extendió la mano, pero encontró vacío el lado de la cama de Patro. Vacío y frío, como si ella se hubiese llevado todo el calor al levantarse. Durante ocho años lo primero que había visto al abrir los ojos eran las caras macilentas de sus compañeros de trabajo, los esclavos del Valle de los Caídos. Ahora llevaba cuatro y medio viendo a Patro y, aunque era una bendición, a veces aún temía abrir los ojos y verse allí, en mitad de la pesadilla, saliendo del sueño de su nueva vida.

¿Por qué no le había despertado? ¿Tan cansado parecía? Uno de los placeres de la mayoría de las mañanas era hacerse un poco el perezoso con ella, y más en invierno. Abrazarse en la cama era lo mejor. Patro solo le dejaba dormir si notaba que lo necesitaba.

A esta hora ya estaría en la mercería, con Raquel.

Se levantó y notó el frío de la casa. Embutido en su bata y calzando las zapatillas afelpadas, se dirigió al lavadero para hacer sus breves limpiezas matinales. Iba tan absorto en sus pensamientos que abrió la puerta sin más.

Dalena, de pie en el centro del lavadero, mojada y medio enjabonada, con la piel brillante por el agua, se tapó el desnudo cuerpo instintivamente, dándole la espalda mientras abría los ojos por el susto y giraba la cabeza en dirección a él.

Miquel también se asustó.

La imagen duró apenas un segundo.

—¡Oh, perdone, lo siento! —Bajó la cabeza y retrocedió al instante, cerrando la puerta.

—¡No, señor Miquel, perdone usted! No sabía... —la oyó decir.

—Siga, siga, tranquila.

—¡Ya acabo, un minuto!

Regresó a la habitación pensando que era la tercera mujer desnuda que veía en su vida, después de Quimeta y Patro. La tercera, pero la primera con las marcas de aquellos golpes en la espalda.

De pronto sonrió.

¿La tercera? No, la cuarta. Recordó el estriptís de Patricia Gish en diciembre de 1949, en aquella casa de la calle Gomis, para salvar sus vidas y acabar con aquel maldito comisario y con el nazi que pretendía escapar cargado de obras de arte.

Se sentó en la cama y miró el suelo.

Cada lío en el que se había metido desde su regreso en julio del 47 había dejado una huella. De una u otra forma. A veces se sentía impactado por la magnitud de algunos casos; otras, orgulloso de cómo los había resuelto. Patro lo llamaba «sheriff». Un sheriff sin placa.

Los golpes en la espalda de Dalena no eran recientes, pero tampoco hechos más allá de una semana. El tono ya era violáceo, con alguna zona amarillenta.

¿Dimas?

Según Dalena, él no era violento, no le pegaba.

¿Qué mujer reconocía que amaba o vivía con una bestia?

Siguió quieto, mirando el suelo, hasta que escuchó unos golpecitos en la puerta.

—Ya estoy, señor Miquel. Y de nuevo perdone. Creí que estaba sola.

—No importa, tranquila, en serio.

—Gracias.

Cuando salió al pasillo, su inquilina ya no estaba a la vista. Dormía en la misma cama y la misma habitación que había ocupado él al comienzo, cuando se fue a vivir como realquilado con Patro. Claro que eso duró poco, apenas unos días. Lo que había entre ellos era imparable. Comenzó aquella noche en que Patro le devolvió las ganas de vivir, después de la paliza recibida investigando la muerte de aquella chica.

También era prostituta.

—Dios... —Se pasó una mano por los ojos.

Se lavó con mayor rapidez de lo habitual, y en lugar de regresar desnudo a la habitación, volvió a ponerse el pijama, por precaución. No quería que Dalena se desmayase.

—Sí, ya. —Sonrió.

Bueno, Patro adoraba su cuerpo.

Siguió sonriendo.

Una vez vestido, caminó hasta la cocina. Siempre que Patro se marchaba antes y no desayunaban juntos, optaba por ir al bar de Ramón. Esta vez, sin embargo, Dalena le había preparado algo, una tostada, queso, el café con leche...

—No sé si le gusta esto —vaciló.

—Está bien —contemporizó él—. Y, de nuevo, perdone la irrupción. No recordaba que estaba aquí, o pensaba que se había ido con Patro, no sé. A veces tengo la cabeza...

—No se preocupe. —Sonrió un poco—. Me paso la vida más desnuda que vestida.

Era una buena observación.

Miquel prefirió no agregar nada más.

—Perdone. —Bajó la cabeza ella—. No sé por qué he dicho esto.

—Está nerviosa.

—Supongo que sí.

—Pues se lo repito: tranquila.

—Usted me impresiona, ¿sabe?

—¿Yo?

—Que haya sido policía...

—Creía que era por ser el marido de Patro.

—Eso también. Pero, bueno, es más lógico. La palabra «policía» nunca deja de imponer respeto. Y miedo, que no es el caso en usted, claro. Ella siempre mereció más de lo que tenía allí. —Miquel supo que se refería al Parador del Hidalgo—. Siempre la vi como un ángel entre demonios. Es normal que se enamorara de ella. La protegíamos un poco entre todas. Por eso aquella noche actué de aquella manera. Aquel hombre iba a matarla, sin duda.

—Nunca me lo contó.

—Yo tampoco lo habría hecho.

—No hablamos del pasado, ni del suyo ni del mío.

—Patro me ha dicho que usted lo pasó muy mal: su hijo, su mujer, la sentencia de muerte, los años de cautiverio...

—Ella me salvó la vida cuando volví a Barcelona.

—No, yo creo que usted es de los que no se rinden. Un superviviente.

—También, pero...

La taza de café con leche ya estaba vacía, aunque apenas había mordisqueado media tostada. Era tarde para ir al bar de Ramón a darse un buen desayuno. Aprovechó el silencio para decirle:

—¿Ha visto la maleta?

—Sí. Gracias.

Miquel esperó la pregunta.

No tardó.

—¿Algo... de nuevo?

—No.

—¿Dimas?

—Como lo encontró Patro. No le he tocado. Ni siquiera le he cerrado los ojos. Eso es trabajo para la policía.

—¿Cuánto tardarán en descubrirlo?

—Depende. ¿Alguien más tiene llave de su casa?

—No.

—¿Alguna visita habitual?

—No, tampoco.

—En este caso... Bueno, el cuerpo empezará a oler, a pesar del frío. El hecho de estar en una planta baja, cerrada y sin vecinos, evitará que el olor se note. Aun así... Yo que usted, en cuanto tenga normalizado lo de Domingo, fingiría ir por allí y dar la noticia.

—¿En serio?

—Sí.

—Da un poco de miedo, ¿no?

—Pero es lo justo. Justo y necesario. No va a pasarse la vida evitándolo. Los amigos de Dimas también lo echarán en falta. Puede que hasta ellos den el parte.

—Sigo un poco aturdida. Todavía no he asimilado... —Dalena cerró los ojos, como si así pudiera ahuyentar los fantasmas. Al volver a abrirlos preguntó—: ¿Sabe cómo murió?

—Le envenenaron.

La sorpresa la golpeó de lleno.

—¿Qué?

—Alguien fue a verle. ¿Tenían coñac en casa?

—No, ¿por qué?

—Había una botella de Napoleón en la basura, lavada.

—No entiendo...

—Creo que sí entiende, Dalena. —La voz de Miquel sonó fría—. Dimas conocía a su asesino. Le abrió la puerta, bebieron y eso le mató.

—Si de verdad era un confidente, tal vez tuviera relación con el maquis —vaciló ella.

—Lo de que fuera un confidente es dudoso, aunque eso explicaría que no le hubieran detenido nunca con sus trapicheos. Supo del atraco, no le caía bien su hermano Nicolás; y, como mucho, tal vez quiso sacarse una ventaja con la policía.

Eso es todo. Pudo denunciarlo, sí. Pero ahora mismo cualquier teoría es posible. —Hizo la pregunta sin darle tiempo a reaccionar—: ¿Le suenan los nombres de Demetrio y Segismundo?

—Sí, son dos conocidos de Dimas. ¿Por qué?

—Mientras yo estaba en la casa, uno de ellos llamó a la puerta. Habían quedado para un negocio. —Remarcó la última palabra—. Lo seguí hasta el bar de la esquina y allí estaba el otro.

—Dimas y sus chanchullos... —Suspiró Dalena.

—¿No sabe más?

—No, lo siento. Él llevaba su vida y yo la mía. No compartía conmigo estas cosas, de la misma forma que yo no le daba detalles de mis relaciones.

—¿Sabe por qué Dimas llevaba varias entradas del cine Verdi encima?

—Le gustaba el cine.

—¿Tanto como para ir un par de veces casi seguidas a ver las mismas películas, y solo?

La mirada de Dalena expresó desconcierto.

—No sé lo que hacía en sus horas muertas. —Se encogió de hombros.

Estuvo a punto de preguntarle por las contusiones de la espalda, pero se contuvo. Eso habría significado que la había visto desnuda más allá del susto inicial.

—De acuerdo, perdone.

—No, sé que me está ayudando. Patro me ha dicho que si usted se mete en algo...

—Patro está enamorada.

—Y se le nota. Le idolatra.

—Lo decía por...

—Sé por qué lo decía —le detuvo—. Y yo sé por qué lo digo ahora. Me gustaría amar así, ¿sabe? Me gustaría...

Empezó a llorar suavemente, constriñendo la cara, bajando la cabeza, pero sin cubrírsela con las manos. Dos lágrimas cayeron sobre su regazo. Llevaba una bata de Patro. Tenía las manos pequeñas en relación a su espléndido cuerpo.

Miquel no se movió de su silla.

No trató de consolarla, y menos tocarla.

—Vamos, tranquila. Si todo sale bien, se casará y tendrá una nueva vida.

—No es lo mismo —gimió ella.

—Si ese hombre la quiere, será feliz con él.

—Me quiere, pero... —Se vino abajo por la grieta abierta en su coraza—. Es como un niño grande, ¿entiende? Siempre ha estado bajo el poder y el influjo de su condenada madre. Ahora soy su capricho, me tiene en un pedestal. Dice que no le importa lo que he hecho, ni con quién ni con cuántos. Y le creo. Lo tengo comiendo de la palma de mi mano. Sin embargo... ¿cuánto tardará en pensar que me sacó de la calle?

—Quizá nunca.

—¿De verdad usted no piensa nunca en Patro y...?

—No. —Le cortó la frase antes de que la acabara.

—Perdone. —Se dio cuenta ella.

—Mire, Dalena. En la vida todo son circunstancias, momentos y reacciones. Lo de Patro y yo tiene su historia, nuestra historia. Usted tendrá la suya con Domingo. Pórtese bien con él, hágale feliz, y le aseguro que él la hará feliz a usted. Esa mujer, la madre, ha muerto. Domingo ahora es libre. Formen un equipo, ésa es la clave. Y si lo hace más por necesidad que por amor... dese tiempo. Es cuanto puedo decirle. Hay un momento en que el pasado deja de importar y solo cuentan el presente y el futuro.

Dalena asintió con la cabeza.

—Hoy mismo hablaré con Domingo si puedo, porque no es uno de los días que tiene más libertad en los juzgados, y encima con temas de la herencia o los planes de boda, pasando de la familia... Le diré que no me sentía cómoda en la pensión... Le pediré que... —Se atropelló un poco con las opciones—. Bueno, he de pensarlo. No quiero precipitarme y que crea que le atosigo.

Miquel se levantó de la silla. Era hora de ponerse en marcha.

Recordaba lo que le había dicho la noche anterior a Patro: «Solo cogiendo al asesino quedará libre Dalena».

—¿Va a la mercería? —le preguntó a la mujer.

—Sí.

—Dígale a Patro que he tenido que ocuparme de algo.

—Bien, señor Miquel.

El «señor Miquel» salió de la cocina y eso fue todo.

12

Desde que probó su inocencia en el caso del diplomático asesinado en Barcelona en abril de 1950, había visto a Agustín
Mainat media docena de veces, pero ninguna en los últimos
meses. El hijo de su viejo amigo tenía su propia vida, ya casado, y el trabajo de periodista le dejaba pocas horas libres. A veces el tiempo pasaba tan rápido que los días se convertían en
semanas, y las semanas en meses.

Era un miércoles, un día como otro cualquiera, pero Miquel no estaba seguro de que fuera a encontrarle en *La Vanguardia*.

—Si quiere esperar, por favor, le aviso enseguida —le dijo
la muchacha de la recepción, distinta de la de la última vez—.
¿De parte de quién?

—Miquel Mascarell.

Debió de chocarle que le dijera «Miquel» en lugar de «Miguel». Se lo quedó mirando unos segundos con ojos vivara-
chos, cómplices, y acabó sonriendo.

Desapareció sobre sus tacones, realzando su silueta femenina y juvenil, y Miquel esperó en la salita adjunta a la entrada.

Todo seguía igual.

No solo igual que en el 50. También igual que en el 39,
cuando vio al padre de Agustín por última vez allí mismo.

Trece largos años.

Cogió el ejemplar de *La Vanguardia* del día, depositado sobre la mesita de la sala. En la portada, fotos con el epígrafe «Actualidad barcelonesa». Arriba, tres instantáneas hablando de la celebración de Santa Eulalia, copatrona de Barcelona. Por supuesto, en la foto de la izquierda, la imagen del obispo, o quien fuera, dominaba el sacrosanto espectro de la efeméride. De ésta o de cualquier otra. No había inauguración o celebración en la España de Franco sin sotanas o uniformes, cruces y medallas. No hacía falta recordar el peso de la dictadura, las imágenes hablaban por sí solas. Los miembros del Ayuntamiento, serios y elegantes, llenaban otra de las fotografías. Abajo, tres más: una panorámica de la parte alta de la Diagonal... oficialmente la avenida del Generalísimo, y dos de las obras que se hacían en ella. El texto anunciaba no solo la Barcelona del futuro, sino la que se preparaba para el inminente Congreso Eucarístico, que iba a celebrarse en mayo: «En el cruce de la avenida del Generalísimo con la de la Victoria, han comenzado las obras de construcción de la nueva plaza de Pío XII. Recogen estos gráficos una vista general del citado cruce y dos aspectos de los trabajos iniciales de lo que ha de ser una gran realización urbanística».

Unos adoquines con carros al fondo, y un solitario trabajador abriendo una zanja, daban fe de los «trabajos» y de la «gran realización urbanística».

En la primera página del interior ya no se hablaba del reciente contencioso verbal con Estados Unidos a raíz de las críticas del presidente Truman hacia España. Toda la prensa patria se había puesto de uñas contra él, aunque no con «el gran país del que se esperaba todo y más». La unánime opinión general era que al estar Truman bajo el influjo de la masonería, lo mismo que Inglaterra, los comentarios habían sido en extremo tendenciosos. Truman había dado cien millones a Israel tras la proclamación de su Estado, pero también al comunista Tito de Yugoslavia, jugando a dos bandas, mientras que a España se le negaban ayudas, aunque se le requerían bases para defender la hegemonía de Occidente.

Iba a leer un artículo titulado «Los inválidos de guerra exiliados», con un subtítulo que rezaba «El Gobierno del Caudillo está dispuesto a repatriarlos y a beneficiarles con las ventajas reconocidas a los mutilados», cuando se abrió la puerta que comunicaba la recepción con las oficinas de *La Vanguardia* y apareció Agustín Mainat. Miquel dejó el periódico y abrió los brazos.

Los dos hombres se palmearon con fuerza las respectivas espaldas.

—¡Señor Mascarell, qué bueno verle!

—¡Hola, Agustín, hijo!

Podía llamarle así. Después de todo, había sido el padrino de su boda, apenas dos meses después de demostrar su inocencia en abril del 50.

—¿Cómo está? ¡Cuánto tiempo!

—Nosotros bien. ¿Y Rosa, y tu madre?

—Mi madre, perfecta. Y feliz esperando ser abuela. Rosa sale de cuentas dentro de un mes.

—¿Ya?

—Que sí, que hacía mucho que no le veía. ¿En qué anda?

Miquel se encogió de hombros. La joven de la recepción parecía estar pendiente de ellos.

—Te lo contaré un día de éstos, cenando todos y a poder ser antes del parto, que luego... —Le hizo sentar en una de las sillas y bajó la voz—. ¿Tienes cinco minutos?

—Para usted los que sean.

—Necesito una información.

Agustín frunció el ceño.

—¿Ya anda metido en uno de sus... asuntos?

—Va, calla. —Le dio un codazo cariñoso—. ¿Estás al tanto del atraco frustrado al banco Hispano Americano de Mayor de Gracia de hace dos semanas?

—Hombre, claro.

—¿Tienes más información, al margen de la publicada en la prensa?

—Bueno, ya sabe que estas cosas hay que manejarlas con tacto. —Él también bajó la voz al límite—. Pero mucho más de lo que se ha dicho en este caso... no, no creo.

Miquel tenía la teoría, y las respuestas, pero necesitaba confirmarlas, contrastarlas. Se puso la piel de cordero para hacer un poco de inocente abogado del diablo.

—Me gustaría saber qué opinas.

—¿Aparte de que fue una encerrona en toda regla?

—Sí.

Agustín no tuvo que ir a por notas o un ejemplar del día. Habló como un buen profesional, con todo en la cabeza.

—Se llamaban Eleuterio Bermúdez, Leandro Enríquez y Nicolás Costa. Los tres con antecedentes y fichados, aunque siempre por robos y delitos menores. Las autoridades ya sabían que estaban en el maquis y que, yendo armados, eran peligrosos. Se ha dicho que les seguían la pista, pero eso es más improbable. De haberles «seguido la pista» no habrían esperado al momento del atraco. Saber de antemano que se va a robar un banco no es una casualidad.

—Alguien los delató.

—Evidentemente. Si algo caracteriza al maquis es que, cuando ejecutan una operación, no se andan con chiquitas. A la más mínima sacan las pistolas. Por eso la policía los llama «gang», de gángsteres. De «luchadores antifranquistas» o «guerrilla antifranquista», nada. Que no se nos ocurra decir o escribir eso. Aquí nadie es «antifranquista», ni los últimos mohicanos. —Forzó una sonrisa rápida—. El mejor argumento de la policía es el de siempre: muere gente inocente. Y en eso llevan razón. Cuando se produce un tiroteo, las balas no preguntan. Tampoco falta algún bestia que ha disparado al cajero del banco o a un simple vendedor de una tienda. Los ideales a veces chocan con los hechos sangrientos, algo que les quita la razón que puedan tener. —Hizo una reflexión final—. Como usted ha dicho, y puedo confirmárselo por simple coherencia, en el caso de estos tres alguien los delató. La policía sabía el día, la hora, el lugar. Y en pleno barrio de Gracia, nada menos. Los estaban esperando, y en cuanto los vieron en la calle ni les dieron el alto. Acabaron con más agujeros que Bonnie y Clyde, esa pareja americana que se hizo famosa. Mire, señor Mascarell. —La voz ya era casi un suspiro—. Yo estoy en contra de la dictadura, por mí y por mi padre, que en paz descanse, pero hay que vivir. El maquis tendrá sus razones, y la lucha está bien, pero si para abastecerse de dinero y comida, armas o lo que sea, han de matar inocentes...

—Sin embargo, a la policía le gusta detenerlos, juzgarlos, dar el mayor bombo posible al asunto para demostrar que gobiernan bien y con puño de hierro. Es raro que en este caso fueran tan radicales.

—Aquí optaron por la vía rápida, sí. Pero se lo repito: visto el panorama... No olvide que en enero del año pasado se reorganizaron la Brigada de Investigación Criminal, la Político-Social y la Móvil, con el fin de actuar mejor y más coordinados. No van precisamente con chiquitas.

—No recuerdo que los periódicos dijeran si pertenecían a algún grupo conocido.

—Lo que se nos comunicó a nosotros *sottovoce* primero, aunque pudimos publicarlo después, es que eran disidentes, una rama desgajada del tronco principal que actuaba por su cuenta, y eso que cada grupo tiene su nombre. ¿Cómo sabían incluso ese detalle? Estamos en las mismas: por la más que segura delación. Un dato así es muy relevante. Después de tantos años del final de la guerra, ni ellos se ponen de acuerdo, y es una pena. Facciones, escisiones... Es triste constatarlo, pero hay que reconocer que la línea que separa el bien de unos y el mal de otros se ha vuelto muy fina. Tanto que se confunden las cosas.

—Yo conocí a un maquis en el 48. Un tal Fermí.

—No me suena. ¿Era su nombre real o el de guerra?

—No lo sé. Diría que real.

—Aquí los más conocidos y, por supuesto, los más buscados, son el Quico Sabaté y el Face. Bueno, el Facerías. Podría escribirse un libro solo con ellos. De Sabaté se dice que hasta se fue a Madrid para intentar matar a Franco. En algunos lugares de Cataluña los tienen como héroes, claro. Allí se esconden bien para entrar y salir de España por los Pirineos. El tercer pez gordo, Pere Adrover, el Yayo, acaba de ser sentenciado después de haber sido hecho preso. Si quiere más datos, se los puedo buscar luego.

—¿Recuerdas el asesinato de aquel confidente, Eliseo Melis?

—Hace años, sí.

—¿Relación con lo de esos tres...?

—Aparentemente ninguna. Aquello fue la CNT. ¿Por qué?

—Nada, una simple asociación.

—Los confidentes acaban pagando. Sea como sea, los pillan. A Melis lo mataron, a Antonio Seba Amorós lo tirotearon en un café y tuvo más suerte. El que delató a los tres del banco también caerá, seguro. Ése es un mundo demasiado cerrado y oscuro. Yo incluso tengo una teoría.

—¿Cuál?

—Esos tres, Bermúdez, Enríquez y Costa, no solo querían robar el banco por dinero. También debía de ser por propaganda, por lo del 6 de febrero.

—¿Qué pasó el 6?

—El juicio de los maquis, guerrilleros... como quiera llamarlos. ¿No lo leyó?

—Esta vez, no.

—Pues fue aquí, en Barcelona. A nueve se los ajusticiará el mes que viene. Si le interesa...

—¿Tienes más información?

Agustín asintió, pero también le echó un rápido vistazo a su reloj de pulsera.

—¿Por qué no viene a la hora de comer y se lo paso todo? He de buscar en los archivos y a veces, si alguien está utilizando el mismo material, no está disponible. ¿Le parece?

—Me encantará invitarte a comer.

—Pues se lo acepto —bromeó—. Que ahora, con una boca de más... ¡Ya sabe cómo es eso! ¿Y Raquel?

—Ya camina.

—¡Eso tiene que ser...!

Miquel soltó una risa feliz, la primera del día, al tiempo que se levantaba para irse.

—¡Ya lo verás tú mismo, Agustín! ¡No te digo nada! —Le tendió la mano al periodista.

13

Patro aprovechó que Raquel estaba tranquila en su rincón de jugar, en la trastienda, para preguntarle a Dalena:

—¿Has dormido bien?

—Sí, sí, como los ángeles. Creo que estaba mentalmente exhausta. Y la cama es estupenda.

—Me alegro.

—¿Has visto a Miquel?

—Mejor sería decir que él me ha visto a mí. —Puso cara de circunstancias.

—¿Qué quieres decir?

—Pues que ha entrado en el lavadero mientras yo estaba dentro, desnuda.

Patro dejó ir una carcajada.

—¡Me parece que está curado de espantos!

El rostro de Dalena se nubló un poco.

—No, lo digo porque habrá visto esto. —Se subió la parte de atrás de la blusa y le enseñó un trozo de los moratones de la espalda.

—¡Dalena!

De pronto parecía una niña pillada en un renuncio. Rehuyó la mirada de su amiga.

—Os... mentí cuando dije que Dimas no era violento —manifestó—. Y no lo es, en serio. Por lo menos no de manera sistemática. Sin embargo, estas últimas semanas... Me parece que se olía ya que pasaba algo. Se dio cuenta de que yo no iba ya al Parador y me reservaba en exclusiva para Domingo. Hace unas noches tuvo un ataque de ira y me amenazó, sin venir a cuento. Me dijo que si un día le dejaba no solo me haría una cara nueva, sino algo más.

—Cerdo...

—No, luchaba por lo que él creía suyo, nada más.

—¿Le defiendes?

—Trato de ponerme en su lugar, eso es todo.

—¿Qué dijo Domingo al ver esas marcas?

—Nada. Le aseguré que me había caído. Después de esa paliza ya no me sentí en paz, ni segura ni cómoda. Fue cuando decidí irme y le pedí ayuda a Domingo. Cuanto antes dejara ese mundo atrás, mejor. Él lo entendió. Patro... —Alargó la mano y la puso en la rodilla de ella—. Domingo es buena persona, ésa es mi suerte. Es lo bastante inteligente como para no hacer preguntas; y si las hace y no le contesto, no insiste. No sé hasta qué punto está enamorado, pero te aseguro que lo que le hago yo en la cama no se lo ha hecho nadie. Conmigo está rendido, enloquecido.

—Dalena, ¿puedo preguntarte algo?

—Claro.

—¿Cómo te ha afectado la muerte de Dimas?

—No lo sé. —Sus ojos se perdieron en algún lugar dentro de sí misma—. Acababa de dejarlo, ya no había nada. Pero que lo hayan asesinado es... duro, ¿entiendes? Y justamente ahora. Parece una pesadilla. Mi hermano, él... —Hizo un gesto de negación constriñendo el rostro, como si quisiera apartarlo todo de su mente—. Yo también quería preguntarte una cosa.

—Adelante.

—Tu marido se ha ido a investigar, ¿no es cierto?

—Me temo que sí.

—¿Por qué? Esto no le concierne, ni le va ni le viene.

—No puede evitarlo. Lleva lo de ser policía pegado al alma. Estos años se ha metido en tantos líos, queriendo o sin querer, que emociones no le han faltado. A veces me hace sufrir, pero estoy orgullosa de él. Y te diré una cosa: es bueno. El mejor. Cuando mete las narices en algo, no para hasta resolverlo. Anoche me dijo que si no aparecía el asesino de Dimas, tarde o temprano tendrías problemas. Y con un crimen de por medio, no creo que ni siquiera tu Domingo tenga tanto poder, sin olvidar que tal vez no desee verse involucrado.

—Pero a Dimas lo mató esa gente del maquis, ¿no?

—A Miquel nunca le fallan ni el olfato ni el instinto. Dimas dejó entrar al asesino. Uno del maquis le habría pegado un tiro y santas pascuas. Lo de envenenarle abre otras perspectivas. Esos papeles que echaron sobre el cuerpo quizá no sean más que un montaje.

—¿Y qué hará para averiguar la verdad?

—Preguntas —dijo Patro con naturalidad—. Es minucioso hasta la exasperación. Tiene una habilidad hipnótica para sacarle información a la gente.

—Ya, pero ¿a quién le preguntará?

—No lo sé.

—¿No tienes miedo de que le pase algo?

—Mucho —asintió—. Pero le quiero por ser como es. No se trata únicamente de que sea la mejor persona. Se trata de que es íntegro, ético. Y esto en nuestro mundo actual es muy raro, Dalena. Si algo le ronda por la cabeza, no para hasta dar con la verdad.

—¿Y lo hará por mí?

—En primer lugar, lo hace por mí, porque soy tu amiga. Le conté lo que sucedió.

Dalena miró a Raquel, que jugaba solita con unos muñecos de madera a los que insistía en que se besaran, como a menudo veía hacer a sus padres.

—Siento haberte metido en esto. —Suspiró.

—Ya está hecho. No pasa nada.

—Estaba en esa pensión, sola... No sé, de pronto pensé en ti. Por eso vine ayer.

—¿Por qué no fuiste a ver a Domingo?

—No quiero forzarle a nada, ni parecer ansiosa o... bueno, qué sé yo.

—¿Te da miedo perderle?

—Mucho.

—¿Hasta qué punto confías en él?

—Me basta con ver cómo me mira, lo feliz que le hago, las cosas que me dice...

—Sabes que es raro que alguien así, con su posición, se enamore de una de nosotras, ¿verdad?

—¡Claro que lo sé! —Se agitó—. ¡Pero no es el primero, ni será el último! Ya le conocerás. Entonces te darás cuenta de lo que te digo. Viviendo como ha vivido toda la vida bajo la mano de una madre como la suya, necesitaba a alguien como yo para despertar. El único sexo que ha conocido es el de pago, sin amor. Y sabes perfectamente que una como yo hace cosas que no haría una esposa. Lo que disfruta Domingo conmigo es inenarrable. Y sé que es un obseso; bien, ¿y qué? De eso se trata, ¿no?

—Tienes un tipazo, Dalena. Y eres más que guapa. No me extraña que lo tengas encandilado.

—Me conservo, ¿no es cierto? —Estiró el cuerpo hacia arriba sacando pecho.

—Por supuesto. Ni que tuvieras cincuenta años.

—Veremos cuánto dura —lamentó.

—Si te cuidas...

—Una mujer casada se conserva más y mejor. Mírate tú. Pareces tener veinticinco años todavía. Y eso después de ser madre. No me extraña que tu Miquel beba los vientos por ti.

—A él también le gusta mirarme. —Endulzó el rostro Patro.

—¿Cuántos años estuvo casado antes?

—Muchos. Lo que se llama toda la vida. Le mataron al hijo en la guerra y su mujer murió poco después de la entrada de los nacionales en Barcelona, antes de que a él le detuvieran. No se fue al exilio por ella, aun sabiendo que le fusilarían solo por haber sido inspector de policía con la República. Vive de milagro.

—Vive por ti —añadió Dalena.

—Escucha. —Patro cambió el sesgo de la conversación—. ¿Plácido continúa siendo el dueño del Parador?

—Sí.

—¿Sigue igual?

—Cada vez con más influencias, así que también tiene más humos. Si vieras la gente que viene ahora... Por supuesto que tiene a las chicas más guapas. Creo que conoce a todo el mundo importante en Barcelona. Él fue el que me presentó a Domingo. Bueno, al revés. Le dijo a Domingo que yo le llevaría al paraíso.

—¿Plácido os emparejó?

—Domingo quería algo especial. Estaba cansado de crías. Necesitaba una mujer de los pies a la cabeza. Plácido pensó en mí y acertó. Desde el primer día Domingo se quedó encantado conmigo. Supongo que, pese a mi edad, a Plácido le sentará mal perderme.

—¿La policía nunca le ha detenido en estos años?

—¡No, qué va! ¿Detenerle? ¿Por qué iban a hacer eso? ¿Crees que no van al Parador, a veces ni siquiera discretamente, altos mandos y cargos de todo tipo? Los tiene a todos en el bolsillo. Mucha dictadura, mucha moral y mucho cura, pero... Cariño, la jodienda no tiene enmienda.

Como solía hacer siempre, de manera discreta y casi fantasmal, la cabeza de Teresina apareció por el hueco de la puerta. Su habilidad era tal que parecía no tener cuerpo. Tosió para que repararan en ella.

—Señora —se dirigió a Dalena—. El señor la llama por teléfono.

—¿A mí? —se sorprendió.

—Me ha dicho que está en un teléfono público, que se dé prisa.

Dalena fue tras ella. En la tienda había dos parroquianas, una atendida ya por Teresina y la otra esperando paciente. El auricular del teléfono estaba sobre el mostrador. Lo cogió sintiendo los ojos de las dos mujeres fijos en su persona. Por si acaso, les dio la espalda y bajó la voz.

—¿Sí, diga?

—La llamo desde un teléfono público —comenzó Miquel—. Seré rápido, y si se corta... ¿Tenía familia Dimas?

—Sí, una hermana mayor que él.

—¿Nadie más?

—No.

—¿Cuál era su relación?

—No había. No se veían.

—O sea que esa relación era mala.

—Ni buena ni mala. Dimas nunca hablaba de su hermana, ni de su infancia o del pasado. Él vivía al día.

—¿Llegó a conocerla usted?

—Sí, por la comunión de la sobrina de Dimas, la hija de su hermana.

—¿Y...?

—Nada. Fuimos, me miraron de arriba abajo y apenas hablamos.

—¿Tiene sus señas?

—Vivían en la calle Decano Bahí. Al menos es a donde fuimos por lo de la comunión, pero no sé el número. Era una casa vieja, al lado de una panadería. Eso lo recuerdo porque por allí olía de maravilla, a pan recién hecho.

—¿Cuándo fue eso?

—Hace un par de años.

—¿Cómo se llama la hermana?

—Ella, Inés. El marido, Donato.

—¿Y el apellido? Ni siquiera sé el de Dimas.

—González.

—Gracias.

—Oiga, señor Miquel —lo detuvo al intuir que iba a despedirse—. ¿Para qué quiere verla?

—Nunca se sabe. Cuando se investiga algo hay que unir todos los cabos, hasta los que, en apariencia, no sirven de nada o parecen estar al margen. No hay que dejar nada al azar. —Su voz se hizo más serena, menos urgente—. Dalena, a veces comenzando por lo más pequeño es como se llega a lo más grande. Hay que desbrozar el camino, descartar cosas, y poco a poco aparece la verdad, que siempre es única. En ese camino todo cuenta, de un modo u otro. En un asesinato, el entorno del muerto suele ser la clave.

De todo lo que acababa de decirle, ella se quedó con una de las primeras palabras.

—¿Así que está investigando?

Miquel tardó un par de segundos en contestar.

Probablemente ni él era consciente todavía, o aún no se había hecho la pregunta.

—No del todo —manifestó revestido de dudas—. Pero hago preguntas. —Y añadió—: De momento.

—Gracias. —Cerró los ojos ella, intentando no llorar.

—Dígale a Patro que no vendré a comer —se despidió él, justo en el momento en que sonaban los pitidos indicando el fin del tiempo de la llamada.

14

La calle del Decano Bahí era corta. Se bajó del taxi al comienzo, en la esquina con Rogent, y caminó por ella en dirección a la avenida Meridiana. En su vida como inspector de policía se había recorrido Barcelona de cabo a rabo, pero a veces aún se sorprendía al pisar una calle que ni recordaba o se le antojaba nueva en sus viejos trabajos policiales. De hecho, la ciudad era como un mapa lleno de marcas en su memoria. «Aquí se produjo un robo», «Aquí detuve al asesino de aquella mujer», «Aquí saltó del balcón aquel loco»...

Encontró la casa a los pocos pasos. Un edificio de tres plantas sin portera. Se asomó a la escalera, subió el primer tramo y llamó a un timbre imaginando que tendría que preguntar por la hermana de Dimas. Le abrió una mujer sorprendida en pleno menester casero, con un delantal descolorido y mojado, greñas de pelo ralo cayéndole por la cara y las manos grandes y enrojecidas recién secadas para abrir la puerta.

—¿Inés González?

Era ella.

Frunció el ceño de manera acusada y lo miró con más atención, de arriba abajo. Iluminado por la lucecita del recibidor, no dejaba de ser un hombre relativamente elegante y bien trajeado, con un abrigo de primera. Por lo menos la edad le daba una pátina de seriedad que lo hacía respetable.

—Sí, soy yo —dijo.

—Buenos días, y perdone que la moleste. —Inclinó levemente la cabeza como lo haría ante una dama—. Estoy buscando a su hermano Dimas.

El nombre le hizo arquear las cejas. Más que sorpresa, lo que ahora manifestó fue fastidio.

—¿Y por qué viene aquí?

—Perdone —se excusó con piel de ratón—. Supongo que me he expresado mal. Tendría que haber empezado por decirle que ha desaparecido. Mi visita tiene por objeto saber si usted sabe algo de él.

No hubo ni un atisbo de curiosidad, miedo o inquietud.

—¿Yo? —rezongó ella—. ¿De mi hermano? ¿Está loco? —Reaccionó de forma cada vez más airada y gruñó—: ¿Y usted quién es?

—Soy detective privado.

Más y más estupor.

—¿Policía?

—No. Detective, es diferente. —Metió la mano en el bolsillo y le tendió una de las tarjetas de la agencia. Inés González leyó el nombre de David Fortuny en ella.

—¿Para qué le busca?

—Pues por la razón que le he dicho: porque ha desaparecido y su novia está preocupada.

—¿La puta está preocupada? —Se cruzó de brazos para realzar su escepticismo—. ¡No me haga reír! ¿Y sigue con ella? ¡Válgame el cielo! Si es que...

—¿Puedo pasar, señora?

—No. —Se movió hacia el centro del espacio, como si temiese que él fuera a colársele dentro sin más—. Mi marido trabaja de noche, es vigilante nocturno, y aún está durmiendo. Como se despierte, con el pronto que tiene, le echa escaleras abajo.

—Entonces dígame solo si le ha visto últimamente.

—No, ni ganas.

—Bueno, es su hermano, ¿no?

—Sí, y supongo que siempre lo será —expresó su más sentido fastidio—. Pero cuanto más lejos esté, mejor. Siempre con sus tejemanejes, sus historias, sus chanchullos... Por Dios, si es que lo raro es que nunca le hayan pillado.

—¿No ha estado en la cárcel? —Quiso dejar claro el mismo punto del que ya le había hablado Dalena.

—¿Ése? Jamás. O tiene toda la suerte del mundo o es listo, el condenado. Como en la guerra: ni un rasguño. Y mientras que han fusilado a un montón, él vivito y coleando. Claro que es como todos los chorizos: nunca se mete en nada gordo. Picotea de aquí y de allá y va tirando. Y, encima, mientras la puta le mantenga... ¡Ya se lo tiene bien montado, ya! De niño y de joven era igual, a mí me robó lo que no está escrito. Si la guerra no hubiera matado a nuestros padres, lo habría hecho él, a disgustos.

—¿La última vez que le vio...?

—¡Ande que no ha llovido ni nada! ¡Por la comunión de mi niña, y por si fuera poco me vino con ésa!

—¿Cómo sabe que esa mujer es...?

—¿Puta? —Lo expresó con todo su peso una vez más—. ¡Por Dios, que eso se nota a la legua! Todo el mundo la miraba, y Dimas luciéndola y pavoneándose como diciendo «mirad con qué mujer me lo hago». Muy propio de él. —Hizo un gesto de asco plegando los labios—. ¡A una puta se la paga y ya, pero él no, él ha de vivir con ella y encima hacer la vista gorda con tal de que le lleve dinero a casa! —Le miró incrédula—. ¿Seguro que le ha contratado para que le busque?

—Sí, señora.

—¡Ay, Señor! —Levantó la cabeza y los ojos, buscando el cielo más allá del techo de la casa—. ¡Si se hubiera casado con la Luisa, otro gallo cantaría! Pero no, la pobre era demasiado buena.

—¿Quién es Luisa?

—Su primera novia, ¿quién va a ser? La de siempre. El primer amor, llámelo como quiera. Desde que rompió con ella, y nunca he sabido el motivo, todo ha sido rodar por la pendiente.

—¿Sabe dónde vive?

—¿Para qué? —Sembró una duda en su rostro—. ¿Quiere verla?

—El primer amor no se olvida. A lo mejor ella...

—No, qué va. Pierde el tiempo. Ya le digo que Dimas no se ha acercado por aquí ni por el barrio en años.

—He de hacer mi trabajo y no dejar cabos sueltos. —Trató de justificarse.

—Por mí... —Inés González se encogió de hombros—. Vive en la calle de abajo, la calle Nuria. La casa hace esquina con Puigmadrona. Éste es un barrio pequeño, aquí todo el mundo se conoce.

—Ha sido muy amable, señora —empezó a despedirse con otra inclinación de cabeza—. Siento mucho haberla molestado.

—No se preocupe. —Se mostró más dócil, hasta el punto de preguntarle—: ¿De verdad que la puta se está gastando el dinero en buscarle porque... ha desaparecido?

—Sí.

—No lo entiendo, pero... Bueno, qué más da.

—Ella va a casarse, le ha dejado y teme que le haya sucedido algo.

—¿Que va a casarse? ¡No me diga!

—Ya ve.

—¿Y le preocupa Dimas? —Recuperó todo su asombro.

Miquel se dio cuenta de que, de pronto, parecía más habladora. Quizá le podía la curiosidad. Quizá, a pesar de todo, el invisible lazo de la sangre.

—A mí, la señora Magdalena me ha parecido una mujer con un gran corazón —aventuró.

Inés González parpadeó. Esta vez no dijo nada.

—¿Su hermano tenía algún amigo policía?

—¿Dimas? ¡No me haga reír! Veía uno y se cagaba por la pata abajo.

Hablaban en voz relativamente baja, incluso cuando ella subía el tono. A pesar de ello, a su espalda apareció la tosca figura de un hombre de aspecto recio, panzón. Llevaba el pelo revuelto y una bata abierta por la que se entreveían la camiseta y los calzoncillos. Su cara lo decía todo.

—¿Qué pasa aquí? —tronó con voz grave, de fumador—. ¿Quién es ése?

Su mujer se sobresaltó.

—¿Te hemos despertado?

—¡No! Contesta.

Era como si Miquel no estuviera. El hombre se enfrentaba a su mujer. Le sacaba toda la cabeza, así que la impresión era la de un ogro enfrentándose a una pulga.

—Este señor es detective privado, Donato, ¿ves? —Le tendió la tarjeta que todavía sostenía entre los dedos de la mano derecha—. Está buscando a Dimas.

Donato ni cogió la tarjeta. Aumentó la dureza de su voz.

—¿Tu hermano? ¿Y a qué coño viene aquí? ¿Es que le has visto?

—Yo no —se apresuró a decir—. Esa mujer, la que...

La conversación estaba muerta. Donato dejó de escuchar lo que tuviera que decirle su esposa. Ahora sí se encaró con Miquel, apartándola y sujetando la puerta.

—Lárguese, va. Con viento fresco.

—Siento haberles molestado. —Quiso ser educado él.

—¡Que se largue!

No solo fue el grito. También el empujón. Miquel trastabilló hacia atrás. De haber estado al borde de la escalera, habría rodado abajo por ella. La suerte fue que pudo dar dos o tres pasos por el pequeño rellano hasta recuperar el equilibrio.

Mientras tanto, la puerta se cerró con estrépito.

Todavía pudo escuchar sus voces.

—¡Donato, por Dios!

—¡Ya sabes que con solo oír su nombre me salgo, Inés!

—¡Pero ese pobre hombre...!

—¿Pobre hombre? ¿Detective? ¿Tú estás tonta o qué? ¡Anda, tira para la cocina, va, y no me calientes tú, ¿eh?, que bastante tuve anoche!

Los gritos se perdieron piso adentro.

15

La calle Nuria, prolongación breve de la calle Mallorca, todavía era más pequeña que la calle Decano Bahí. Iba desde el cruce de Rogent hasta la plaza del Doctor Serrat, ya en la Meridiana, al otro lado de la cual volvía a recuperar el nombre de calle Mallorca. La casa que hacía esquina con Puigmadrona tenía que ser la de la derecha. En ella sí había portera. Le preguntó por el piso de Luisa, de la que no sabía el apellido, y subió la escalera pensando que, por una vez, estaba disparando a ciegas. Dimas no parecía ser el tipo más popular del barrio, quizá de ninguna parte. Pero cuanto antes despejara incógnitas, mejor.

—Paso a paso —se dijo.

Como siempre.

Llamó al timbre de la puerta y casi se repitió la escena de unos minutos antes, con la diferencia de que esta vez la mujer era mayor, de unos sesenta años, y el delantal que llevaba estaba seco. También iba mejor peinada.

—Buenos días, señora, y perdone que la moleste. ¿Podría hablar con Luisa?

No tenía ni idea de la edad de la exnovia de Dimas, pero su instinto le dijo que andaría muy poco más allá de la treintena.

—¿Luisa? —repitió como si le sonara raro—. A esta hora no está en casa, señor. Está en el trabajo. ¿Para qué la busca?

—Soy detective privado. Quería hacerle unas preguntas.

Podía decírselo todo de golpe, y ahorrarse conversación, preguntas obvias y respuestas habituales. Pero sabía que, cuanto más tiempo lo dilatara, tanto mejor para establecer cierto grado de complicidad con quien tuviera delante, especialmente si se trataba de gente normal y corriente, como aquella mujer.

La conversación siguió su curso.

—¿Un detective?

—Sí, señora.

—¿Y qué clase de preguntas...?

—Es acerca de su novio, Dimas.

La palabra «Dimas» no la sorprendió tanto como la palabra «novio».

—¿Novio? —Casi se sobresaltó—. Eso fue hace muchos años, señor.

—Eso me han dicho, sí. Pero como estuvieron muy unidos...

—No sé qué podría decirle mi hija. —Se llevó una mano al pecho—. Que yo sepa, hace años que no se ven. No entiendo qué tiene que ver él ya con ella. ¿Le ha pasado algo?

—Ha desaparecido.

Recibió la noticia con entereza, sin el menor atisbo de alarma o preocupación. Quizá incluso fue resignación.

—No me extraña. —Suspiró—. Ya era un poco conflictivo entonces. Mi Luisa nunca me lo dijo, porque estaba muy enamorada, pero me consta que cortó por eso. No tuvo más remedio. Con lo buena chica que es, con él habría sido una desgraciada. ¿Quién le ha hablado de esa relación?

—La hermana de Dimas, Inés.

—Ah, ella. —Lo expresó desapasionadamente—. Imagino que bastante tiene, la pobre. Primero su hermano y ahora su marido. Si es que algunas...

—¿Podría decirme dónde trabaja Luisa?

—¡Uy, eso no! —Se alarmó—. No se la dejarán ver, ni ella podrá salir y dejar su puesto. Son muy estrictos.

—¿Cuándo llega a casa?

—A comer no viene.

—¿Y por la noche?

—Sale a las seis, pero la va a buscar su novio y dan un paseo. —Le cambió la expresión—. Se casan en mayo, ¿sabe? Llevan seis años de relaciones. —Regresó a la pregunta de Miquel—. A casa llega entre las ocho y las ocho y cuarto, para la cena.

—Ha sido usted muy amable. Gracias.

—No hay de qué.

Miquel hizo ademán de retirarse. La madre de Luisa, sin embargo, se mantuvo en la puerta.

—Señor...

—¿Sí?

—Dice que Dimas ha desaparecido.

—Sí, señora.

—¿Ha cometido algún delito y ha huido o es porque creen que ha muerto?

—Delito, no. La mujer que vive con él, simplemente, ha denunciado su desaparición.

—Pero usted es detective, no policía.

—Ella prefiere que se le busque de manera discreta.

—Entiendo —manifestó insegura.

—No parece un personaje muy recomendable, así que puede haber sucedido cualquier cosa.

—¿Puedo pedirle un favor?

—Claro. Diga.

—Cuando hable con Luisa... sea cauteloso, por favor. Ya no hay nada entre ellos, ella es feliz, va a casarse. Pero Dimas marcó esa etapa de la vida en la que todo son sueños y el mundo parece de color de rosa, ya me entiende. Fue su primer y gran amor. Que fuera lista para dejarle no significa que lo haya olvidado.

Parecía una mujer muy entera, y una madre que sabía de qué hablaba.

Miquel la miró con simpatía.

—Se lo prometo, descuide —asintió elegante.

Bajó despacio la escalera y comprobó la hora al llegar a la calle. Todavía era temprano para ir a comer con Agustín Mainat; pero, para tomar algo y matar el tiempo en aquel barrio, mejor lo hacía en el centro. Echó a andar por la derecha, en busca del siguiente taxi. No tuvo que caminar demasiado. Lo encontró en la calle Rogent, de bajada. Se acomodó en el asiento trasero, sin quitarse el abrigo, y le dio la dirección:

—A *La Vanguardia*. Calle Pelayo.

El hombre lo observó por el retrovisor.

—¿Periodista? —preguntó.

—No —dijo Miquel—. Soy el dueño.

Sus palabras se mantuvieron un segundo en el aire. Luego el taxista soltó una carcajada. Por si acaso, la cortó en seco.

—Perdone, ¿eh? —se excusó.

—Pensaba que daba el pego.

—No digo que no, no digo que no. —Y, para evitarse más problemas, agregó—: A mí me gustaría saber escribir, sí señor. Eso de poner las palabras una detrás de otra... ¡Pero bueno, ya ve! ¡A cambio, me conozco Barcelona como la palma de la mano! Dígame una calle y verá. ¡Todas! ¡Y con los ojos cerrados!

La conversación acabó derivando en lo más trillado: el tiempo. Según él, la nevada era inminente. No en la ciudad, pero a partir de los cincuenta o cien metros...

—Si es que cada vez hace más frío. ¿Usted no lo nota?

Una vez más, pensó en el verdadero frío, el de la Guerra Civil y el del Valle de los Caídos.

—No. Tengo piel de elefante.

—¡Pues qué suerte!

El taxista hablador no dejó de darle a la lengua hasta que se bajó en la calle Pelayo. Se quedó en la acera viéndolo marchar en dirección a la plaza de Cataluña. Faltaba media hora, quizá un poco más, para que su amigo periodista saliera del trabajo. Pensó en ir a la Rambla y sentarse en el Nuria, pero sabía que si tomaba algo, aunque fuera una simple cerveza, se quedaría sin hambre. Prefirió esperarle en la salita habilitada a la entrada de las oficinas del periódico. Cuando cruzó la puerta se encontró con la misma joven de un rato antes.

—No le avise, por favor. He quedado con él, pero con el frío que hace, esperar afuera es demasiado. ¿Le importa que me siente aquí?

—No, no, tranquilo —lo invitó ella.

Se acomodó en una silla. Ya había ojeado antes el ejemplar del periódico del día. A pesar de ello, lo cogió y buscó la página de los cines. Era la 14. En el Verdi ponían *La piel de zapa* y *El soborno*, además del correspondiente NO-DO. Extrajo de su bolsillo las entradas cogidas del cadáver de Dimas. Miró las fechas y, como en la sala de espera había ejemplares de *La Vanguardia* de al menos dos semanas antes, dio con el del último día que el exnovio de Dalena había ido al Verdi. Era el viernes pasado, 8 de febrero. Las películas, *Se vende una novia* y *La honradez de la cerradura*. También había ido el martes 5... a ver las mismas películas.

Dejó los periódicos.

Tenía una posible idea sobre la razón de tanto afán cinéfilo, pero nunca daba nada por sentado.

Otra mirada al reloj.

Solo habían transcurrido cinco minutos.

Iba a releer *La Vanguardia* del día anterior, con la información de la disputa verbal del presidente Truman y la clamorosa y unánime reacción de la prensa de Madrid, cuando se dio cuenta de que había alguien en la puerta de la salita.

Levantó los ojos.

Tardó en reconocerlo.

—¿Mascarell? —Se emocionó el hombre—. ¿Inspector Mascarell?

Se levantó para resistir el abrazo con el que le sepultó el aparecido.

—¡Dios santo! ¡Pero si está vivo! ¿Qué hace aquí? —Lo zarandeó.

Fausto Jaumandreu debía de tener más de ochenta años. Quizá rondara ya los noventa. Había sido periodista. Lo conocía de los tiempos del padre de Agustín Mainat. Era un hombre con el que se podía hablar, y hablar bien, coherente y racional. Una mente lúcida que le ayudó en más de un caso, sobre todo al comienzo, cuando se convirtió en el inspector más joven del cuerpo y, a pesar de ello, iba un tanto perdido. La edad no le había restado energía. Miquel se sintió como en una coctelera.

—¡Me va a desmadejar! —protestó inútilmente.

Fausto Jaumandreu se apartó de él, pero sin soltarlo. En sus ojos brillaban un sinfín de luces cargadas de recuerdos y nostalgia.

—¡No sabe cuántas veces he pensado en usted! ¡Le hacía muerto, como todos!

—Todos no —dijo Miquel—. Usted también sigue vivo.

—¡Ni Franco se atrevió a tocarme un pelo! —alardeó, aunque lo dijo en voz baja antes de volver a excitarse—. ¿Y usted? ¿Cómo diablos sobrevivió? ¿Dónde estuvo? ¿Qué hace aquí?

Eran demasiadas preguntas.

Solía ser siempre igual en los reencuentros, y más en los forzados por la adversidad.

Empleó cinco minutos en contarle su odisea, hasta el matrimonio y la paternidad. Jaumandreu había conocido a Quimeta. Lamentó su muerte, pero también la nueva realidad presente. Luego le tocó el turno de hablar a él, al menos desde su jubilación como periodista, a pesar de lo cual le dijo que solía pasarse por la redacción de vez en cuando, «para echar una ojeada a los nuevos cachorros».

Los «nuevos cachorros», como los llamaba, eran necesariamente periodistas del régimen, que escribían con la retórica grandilocuente de toda dictadura. Ni Agustín Mainat escapaba de ello. Se lo había confesado en más de una ocasión. Lo que escribían tenía que exaltar a la nueva España, ensalzar a Franco y su obra, no olvidar nunca a la Iglesia. Si un periodista no empleaba las mejores loas, ya se encargaban de ellos los jefes de redacción o el mismísimo director.

Fueron veinte minutos de regreso al pasado.

Únicamente cuando se quedó solo, Miquel se vino un poco abajo y se dejó caer en la silla con la mente en ebullición. Los reencuentros se producían cada vez más esporádicos, con cuentagotas. Eran insólitos, fortuitos. La Barcelona de antes de la guerra había muerto. Pero lo importante era algo que iba más allá de ello. Tenía que ver con el ser, con el alma de la supervivencia. Casi con la inmortalidad. A veces pensaba que su paso por la vida sería efímero, que un día nadie le recordaría, salvo Raquel. Y, de pronto, surgía de la nada un Fausto Jaumandreu, alguien que le recordaba que había dejado una huella y que todavía contaba. Una huella en aquellos a los que detuvo, por transgredir la ley, y en los que salvó o ayudó, por ser un buen policía.

La vida era extraña.

Un día quitaba y al otro daba.

Cuando apareció Agustín Mainat se lo encontró mirando al frente, con los ojos extraviados y la mente en blanco.

O no.

A veces estaba tan llena que solo lo parecía.

16

—Está serio. —Fue lo primero que le dijo Agustín al salir a la calle.

—Acabo de ver a un viejo amigo. Fausto Jaumandreu.

—¡Y tan viejo! —Se echó a reír—. Por la redacción le llaman el Faraón.

—Es una gran persona.

—No digo que no lo sea. Pero es de la vieja, muy vieja escuela.

—Todos lo somos. Yo todavía investigo como hace veinte años, pasito a pasito, sin dejar nada al azar ni dar cosas por supuestas. No tengo remedio.

—Lo ha confesado —dijo el periodista.

—¿Qué es lo que he confesado?

—Que todavía investiga. —No le dejó defenderse—. ¿A dónde vamos?

—Es tu zona. Me da igual.

—Hay una tasca aquí mismo, en la calle Tallers. Se come relativamente bien y rápido.

No fue un trayecto largo. Tres minutos. El local estaba muy concurrido, por la hora, pero encontraron una mesa pequeña junto a la puerta de entrada. Lo malo era que, cada vez que se abría, les pasaba una ráfaga de aire. Agustín llevaba una carpeta debajo del brazo. La depositó en la mesa, pero todavía no se la pasó a Miquel. Esperaron a que un camarero largo y de cara chupada les preguntara qué iban a comer. Preguntaron ellos, a su vez, qué había y les soltó el menú como si los ametrallara verbalmente, de corrido. Luego se quedó tan fresco y esperó. Después de pedir, los dejó solos.

Miquel miró la carpeta.

—¿Qué le ha explicado Jaumandreu? —le preguntó Agustín.

—No gran cosa. Él creía que yo estaba muerto. Yo creía que él estaba muerto. Ha sido como el reencuentro de dos fantasmas.

—¿De qué le conocía?

—Como a tu padre, de antes de la guerra. Muchas veces les consultaba noticias o les pedía información. Los periodistas, por lo general, saben más que casi todos de muchas cosas. Es una profesión que siempre me había gustado.

—¿Ahora ya no?

—Hijo, cuando leo la retórica de *La Vanguardia* y todo ese servilismo, siento vergüenza ajena. Me da pena.

Su compañero bajó la cabeza.

—Lo sé. —Suspiró—. Pero es lo que hay.

—Tranquilo.

—Hay periodistas que incluso han escrito libros, pero no se los dejan publicar. A un conocido mío, Francisco González Ledesma se llama, le han dicho que nunca va a poder editar una novela con su nombre; que ni lo intente porque, se trate de lo que se trate, se la prohibirán. Censura pura y dura. En 1948 Ledesma ganó el Premio Internacional de Novela con un libro titulado *Sombras viejas*. ¿Se imagina? ¡Ganar un premio siendo joven, a los veintiún años, y que te digan que no verá la luz nunca! ¿Sabe quién estaba en el jurado? ¡Somerset Maugham! ¡La censura le tachó de pornográfico y rojo! Aún no sé cómo no le fusilaron. —Bajó un poco su tono de furiosa rabia—. Yo, siendo hijo de quien soy hijo, ni siquiera sé cómo me dejan trabajar en el mismo lugar que ocupó mi padre. Y le juro que lo hago porque me gusta, señor Mascarell. Lo llevo en la sangre.

—No has de jurármelo, y créeme si te digo que te entiendo.

—Usted más que nadie, si todavía sigue haciendo de detective o como lo llame para justificarse.

El camarero les trajo la bebida y los vasos. Una jarra de agua del grifo y media botellita de vino. También un cestito con pan. Luego volvió a dejarlos solos.

—Siento que no hayas podido ir a casa con tu mujer —dijo Miquel.

—La he llamado y se ha puesto muy contenta al saber que iba a comer con usted. Ya sabe que lo idolatra.

—Tienes suerte.

—Y usted también. —Levantó el vaso lleno hasta la mitad de vino y esperó a que Miquel hiciera lo propio con el suyo lleno de agua.

—Por su hija y por lo que sea que me llegue a mí.

Brindaron. Bebieron. Luego dejaron los vasos y, esta vez sí, la carpeta acabó en las manos de Miquel.

—No puedo dejársela. Son los archivos del periódico. Pero puede leerlo todo tranquilamente, no hay prisa. He hecho una selección. Verá datos de la sentencia del tribunal sobre el juicio que se cerró el día 6, por si le sirven de algo. También hay mucha información acerca de los delitos que han cometido los detenidos. Y eso que no están el Face y el Sabaté, porque, si no, la lista sería mucho más larga.

Miquel abrió la carpeta y examinó los primeros papeles y documentos, los del atraco frustrado en el que había muerto el hermano de Dalena. Sus ojos empezaron a correr por las apretadas líneas escritas a máquina, saltando a veces algún párrafo entero para ir a lo esencial.

Las investigaciones policiales, llevadas a cabo con gran diligencia, dieron como resultado el conocimiento previo del plan perpetrado por los tres criminales [...] De resultas de la operación, y puesto que se trataba de impedir su entrada en la sucursal bancaria, para ahorrar daños peores ya que podían haber tomado rehenes, las fuerzas de seguridad se vieron en la necesidad de disparar a los tres individuos, y evitar así lo que probablemente hubiera sido una tragedia mayor [...] Eleuterio Bermúdez Soler, de 40 años, recibió siete disparos, dos de ellos mortales en pecho y cabeza; Leandro Enríquez García, de 37 años, recibió cinco disparos, tres de ellos mortales en la cabeza y el pecho; Nicolás Costa Bergamón, de 43 años, recibió también siete disparos, dos de ellos mortales en el pecho [...] Ninguno de los tres asaltantes tuvo tiempo de sacar sus pistolas, prueba de la rapidez y diligencia policial...

Nada de un soplo o una delación. Todo se debía a la fantástica y diligente labor policial.

Habían tirado a matar.

Lógico si se quería evitar que entraran en el banco o sacaran sus armas en plena calle para repeler el alto.

Y aun así...

Los tres atracadores, al parecer, formaban parte de un grupo escindido de un «gang» mayor que todavía no ha sido posible determinar [...] Las investigaciones policiales seguirán, aunque la muerte de los tres responsables impedirá por ahora...

No había mucho más sobre el incidente. La documentación más abundante era la referida al juicio que había concluido el pasado 6 de febrero, porque los antecedentes de los acusados, hasta el momento de enfrentarse al tribunal, eran numerosos y el historial de sus delitos enorme.

Sentencia basada en el Código Penal vigente y en la Ley de Bandidaje de 18 de abril de 1947 [...] Causa número 658 incoada en el año 1949 [...] La opinión pública tiene ahora exacto conocimiento de los delitos comprobados en este proceso [...] Siendo autores y coautores materiales Pedro Adrover Font, de 41 años; José Pérez Pedrero, «Tragapanes», de 23 años; Santiago Amir Gruanas, «El Sheriff», de 37 años; Ginés Urrea Pena, de 55 años; Jorge Pons Argilés, de 37 años; Antonio Moreno Alarcón, «Cejablanca», de 43 años; Domingo Ibars Juanías, de 28 años; José Corral Martín, de 41 años, y Miguel García García, de 41 años [...] Penas de muerte a expensas de ratificación por S. E. el Jefe del Estado y que serán ejecutadas en breve [...] Los reos debían responder de la muerte de seis personas, de heridas causadas a otras varias, de un asesinato, de un secuestro y de atracos que superan la cantidad de dos millones setecientas dieciocho mil pesetas. Es igualmente claro que todos estos hechos «criminales» responden a planes premeditados y representaban actividades propias y características de un «gang» constituido para estos fines...

—Por ninguna parte aparecen palabras como «maquis», «guerrilla urbana»... —comentó Miquel.

—Ni aparecerán. La palabra que emplea el tribunal y hemos de utilizar nosotros es «gang», de «gángsteres».

Miquel siguió leyendo.

Acerca del llamado «gang» «Talión»: este grupo presenta una actividad clásica en otros países, con sus mismos fines, procedimientos y sistemas de disciplina interior. Al hilo de las pruebas que figuran en el sumario, queda también patente la existencia de relaciones entre los del «Talión» y los componentes del «gang» «Masanas» y la banda «Berga»...

No vio el nombre de Fermí, el hijo de Teresa Mateos. Tampoco el de los otros tres componentes del grupo que había conocido en octubre de 1948, Matías, Pepe y Alejo, buscando aquellos malditos diamantes. Casi sintió alivió.

Gracias a Fermí estaban vivos Patro y él.

Ellos habían matado a aquella bestia, Benigno Sáez.

De haber seguido siendo policía, tendría que perseguirlos. Pero ya no lo era. Claro que tampoco ellos pertenecerían a un grupo armado sin la maldita guerra que los había empujado a la lucha y la clandestinidad.

La lista de delitos probados era enorme. Predominaban los asaltos a mano armada contra entidades bancarias, no siempre limpios. Un disparo accidental, un forcejeo, una simple mala suerte. Había víctimas masculinas y también femeninas. Sin duda, era la parte oscura de la llamada «lucha por la libertad». Las fechorías adjudicadas a cada uno de los nueve procesados llenaban otras varias páginas:

> Penas previstas en la Ley de Bandidaje para esta clase de delitos [...] El número 1.º del artículo 7, apartado B, señala como pena única la de muerte, máxime cuando de los actos delictivos resulta la muerte de personas y éste es exactamente el que se ha aplicado...

Miquel pasó las siguientes páginas sin dar con nada relevante, salvo algunas notas y comunicados de los propios anarquistas. Una de ellas decía:

> No somos atracadores, somos resistentes libertarios. Lo que nos llevamos servirá para dar de comer a los hijos de los antifascistas que habéis fusilado y que se encuentran abandonados y sufren hambre. Somos los que no hemos claudicado ni claudicaremos y seguiremos luchando por la libertad del pueblo español mientras tengamos un soplo de vida.

Cerró la carpeta porque la comida ya estaba en la mesa y su aspecto era maravilloso. La sopa, caliente, humeaba en el plato. No sabía qué esperaba encontrar. Desde luego no el nombre de Dimas como confidente, pero sí algo más de lo que contenían aquellos papeles.

Se sintió un poco desilusionado.

Empezaron a comer.

—Se ha quedado callado —dijo Agustín.

—No, no... Bueno, supongo que sí. Perdona.

—¿Ha encontrado algo?

—No, pero es interesante conocer estas cosas.

—¿Qué haría usted si aún fuera policía?

—No lo sé. Cumplir la ley, supongo. Pero, si todavía fuera policía, no existiría una guerrilla urbana, ni maquis ni «gangs» ni nada que se le parezca.

—¿Cree que cuando Franco ya no esté, si cambian las cosas, se los considerará... no sé, héroes o algo así?

Lo pensó un momento.

—No lo sé. —Suspiró—. Pero para algunos, quizá muchos, supongo que sí, como ya deben de serlo ahora.

Siguieron comiendo unos segundos más.

Miquel ya sabía la nueva pregunta de Agustín.

—¿Va a contarme de una vez por qué le interesa todo esto?

—No quiero comprometerte. —Fue conciso.

—¿Por qué habría de hacerlo?

—Eres periodista.

—Pero no voy a escribirlo, y menos si es un tema poco apropiado o tuviera luego que hablar de usted. Esto no es más que una confidencia entre amigos.

—¿Estás seguro de que quieres saberlo?

—¡Venga, hombre!

Ya no quedaba ni rastro de sopa en el plato. Con gusto se habría tomado otra. La carne parecía un poco seca y las patatas fritas estaban blandas.

—Uno de los muertos era el hermano de una conocida de Patro. Y, por si fuera poco, han asesinado a su exnovio acusándole de ser el delator. Bueno, aún peor: acusándole de confidente de la policía.

Agustín se quedó en suspenso.

—Oiga, no se anda usted con chiquitas, ¿eh? —Le miró con una mezcla de admiración y respeto, pero también expectación.

—Por cierto —agregó Miquel—. El cadáver del exnovio todavía no ha aparecido.

—¿En serio?

—Así están las cosas.

—Pues la cosa no es que pinte muy bien, digo.

Miquel subió y bajó los hombros.

Tenía razón: la carne estaba un poco dura y las patatas fritas muy blandas.

—¿Cómo sabía el ex lo del asalto?

—Pilló al hermano de la chica en casa, discutieron, y ella se lo dijo.

—¿Y los otros dos? Pudo haber sido alguien de su entorno el que se fuera de la lengua.

—Todo parece indicar que se trataba de él. El asesino le arrojó unos papeles de propaganda de cuando la CNT mató a Melis, el del 47. Lo único que no me cuadra es que, en lugar de pegarle un tiro, le envenenaron.

En los ojos de Agustín brilló una luz de admiración.

—Señor Mascarell, si fuera periodista...

—No lo soy, hijo. Ni siquiera soy ya policía. Pero me cae cada marrón encima...

—Quiere saber quién mató a ese hombre.

—Sí.

—¿Para ayudar a esa mujer, la amiga de Patro?

Iba a decir «sí» de nuevo, rotundo, pero se lo pensó mejor. Optó por ladear la cabeza y asentir, aunque sin mucho convencimiento. Masticar la carne no era fácil.

—¿Recuerdas cuando lo tuyo? Apuntaste mi nombre en

un papel, la policía lo encontró, me detuvo para interrogarme y no tuve más remedio que meter las narices.

—¡Vaya si lo recuerdo!

—Pues esto es lo mismo —masculló—. Son los problemas los que vienen a mí.

Siguió comiendo, pero confiando en que, si había flan, fuese casero.

17

Teresa Mateos Maldonado, antigua criada de Consuelo Sáez de Heredia, la hermana de aquella bestia llamada Benigno Sáez de Heredia por culpa del cual casi habían muerto Patro y él en octubre de 1948, seguía viviendo en el mismo lugar, cerca del cementerio del Este, en el Pueblo Nuevo. Cuando le abrió la puerta lo reconoció al momento y se quedó paralizada, sin saber cómo reaccionar. En el 48 Miquel buscaba a un desaparecido, el sobrino de los Sáez, sin saber que el joven, muerto nada más empezar la guerra en julio del 36, llevaba varios diamantes en el estómago. El hijo de Teresa, Fermí, había resultado ser del maquis. Al final, aquella incierta mañana los maquis se habían quedado con los diamantes, matado a Sáez, y los habían dejado marchar con la promesa de tener cerrada la boca.

Habían pasado tres años y medio.

El tiempo parecía suspendido, congelado.

—Buenas tardes, señora.

—¿Usted?

—¿Puedo pasar?

La vacilación fue leve. La primera vez, con Fermí en casa, escondido, ella había tenido miedo.

—Claro. —Le franqueó el paso.

—Espero no molestarla.

No hubo respuesta. La mujer cerró la puerta del piso. Toda la vida haciendo de criada le había conferido una pátina ine-

133

quívoca de placidez y resignación. Toda la vida acatando órdenes de otros, la habían sometido a la disciplina de la obediencia sin la necesidad de hacer preguntas o manifestar dudas. Para los poderosos, ésa era la clave: mandar sin oposición, sin una queja o un lamento. Quizá por eso el hijo de aquella mujer había salido rebelde, decidido a luchar, aunque fuera por una causa cada vez más remota y aislada.

Trece años después de la Guerra Civil, y casi siete después del fin de la Segunda Guerra Mundial, Franco ya no se iba a ir, ni volvería la monarquía, por otro lado obsoleta, ni Europa haría nada para cambiar las cosas.

Llegaron al comedor. Ella le ofreció asiento. Miquel no se quitó el abrigo porque allí hacía frío. Teresa iba protegida con medias gruesas, un jersey y una mantellina de lana por encima de los hombros.

—¿Cómo está su hijo?

Sí, habían pasado tres años y medio, así que ella no sabía si él había cambiado, si era otra persona.

Se lo quedó mirando sin decir nada.

—Esté tranquila —dijo Miquel con el más afectuoso de los tonos—. La última vez que él y yo nos vimos, nos ayudamos mutuamente.

—Lo sé —asintió—. Me lo contó.

—Entonces sabrá que le debo la vida. Espero que esos diamantes les dieran unos meses de supervivencia.

Teresa Mateos pareció emocionarse.

Una madre con un hijo alzado en armas, guerrillero antifranquista para unos, gángster para otros, oculto en cualquier parte, abatido el día menos pensado...

Tenía que ser duro.

—Sé que Fermí está bien —continuó Miquel—. No ver su nombre en los periódicos es buena señal. Créame que me alegro por ello. En lo que respecta a mí, le aseguro que no he cambiado, que sigo siendo el mismo.

—Me dijo que era usted una buena persona —concedió ella.

—Me alegro de que lo recuerde.

Suspiró más relajada. Tenía las manos unidas sobre el regazo. El rostro, amable y dulce, no ocultaba el dolor que, probablemente, amanecía con ella cada día. Miquel imaginó que la policía todavía no tenía detectado a Fermí y a su grupo, Pepe, Alejo y Matías entre ellos. De todas formas quiso comprobarlo.

—¿No la han molestado?

—¿Quién?

—La policía.

—No, no.

—Eso es bueno. Significa que no saben que usted es su madre, aun en el caso de que sepan quién es Fermí.

Ella asintió levemente con la cabeza.

—Siempre fue listo —proclamó con orgullo—. ¿Quiere beber algo, un vaso de agua...?

—No. Y me iré lo más rápido que pueda, se lo aseguro.

—Usted dirá, pues.

—Verá. —Escogió más el tono, calmado, que las palabras—. Lo que voy a preguntarle es delicado, pero le aseguro que puede confiar en mí. Sigo siendo una persona condenada a muerte e indultada.

—Diga, diga.

—¿Está Fermí en Barcelona, o cerca?

La mirada se le congeló en la cara. Regresó el miedo, la incertidumbre. La vida de su hijo pasaba por la seguridad, y ahora un hombre al que solo había visto una vez, tres años y medio antes, la ponía a prueba. Tal vez en peligro.

—Quizá no lo sepa —tuvo que seguir Miquel—. Y sería lógico que fuera así, pero si puede ayudarme...

—¿Para qué quiere saber eso? —preguntó ella con un hilo de voz.

—Hace unos días mataron a tres hombres en el asalto a una sucursal bancaria de Mayor de Gracia. Al parecer, eran maquis, parte de la guerrilla. Uno de ellos era el hermano de una amiga. Quiero saber si Fermí los conocía.

—¿Qué relevancia puede tener que mi hijo los conociera?

—Los acribillaron antes de perpetrar el asalto porque hubo una delación. Y, hace dos días, el presunto confidente de la policía apareció también muerto en su casa. No era más que un chorizo de poca monta, pero tenía que ver con la hermana de uno de ellos.

—Sigo sin comprender...

—Necesito saber si el maquis, el grupo al que pertenecían, o alguien relacionado con la organización, lo asesinó como represalia. Y, en caso de que sea así, cómo supieron que el confidente era él.

Teresa Mateos no le ocultó su aturdimiento.

Asimiló lentamente todo aquello.

—Usted es de las pocas personas que saben de Fermí, señor —divagó.

—No habría venido a verla si no fuera porque el tema tiene relación con el maquis, señora. Su hijo es el único que puede ayudarme.

—Es que aún no entiendo...

—Verá, tengo mis dudas sobre la autoría del asesinato de ese hombre, el presunto chivato. Si fue la guerrilla, tema zanjado. Pero si no fueron ellos...

—¿Cómo le mataron?

—Fue envenenado.

Incluso a ella, una mujer ajena a la violencia, se le debió de antojar cuando menos curioso.

Pero bajó la cabeza en silencio.

Miquel se dio cuenta de que iba a llorar.

—No quería alterarla, perdone —se excusó.

Ella se encogió de hombros.

—Muertes, muertes, muertes... —desgranó despacio, aunque haciendo que las palabras subieran una leve cuesta oral—. Estoy agotada, ¿sabe? Primero, la guerra. Ahora, mi hijo luchando tan solo, tanto... El día menos pensado me lo asesinarán también a él. No hay otra. No hay caminos. No hay vuelta atrás. —Se enfrentó a los ojos de su visitante—. Entiendo su lucha, créame que la entiendo. Pero es ya tan inútil, tan desesperada...

Miquel lamentó haber ido a verla.

Pero ya era tarde.

—Si no sabe nada de Fermí, me iré y ya está. Podrá olvidarse de mí en cuanto cierre la puerta.

—Algo sé, pero nada concreto. De vez en cuando me hace llegar una carta, una señal. Venir a verme... eso no. Demasiado peligroso. No quiere comprometerme, incluso por si vigilan la casa.

Miquel no había pensado en eso.

Se le encogió el alma.

—¿Tiene alguna forma de hacerle llegar un mensaje?

—Sí —reveló.

—¿Y decirle que quiero verlo, o comunicarme con él?

—Sí —volvió a asentir—. Establecimos un sistema de avisos por si enfermo o me pasa algo. Pongo una señal en la ventana, alguien la ve y le hace llegar el mensaje. Es todo cuanto puedo decirle.

—Será suficiente. Si alguien le pregunta, dígale que soy Miquel Mascarell, el ex inspector de policía de cuando los diamantes de los Sáez. Con eso bastará. Y si Fermí viene a verla, cuéntele el caso, lo del asalto al banco y la muerte de esos tres hombres. Recuerde que lo único que necesito saber es si el maquis mató al soplón.

—Bien, señor. —Se recuperó un poco, dándose cuenta de que la visita tocaba a su fin—. ¿Y usted? ¿Está bien?

—Hago lo que puedo, pero sí, gracias.

—Fermí me dijo que iba con una mujer muy guapa.

—Me casé con ella poco después. —Le enseñó el anillo—. Y tuvimos una hija en marzo del año pasado, pronto hará un año.

La vida seguía.

La vio emocionada.

—Una niña. —Suspiró—. Maravilloso, ¿verdad? Ojalá Fermí pudiera casarse, darme nietos, olvidarse de esta locura. Pero me dice que no puede, que no soporta vivir en esta España fascista regida por militares y curas. Él... prefiere morir de pie a vivir de rodillas, señor Mascarell. ¿Puede usted entender eso?

Lo entendía.

A veces él mismo se preguntaba si estaba muriendo de pie, resistiendo, jugando todavía a ser policía, o si por el contrario llevaba tiempo viviendo de rodillas, conformado por el amor de Patro y la esperanza de lo que Raquel pudiera representar.

Una pregunta sin respuesta, llena de aristas.

Todas cortantes.

Miquel sacó el lápiz y la pequeña libreta que siempre llevaba en un bolsillo, por costumbre. Escribió algo en una hoja, la arrancó y se la tendió a su anfitriona.

—Son mis señas, por si acaso.

Teresa Mateos dejó el papel sobre la mesa.

—¿Puedo preguntarle algo, señor Mascarell?

—Claro.

—Usted es hombre de mundo, fue inspector de policía, tiene carácter, inteligencia. —Se quedó sin más argumentos—. Dígame, ¿cree que hay un futuro para nosotros?

«Nosotros» eran todos, Barcelona, Cataluña, España.

—Siempre hay un futuro —mintió a medias.

—Pero ya no lo veremos, ¿verdad?

Si el franquismo era una roca, como las del Valle de los Caídos, desde luego ni ella ni él alcanzarían a verlo. Había rocas que ni mil prisioneros de guerra condenados podían romper. La única suerte era que la historia daba siempre muchos tumbos, unas veces con el viento a favor, otras con un temporal en contra. La maldita historia que convertía tanto los bienes como las desgracias de un tiempo en apenas un recuerdo al que asomarse más allá de cada giro. Sin olvidar que, antes de ser revisada por nuevas generaciones, la historia más inmediata la escribían siempre los vencedores.

Iba a decirle que la esperanza era lo último que se perdía, pero se le antojó una frase de lo más manida y estúpida, un falso consuelo en aquellas circunstancias.

18

Una vez más, le tocó un taxista dicharachero. Cuando le dijo que iba al cine Verdi, en Gracia, el hombre se volvió hacia él y le espetó:

—¡Diga que sí, abuelo! ¡Con este frío, lo mejor es pasar la tarde en un cine bien calentito viendo una película de esas de cantar y bailar, que son las mejores!

El «abuelo» prefirió callar, así que el taxista se quedó sin mucho más que decir al cabo de dos minutos. El trayecto se hizo ya en silencio. Cuando Miquel se bajó del vehículo, en la puerta del cine, aprovechó el momento del pago para soltarle:

—A mí me gustan los dramas. ¿Ha visto una que se titula *Muerte de un taxista*?

No supo si le hablaba en serio, así que le dio el cambio expectante y, al ver que no había propina, optó por mantener la boca cerrada.

Miquel le vio marchar pensando en si era él, que atraía la perorata de los taxistas, o si es que cada vez los fabricaban más habladores.

—Después de todo, puede que sea un trabajo aburrido —musitó para sí mismo.

La taquillera del Verdi era una mujer entrada en años. Un miércoles por la tarde no era día de gran afluencia, así que leía una novela barata sin disimulo. Debía de estar en un capítulo muy emocionante, concentrada, porque tardó en percatarse de su presencia y levantar la cabeza. En lugar de un billete de curso legal, sin embargo, se encontró con la fotografía de Dimas bajo el arco del cristal que la separaba de los clientes.

—¿Conoce a este hombre? —preguntó Miquel.

Ella miró la foto. Miró a Miquel. Volvió a mirar la foto. No alteró demasiado sus facciones, como si fuera experta en verlas de todos los colores.

—No sé quién es —se limitó a contestar no sin ciertas dudas.

—Viene mucho por aquí.

—Oiga, con la de gente que se pasa por esta taquilla... La mayoría de las veces ni los miro. Me piden las entradas, les cobro, y al siguiente. Le juro que si supiera quién es se lo diría. Yo no quiero líos, y menos con la autoridad. Pregunte a los de dentro.

—Gracias.

Dejó la taquilla atrás y entró en el cine. El hombre que cortaba las entradas iba de uniforme, chaquetilla roja, pantalón negro con una raya igualmente roja. Y gorra militar. Si no fuese por lo mal que le caía la ropa y su aire enjuto, falto de carne, habría dado el pego. Por desgracia, más bien parecía un espantapájaros fuera de lugar.

Miquel le enseñó la fotografía de Dimas.

—¿Le conoce? —preguntó por segunda vez.

—No —contestó demasiado rápido.

—Mírelo bien.

El uniformado miró a Miquel en lugar de a la foto. Calibró a marchas forzadas si se trataba de un policía o no. «La autoridad», como había deducido la taquillera. Por el tono, podía serlo. Por la edad...

No quiso jugársela.

—Pregúntele a Paco.

—¿Quién?

—Paco, el acomodador. Está dentro, en la sala. Usted pase la cortina y ya está.

No había nadie cerca. Ningún otro espectador entrando o saliendo. Tampoco en el bar. Estuvo a punto de presionarle un poco. Decidió que mejor no; lo dejó atrás sin que se atreviera a pedirle una entrada y caminó hasta la cortina granate y pesada que separaba el vestíbulo de la sala de proyección. Nada más cruzarla, se iluminó una linterna y, tras ella, en las sombras, surgió la figura de Paco, el acomodador. Mismo uniforme, más carne. Al final del pasillo, en la pantalla, Robert Mitchum se enfrentaba a Robert Ryan en lo que parecía ser la escena culminante de *El soborno*.

Al ver que el recién llegado no llevaba la correspondiente entrada en la mano, Paco levantó la linterna para iluminarle la cara.

—Salgamos afuera —dijo Miquel.

—Oiga...

—Ahora —ordenó.

Cruzaron la cortina de nuevo. El que cortaba las entradas, a unos metros, les dio la espalda de forma deliberada, desentendiéndose de ellos. La fotografía de Dimas golpeó de lleno en los ojos de Paco. Intentó parecer entero, pero le traicionó tanto la súbita palidez como el envaramiento facial.

Ni siquiera tuvo que preguntar.

—No sé quién es —dijo el acomodador.

—Yo diría que sí.

Apareció el miedo. Y lo hizo tan rápido que se convirtió en pánico. Paco miró a derecha e izquierda, como si calibrara sus posibilidades de escape. Sostenía la linterna en la mano derecha como si fuera una porra.

—Soy detective, no policía —le tranquilizó Miquel—. Tiene dos opciones: hablar conmigo y entonces no pasa nada, porque después me iré y no volverá a verme, o hablar en comisaría si los llamo y les digo que aquí se cuece algo con mala pinta. Usted decide, pero hágalo ya, rápido.

Llevó aire a sus pulmones.

—¿Detective? —Mostró un atisbo de reticente duda.

—Como en las películas, sí. —Con la otra mano le enseñó una de las tarjetas de Fortuny, aunque no se la entregó—. ¿Por qué viene Dimas una o dos veces por semana a este cine? Y no me diga que le gusta ver cuatro veces la misma película.

—Mire, yo...

Calló a la fuerza. Una pareja se acercó a ellos. Paco les tomó lo que quedaba de las entradas después de que su compañero las hubiera roto por la mitad, y los acompañó al otro lado de la cortina. Tardó muy poco en salir, señal de que se habían quedado en la parte de atrás. Cuando lo hizo se estaba guardando la propina en el bolsillo del pantalón y ya había apagado la linterna. No esperó a que Miquel volviera a hablar.

—Escuche, yo ni siquiera le conozco. —Fue lo primero que dijo—. Se presentó aquí un día, hará cosa de dos meses, me propuso el cambalache y...

—¿Qué clase de cambalache?

—¿Me va a buscar la ruina? —gimió asustado.

—No.

—Si es que, total, para unas pesetas que sacamos... —Se vino un poco más abajo.

—¿Qué hace Dimas en el cine? —le presionó Miquel.

—Pero ¿por qué le importa a usted? ¿Quién le manda?

Decidió poner la directa.

—Le han asesinado. Por eso.

Al acomodador se le doblaron las rodillas. Como estaba apartado de la pared, pareció sujetarse a la linterna para no caer. Ya no estaba pálido: estaba blanco como una mesa de bar con partida de dominó incluida. Los puntos de las fichas eran los ojos, el bigotito, la boca.

—¡Ay, Dios! Pero ¿qué dice, hombre?

—¿Va a contármelo o no? —Hizo ademán de marcharse señalando la puerta de la calle.

Paco cerró los ojos. Sabía que no tenía escapatoria. Debió

de calibrar sus posibilidades. Cuando los abrió de nuevo se encontró con la cara de Miquel, abierta pero no peligrosa.

O eso pensó a la fuerza.

—Fíjese. —Movió la mano hacia la cortina—. Estamos en febrero, hace un frío que pela. Por las tardes vienen parejas a... bueno, ya sabe. ¿Dónde van a estar mejor? Se ponen en la última fila, se besan y se toquetean un poco y... Vaya, las cosas que no pueden hacerse en la calle. Dimas me propuso... —Buscó la mejor forma de decirlo para parecer inocente—. O sea, él viene y si hay alguna pareja yo le hago una seña. Compra la entrada, porque la Matilde es de armas tomar y aquí no entra gratis ni Dios, y una vez dentro espera el momento para pillarles in fraganti. Entonces se da la vuelta a la solapa, donde lleva una insignia de no sé qué que apenas se ve en la oscuridad del cine, y les dice que es de la secreta y que se los lleva detenidos por inmorales. Como se puede imaginar, a los pobres les da un susto de muerte. Ni los deja respirar o reaccionar. Por lo general, ellas son jovencitas, pero, aunque no lo sean, da igual. No están los tiempos para escándalos o la vergüenza de tener que llamar a los padres, que algunos, encima, las matan. —Tomó un poco de aire y ya no se detuvo—. Los hombres se ponen muy nerviosos; ellas no vea, llorando y pidiendo perdón. Entonces él les dice que es una pena, que le sabe mal, que van a ficharlos y eso será muy malo... Total, que les propone que le paguen la multa y así se irá y se olvidará de ellos. Entonces ¿qué va a hacer el hombre? Pues pagar, naturalmente. Dimas los cala y, según lo que ve, les saca cincuenta pesetas o veinte duros. A veces todo lo que llevan. Antes de irse les dice que, por si acaso, no vuelvan aquí, que se vayan a otro cine, porque él es el encargado del Verdi por la Junta de Moralidad. Y yo pienso que sí, que van a ir otra vez al cine, los pobres, con el susto que se llevan.

—¿Junta de Moralidad?

Paco se encogió de hombros y puso cara de circunstancias.

—¿Qué se lleva usted?

—Por favor...

—Es curiosidad.

—Una cuarta parte de lo que saca, descontada la entrada.

—¿Y ése? —Señaló al hombre que cortaba las entradas.

—Es el marido de Matilde, pero nada. Hace la vista gorda y ya está, que allá cada cual con sus cosas, ¿no?

A pesar de que el cadáver seguía allí, en su casa, y de que la muerte, a veces, sembraba de piedad la memoria de los muertos, Miquel sintió un poco más de odio y animadversión por Dimas. Toda supervivencia tenía un límite. Cruzar la línea era lo peor. La dictadura prohibía incluso el amor, lo autorizaba en prostíbulos en forma de sexo, pero lo perseguía entre quienes solo buscaban un poco de calor y afecto, que eran la mayoría, especialmente los jóvenes. Y de ello se aprovechaban los de la peor calaña para inventarse sucios trucos, como el que acababa de contarle aquel acomodador del Verdi.

Sintió rabia.

Ganas de meterle la linterna por el agujero del final de la espalda.

—¿Todas las parejas tragan? —preguntó.

—Sí, sí. Da igual que se estén dando el pico o hagan algo más. Ninguna está para jugársela. —De pronto se había vuelto hablador—. El otro día pilló a uno con la bragueta bajada y a ella dándole con la mano. Yo solo le pido que sea discreto y no monte un lío en la sala. Por lo general lo arreglan aquí, o en la calle. —Le entró un ataque de moral y arrepentimiento, porque aseguró—: Le juro que eso ya está, se acabó. Se lo juro por éstas. —Se llevó los dedos a los labios, los cruzó y besó.

Muerto Dimas, el negocio moría con él.

—No creo que le hayan asesinado por esto —dijo Miquel muy serio y empleando un tono de lo más lúgubre—. Pero yo que usted iría con cuidado, ¿me explico?

Reapareció la palidez. Tragó saliva.

—Sí, señor. —Movió la cabeza de arriba abajo.

Al otro lado de la cortina se oían unos disparos. Robert Mitchum y Robert Ryan debían de estar finiquitando sus cuitas. Un hombre solitario entró en el cine y esperó a que el primer empleado le cortara la entrada. Paco se dispuso a acompañarlo al interior de la sala.

Lo hizo en silencio.

Y en silencio se marchó Miquel, con la sensación de haber desenmascarado un poco más a Dimas, pero también con la de haber dado otro palo de ciego en la búsqueda de su asesino.

19

Llegó a la calle Nuria a las ocho menos cinco de la tarde-noche y optó por quedarse en el portal, sin subir al piso de Luisa, la exnovia adolescente de Dimas. El frío era ya más acusado y el cielo, gris, amenazaba con dar paso a la temida nevada. Pateó varias veces el suelo para darse calor en los pies, pero le costó hacerlos reaccionar.

Estaba de mal humor.

Dimas había resultado ser peor de lo que ya imaginaba. Y solo estaba escarbando la superficie. Quedaba lo que pudiera traerse entre manos con aquellos dos sujetos, Demetrio y Segismundo.

¿A cuántas parejitas de novios habría maltratado en el cine?

Después de mirar el reloj tres veces en cinco minutos, se cansó de sacar las manos del bolsillo. Patro se empeñaba en que se pusiera guantes de lana y él se hacía de rogar. No le gustaba. Jamás le gustó. Un policía con guantes no cazaba ratones.

A las ocho y quince apareció una pareja por la calle. Caminaban despacio, ella cogida del brazo de él. Al verle en el portal se detuvieron un poco antes, a unos metros. Entonces se miraron a los ojos, se dijeron algunas palabras de despedida y se dieron un casto beso en la mejilla, rozando la comisura de los labios. Miquel la estudió. Luisa era muy guapa, esbelta, cabello largo por encima de los hombros y perfectamente ornamentado con una permanente cuidada. Vestía con sencillez, pero era elegante. Diez años atrás tenía que haber sido una jovencita capaz de atraer a toda clase de moscas, capaz de enamorar a cualquiera, incluidos los Dimas de turno. Dalena era una mujer, pero Luisa mantenía vivos los rasgos juveniles y el encanto de la primera edad, incluida la inocencia a través de una mirada limpia y diáfana.

Cuando el novio dio media vuelta y se marchó, ella caminó resuelta hacia el portal de su casa, donde la esperaba Miquel, que le cortó el paso una vez dentro.

—¿Luisa?

Se detuvo un poco sobresaltada por lo inesperado de la aparición. Incluso miró hacia atrás, por si su novio seguía cerca. De noche y con un desconocido en la puerta de su casa...

—¿Qué quiere? —preguntó con el ceño fruncido.

—Lo primero, pedirle perdón. No quiero molestarla más de lo necesario. He estado esta mañana hablando con su madre y ella me ha dicho que usted llegaba a casa a esta hora. He preferido esperarla aquí.

El recelo no desapareció.

—¿Qué sucede? ¿Quién es usted?

—¿Podría hacerle unas preguntas acerca de Dimas González?

Su sorpresa, ahora, no tuvo límites. Fue como si le hablara de un fantasma. Abrió los ojos con desmesura y hasta se le descolgó ligeramente el labio inferior. Tenía la piel rosada por el frío. Iba sin maquillar, ostentando su belleza natural como una bandera.

—¿Dimas? —dijo—. ¡Pero si hace años que no sé nada de él!

A pesar de la desilusión, Miquel insistió.

—Por favor, lo que pueda decirme.

—¿Es usted policía?

—Detective privado.

Seguía causando el mismo efecto en todo el mundo. Los detectives debían ser americanos y tener la cara de los actores de Hollywood. Luisa se lo quedó mirando como si no pudiera creerlo.

—No tema —siguió Miquel—. Lo que me diga quedará entre nosotros y a él no le perjudicará.

—Me da igual que le perjudique o no. —Surgió un viento de frialdad en su tono de voz—. A mí lo que haga después de tanto tiempo... —Apareció, sin embargo, la curiosidad, más que la inquietud—. ¿Está en problemas?

Le dijo lo mismo que a su madre.

—Ha desaparecido.

—¿Y le está buscando?

—Sí.

—¿Por qué le busca usted?

—Por encargo de su novia.

—¿Tiene novia? —Sonrió maliciosamente—. No me lo puedo creer. Menuda será.

—¿Por qué lo dice?

—Llámelo intuición, instinto... No me lo imagino con una mujer de su casa, normal y corriente. Siempre fue muy guapo, les gustaba a todas. Eso hizo también que durante la guerra y tras ella atrajera a las peores.

Prefirió no decirle que Dalena era prostituta.

No valía la pena.

Luisa seguía sonriendo con la misma malicia femenina.

—¿Sabe muchas cosas de Dimas, señor?

—Sé lo suficiente. Que no es una buena persona lo primero.

—Eso es decir poco.

—Trapicheos, estafas...

Soltó una bocanada de aire, como si empezara a hartarse de la interrupción para tener que hablar del primer amor de su vida.

—Mire, señor. No sé qué podría contarle yo que le ayude

a encontrarlo. Hace años que no le veo. Tuvimos nuestro momento y pasó. Ya está. Fui tan tonta como la mayoría de las adolescentes que se enamoran de quien no deben. Pagué el precio con dolor y luego crecí. ¿Qué más puedo decirle? ¿Usted no tuvo una primera novia?

—Sí, y me casé con ella.

—Pues tuvo suerte. —Plegó los labios—. En mi caso, yo tenía dieciséis años y él dieciocho. En aquellos días todavía era relativamente legal, un buen chico. Digo «relativamente» porque tampoco sabía mucho de lo que hacía cuando no estaba conmigo llenándome la cabeza de pájaros. Era un soñador; hablaba de lo que haría, lo que tendría, los lugares a los que iríamos. Lo ideal para una chica no menos soñadora. Luego la gente del barrio empezó a contarme cosas de él, me advirtieron que tuviera cuidado... Y para postre llegó la guerra. Al acabar, todo fue distinto. Seguimos un poco más de tiempo, pero ya no era lo mismo. Dimas quería salir de pobre y lo que hizo para conseguirlo fue irse al otro lado. Decía que la única oportunidad de las personas como nosotros era ser más listos que los demás. Yo no tardé ya en desengañarme. Pero la guinda llegó el día que me propuso utilizarme para... —Detuvo su larga perorata para morderse el labio inferior—. Fue muy humillante.

—¿Una estafa?

—Quería que sedujera a hombres casados, que fingiera ser una chica fácil, y entonces, antes de que pasara nada, aparecería él y los chantajearía. Ese día se me cayó definitivamente la venda de los ojos. Le miré con un horror... como nunca había mirado a nadie. Fue un instante decisivo. Me pregunté cómo podía haber amado tanto a una persona así. Sentí incluso vergüenza de mí misma; porque si él había pensado que yo sería capaz de algo así, es porque nunca supo quererme ni respetarme de verdad y mucho menos entenderme como persona.

—Y cortó con él.

—Sí, fue definitivo.

—¿No le volvió a ver?

—Una sola vez, hará cosa de siete u ocho años. Vino a ver cómo estaba. Por un momento pensó que yo aún le quería y que podría recuperarme. Me juró que había cambiado y me pidió perdón. Me bastó con mirarle a los ojos para saber que no era así, que incluso había ido a peor. Le desengañé y eso fue todo. Fin de la historia.

—¿No ha sentido curiosidad por saber de él?

—Ni la más mínima, se lo juro. Agua pasada. ¿Ha visto al hombre que me acompañaba? —No esperó la respuesta—. Es mi prometido, llevamos seis años de relaciones y vamos a casarnos en mayo. Sé que Dimas fue el clásico error de juventud, pero por el que no hay que pagar más allá de la herida que deja. No todos los primeros amores salen bien. ¿Usted sigue casado?

—Mi mujer murió en la guerra.

—Lo siento. —Entristeció el rostro—. Yo me enamoré de un bala perdida. Después de cortar con él, siempre imaginé que acabaría mal, en la cárcel o algo peor. ¿Cuánto hace que ha desaparecido?

—Unos días.

—Puede que haya huido si ha hecho algo malo.

—Su novia cree que puede estar muerto.

Nada cambió en ella.

Mantuvo la calma.

Y no era insensibilidad, era distancia.

—Siento no haberle podido ayudar más.

—Y yo siento haberla molestado.

—Hágame un favor. Si lo encuentra, no le diga que me ha visto y que ha hablado conmigo. No le cuente nada de mí, se lo ruego.

Miquel pensó en Dimas, tendido boca arriba en el suelo de su casa.

—No lo haré, se lo juro. Buenas noches, Luisa. Le deseo la mejor suerte del mundo y que sea muy feliz.

Ella dulcificó el gesto. Estrechó la mano que Miquel le tendía y luego dio media vuelta para subir a su piso sin esperar a que él saliera a la calle.

Miquel se subió las solapas del abrigo, metió las manos en los bolsillos, y regresó a la noche y el frío.

20

Llegó a casa con tres ideas, más bien tres anhelos: abrazar a Patro, abrazar a Raquel, y sentir el calor del hogar después de pasar las habituales horas perdidas de un agente de la ley pateándose las calles en busca de las migajas de un caso.

Un agente de la ley.

—No te engañes —rezongó.

Lo peor era sentirse idiota, haber vuelto a caer en la trampa, como si le atrajera tanto el riesgo y olvidara su condición de ex condenado a muerte. De regreso a casa en el taxi, pensó en ello. ¿Lo hacía por Patro? ¿Era porque una «vieja amiga» le había pedido ayuda? Una «vieja amiga» que le salvó la vida y acabó en la cárcel por ello.

Las personas tejían extraños caminos en el tapiz de su historia, que nunca era única e individual, pues todos se entrelazaban, unas veces formando nudos y otras cuadrados o triángulos perfectos. Los colores también cambiaban. Rojos sangre, verdes esperanza, azules cielo, marrones o grises cotidianos.

Grises.

La España de Franco era así: gris. No había colores. Nadie vestía una prenda que no fuera oscura y discreta. Blanco, negro y gris; abrigos, trajes, almas, corazones.

Bajó del taxi agradeciendo el silencio, aunque después de un día al volante lo más seguro sería que hasta el taxista estuviese cansado, y subió a su piso con mejor ánimo. No fue hasta el momento de abrir la puerta cuando comprendió que, además de Patro y Raquel, allí estaría Dalena.

Se equivocó.

—Ha llamado a Domingo y ha ido a verle —le informó Patro de buenas a primeras, como si esperase la pregunta, mientras Raquel cambiaba de manos agitándose feliz.

—¡Hooola, tú, bicho! —La besó Miquel.

—Menos mal que has llegado. Iba ya a acostarla.

—Déjamela cinco minutos —le pidió.

—¿Te preparo ya la cena?

—Para eso dame un poco más. Ahora mismo no tengo hambre.

—Estás helado —lamentó ella.

—Luego tendrás trabajo en la cama. —Le guiñó un ojo.

Fueron diez minutos de calma. De paz. A veces bastaba con poco. Jugó con Raquel hasta que Patro anunció que era hora de que se acostara. No hubo quejas ni protestas por parte de ninguno de los dos. Raquel tampoco era de las de poner reparos. Junto a lo de abrir cajones y vaciarlos y corretear, la cama había sido hasta el momento su aliada. Apenas si soltó media docena de «¡Pfffs!», «¡Bus!» y demás expresiones de las suyas. La dejaron en la cuna, salieron y, si algo sabían ya de sobra, era que allí acababa todo.

Se refugiaron en la cocina y, entonces sí, antes de sentarse, Miquel la abrazó.

Un largo y silencioso abrazo de un minuto.

—¿Qué has estado haciendo?

Pasó revisión al día. Le contó a dónde había ido, con quién había hablado y cuáles eran sus pensamientos. A veces no era necesario hablar. Otras, sí. Patro solía sorprenderse siempre de lo mucho que le cundía a él el tiempo. Esta vez, aunque no había conseguido nada relevante que diera luz al caso, se sorprendió aún más. Le escuchó atentamente, haciendo las preguntas precisas en los momentos exactos. No era la primera vez que le veía enfrascado en un caso, una investigación. Lo conocía. Lo adoraba.

—Sabías que no sacarías nada relevante yendo a ver a esa mujer, Luisa —dijo sin que sonara a pregunta, sino a aseveración.

—Sí. Y también imaginaba lo del cine.

—Entonces ¿por qué has ido?

—Para despejar incógnitas, cerrar círculos. Si das algo por sentado, estás perdido. ¿Y si la exnovia hubiera seguido viéndole y fuera celosa? ¿Y si el del cine fuese un socio al que hubiera estafado? Dimas no tenía amigos, y hoy lo he confirmado. La hermana le aborrece, el cuñado le odia. Ninguno tenía motivos para matarle, pero tampoco van a llorarle. El cuadro que tengo ahora de Dimas González es muy diáfano: chorizo y especializado en montajes. Lo demuestra lo del cine, como lo prueba que incluso le propusiera a su inocente novia un plan para chantajear a hombres casados. Y el plan que pudiera tener con esos dos, Demetrio y Segismundo, seguro que era más de lo mismo. Iban a chantajear a un primo, y también tendré que indagar acerca de esto, porque todo lo que hizo Dimas en los días previos a su asesinato es relevante para encontrar al culpable y liberar a Dalena. Dimas era lo que nosotros llamábamos un «especialista».

—¿Especialista? —lo repitió Patro.

—Por supuesto. Los ladrones se especializan siempre. El que se dedica a robar, roba, y no le pidas que haga otra cosa, porque no dan más de sí y bastante hacen con aprender «un oficio» y una técnica. Nunca se apartan de ella. Por esta misma razón, el que se dedica a timar, tima, el que se dedica a embaucar, embauca, y el que se dedica a chantajear, chantajea. Lo de Dimas era esto último, estoy seguro.

—O sea, que ser confidente de la policía no te cuadra.

—En absoluto, aunque pueda desconcertarme eso de que

nunca haya sido detenido. O ha tenido suerte o es listo y se protege bien. Si nadie le ha denunciado es porque ha sabido manejar sus cartas adecuadamente, protegiéndose siempre las espaldas.

—Miquel...

—¿Sí?

Patro alargó la mano para que él le diera la suya por encima de la mesita ubicada en un rincón de la pequeña cocina. Estaban sentados frente a frente. Entrelazaron los dedos. Miquel se fijó en las eternamente bien cuidadas uñas de su mujer. Las manos de Patro era tan de seda como los hilos y pañuelos que vendía en la mercería. Ser acariciado por ellas le había parecido siempre una suerte de raro privilegio.

—Quería preguntarte...

—Adelante —la animó a seguir.

—¿Crees que Dalena nos ha dicho la verdad?

Esperaba algo así la noche pasada, al acostarse, o si hubieran amanecido juntos por la mañana con tiempo para charlar. Era una duda inevitable. Una pregunta que pesaba en el ánimo.

Aun así, Miquel fingió inocencia.

—¿A qué te refieres?

—A todo —refirió con un deje de pesar—. Para empezar, según ella, Domingo no sabe nada de Dimas.

—Lo cual es lógico —repuso él—. Llámalo autoprotección. Ningún hombre vería con buenos ojos que la mujer a la que quiere viva con otro, y siga viviendo con él después de declararse y ser aceptado.

—Pero si Dalena es prostituta.

—Yo lo veo distinto. Dalena ejerció hasta que el tal Domingo la pidió en matrimonio. Entonces ella lo dejó, ya no frecuentó el Parador, se dedicó a él en exclusiva. Por raro que suene o parezca, todo lo que nos contó Dalena tiene su lógica. Ella necesitaba irse de su casa, Domingo lo vio bien, para apartarla de una vez de todo. Le dio dinero para que esperase unos días...

—Pero ese hombre está de luto, y las normas dicen que ha de guardarlo un año.

—Domingo sabe que no puede esperar un año por Dalena, aunque la tenga en un piso o donde sea. Muerta su madre, lo imagino lleno de prisas por tenerla en casa las veinticuatro horas del día. Debe de ser un tipo curioso, por supuesto, pero no más raro o extravagante que otros. Si él se ha vuelto loco por Dalena, ella es la primera que sabe que ha de aprovecharlo. Y cuanto antes.

—¿Puedo seguir haciendo de amiga mala?

—Sí.

—¿Y si le mató antes de ir a la pensión, o saliendo de noche sin que la vieran, y montó la comedia de la maleta para que yo descubriera el cuerpo? O, a lo peor, ni siquiera eso. Al matarle salió tan nerviosa y rápida que olvidó sus cosas. Yo tenía que recoger la maleta y nada más, sin necesidad de entrar en el comedor de su casa.

—Olvidas que te hizo recoger el portarretratos. Y eso implicaba ver a Dimas.

—Es verdad. —Bajó los ojos y retiró la mano.

—Yo creo a Dalena —dijo Miquel—. No tenía por qué matar a Dimas. Ni siquiera por miedo de su reacción al abandonarle. Domingo la habría protegido.

Patro asintió. Parecía aliviada.

—Bueno, la verdad es que me alegro de que pienses así.

—Yo también quería preguntarte algo —manifestó él con tacto.

—¿Qué es?

—¿Se enfadaría mucho Dalena si voy a ver a Domingo?

—No lo sé, pero, si lo haces, no se lo digas antes —respondió Patro.

—Tendré que hacerlo, cariño.

—¿Y por qué quieres hablar con él? ¿Quién le dirías que eres?

—Dalena vive en nuestra casa. Puedo ser una especie de padre interesado por el bienestar de la amiga de mi mujer. En cuanto a por qué quiero hablar con él... ¿Cómo quieres que lo deje al margen siendo parte esencial de todo esto?

—Otra vez: Domingo no sabía nada de Dimas.

—Es lo que dice Dalena. Y la creo. Pero ¿y si no es cierto? ¿Y si Domingo la investigó? Teniendo dinero, poder, y siendo abogado... Yo lo haría. Tanto por ella como por autoprotección.

—¡Ay, no sé! —Arrugó la cara Patro—. Igual lo complicas todo.

—No creo que sea malo conocerle. Sabes que me gusta estudiar a fondo a todos los implicados en un caso. Las miradas, los gestos... Los ojos, las caras y los cuerpos hablan, cariño.

—Ya sé que eres un buen psicólogo.

—Imagínate que miente y ha engatusado a Dalena con todo eso de casarse con ella.

—¡No!

—Solo es una posibilidad. Míralo por este lado: un hombre de mediana edad, con una posición holgada y una carrera, vive sometido por el amor incondicional y la mano de hierro de una madre posesiva. Incapaz de tener relaciones normales, porque la madre se las estropea todas en su afán de protegerle, frecuenta un burdel de lujo como única forma de aliviarse. El sexo que encuentra en ese lugar tampoco es el que una esposa piadosa y de misa diaria le daría. Se habitúa a ello. De pronto se encapricha de una de esas mujeres. Le promete el oro y el moro. Una vez metido en la trampa que él mismo ha creado, se da cuenta de que, si se casa con ella, vivirá un infierno. Allá a donde vaya, en sus círculos íntimos, puede haber alguien que la reconozca y haya estado con ella.

—Aunque sea así. —Había dolor en el tono de Patro—. ¿Qué tiene que ver esto con la muerte de Dimas?

—Hablábamos de que quizá Domingo no sea trigo limpio, nada más. Una cosa me ha llevado a la otra. —Patro seguía con la cara constreñida—. ¿Qué te pasa?

—A veces te olvidas de que yo también iba al Parador.

—Cariño, no es lo mismo.

—Lo sé, pero aun así... ¿Crees que te hago el amor a ti igual que lo hacía con...?

—¡No! —la detuvo para que no siguiera—. Yo tampoco hacía el amor así antes. ¡Somos nosotros! Cada pareja tiene sus fórmulas, sus propias leyes no escritas. Se encuentran y avanzan despacio para descubrirse.

—Una vez le diste un puñetazo a uno que estaba seguro de haberme reconocido.

—Por pesado.

La hizo sonreír un poco.

—Miquel, sabes que nunca pienso en el pasado, ¿verdad? Para mí la vida empezó en nuestro reencuentro de julio del 47. —El tono se hizo más suplicante—. Lo sabes, ¿no es cierto?

Esta vez fue él quien alargó las dos manos para que ella le ofreciera las suyas por encima de la mesa. Siguieron sentados.

—Si por algo no quería que Dalena se quedara aquí, era precisamente por esto —dijo Miquel—. Su presencia te está removiendo los fantasmas.

—De no ser por ti, yo seguiría allí. —Estuvo a punto de llorar.

—¡Pero no estás! ¿De qué sirve amargarse con eso? ¡Tú nunca tuviste un novio como Dimas, ni te habrías casado con un Domingo solo para salir de allí! ¡Lo sé!

Le presionó tanto las manos que las convirtió en esqueletos blancos. Al dejar de hacerlo, manchas rojas ocuparon el lugar de la primigenia blancura.

—Dalena me ha dicho que fue el dueño del Parador, Plácido, el que le habló a Domingo de ella y se la ofreció —divagó Patro.

—Ya basta —dijo Miquel endureciendo el tono—. Voy a pedirle que se marche mañana mismo.

—No, por favor... —reaccionó ella—. Dale un par de días. A ver qué han hablado hoy o...

No dijo: «O qué averiguas tú».

No hizo falta.

—Desde luego. —Se dejó caer hacia atrás, apoyando la espalda en la silla—. Te salvó de ir a la cárcel, pero...

—Pero nada, Miquel. —Fue rotunda—. A saber qué me habría sucedido a mí, y a saber lo que le sucedió a ella esos meses. Si nunca ha querido hablar de ello, ha de ser por algo. Dalena ha tenido mala suerte siempre. Su hermano abusando de ella, Dimas viviendo a su costa... Está muy sola. Ya ni siquiera creo que pudiera volver al Parador si algo le sale mal.

Reapareció la calma. Miquel quería levantarse, abrazarla y besarla. No lo hizo porque sabía que no era el momento. Ni siquiera había cenado y seguía sin apetito. La sombra de Dalena flotaba entre ellos. Por alguna extraña razón, pensó en sí mismo veinte años atrás, cuando llegaba a casa y nunca, nunca le hablaba a Quimeta sobre sus casos o de lo que hacía a lo largo de un día de trabajo.

También eso era distinto.

Lo que compartía con Patro iba más allá de todo.

Recordó algo que ella acababa de decir.

—Has mencionado que el dueño del Parador fue el que recomendó a Dalena para acompañar a Domingo.

—Sí.

—¿Pudo tener algún interés oculto?

—No lo sé.

—¿Cómo era ese hombre?

—¿Plácido? Pues... ladino, astuto, cerebral, maquiavélico, siempre pendiente de su negocio... Nunca se relacionaba con las chicas. Que se supiera, jamás tocó a ninguna. Separaba el trabajo y su vida. Algunas incluso decían que lo suyo no eran las mujeres, porque estando siempre rodeado de las más guapas... No estaba casado, desde luego, ni sabíamos nada de su vida privada ni qué hacía fuera del Parador.

—Bueno, no importa. —Miquel se pasó una mano por la cara—. Se ha hecho tarde, ¿verdad?

—Te preparo la cena.

—Sigo sin hambre. —Sintió que las ideas iban y venían por su cabeza, campando libremente, sin que ninguna se asentara más allá de un segundo para ser reconocida o asimilada—. Suele suceder siempre al comienzo de todas las investigaciones. Hay tantos cabos sueltos, tantas preguntas... Cuesta mucho desbrozar el camino para ver hacia dónde se dirige y atisbar el horizonte.

—Yo pienso en ese hombre, allí tendido, muerto.

—Ya no puede sentir nada. Y, por ahora, mejor que nadie lo encuentre.

Patro se levantó de su silla. Rodeó la mesita y se sentó de lado sobre las rodillas de él, con la espalda apoyada en la pared. Primero le pasó una mano por la cara. Después lo miró a los ojos con una de sus habituales miradas capaces de derretir un iceberg en cinco segundos. Finalmente le besó. Miquel la acarició por debajo de la bata. La carne era cálida. La piel suave.

Ninguno habló.

Hasta que escucharon el ruido de la puerta al abrirse.

Patro se separó de él.

—Le he dado una llave para que entre y salga cuando quiera —dijo sin moverse de la silla, esperando que Dalena hiciera acto de presencia.

21

Fue bastante rápido.

Dalena llegó a la puerta de la cocina antes de que ninguno hablara, los vio sentados, con un deje de apacible armonía, y se echó a llorar.

Patro se levantó de golpe.

—¡Eh, eh! —La abrazó—. ¿Qué te pasa?

Dalena se dejó sepultar por los brazos de su amiga. Movió la cabeza de un lado al otro, como para señalar que no sucedía nada malo, ocultando el rostro en el pecho de ella. El llanto era sentido, dolorosamente liberador.

—Perdonad... —gimió de manera ahogada.

—¿Ha sucedido algo malo? —insistió Patro.

—No... no...

Miquel estaba quieto. Observaba la escena con cautela. Dalena se había quitado el abrigo en la entrada. Llevaba uno de los trajes de la maleta y se había arreglado mucho. Comprendió que era toda una mujer, digna del guapo Dimas pero también espectacular para el tímido Domingo.

Tímido o reprimido, a saber.

Transcurrieron unos segundos.

—Son los nervios... —Suspiró la recién llegada al separarse de Patro—. Entrar aquí y veros tan... No sé, felices, tranquilos... Me ha dado un sentimiento... —Acarició la mejilla de su amiga con dulzura—. ¿Ves? Yo también quiero llegar a casa un día y encontrarme así a mi marido y a mi hijo.

—Vamos, siéntate. ¿Y Domingo?

Dalena ocupó la silla en la que había estado sentada Patro. Ésta se quedó de pie, con los brazos cruzados. Miquel seguía siendo, de momento, un convidado de piedra. Incluso pensó en levantarse e irse, dejándolas solas.

No lo hizo.

—Domingo ha estado maravilloso —manifestó Dalena—. Le he dicho que tenía miedo de estar sola, que me agobiaba, que no podía quedarme en una pensión sin hacer nada durante horas y horas, y que me he venido aquí un par de días, a casa de una amiga, casada y con una hija, no del Parador.

—¿Qué te ha contestado?

—Se ha quedado muy tranquilo. Supongo que tampoco le gustaba mucho la idea de la pensión. Ha dicho que lo importante es que yo esté bien. Ha sido muy muy dulce y comprensivo conmigo y... bueno, hemos hecho el amor. —Se puso roja de golpe y, como si advirtiese por primera vez la presencia de Miquel, le miró y agregó—: Bueno, no sé si está bien que lo diga.

—Tranquila —aseguró él—. Todos somos ya mayorcitos.

Lo dijo sin retintín, pero se dio cuenta al instante de lo mal que había sonado. Dalena, sin embargo, no se apercibió de ello.

—Pues eso —continuó mientras se pasaba los dedos por la parte baja de los ojos para retirar los restos de lágrimas—. Nos hemos tranquilizado y luego me ha dado más dinero para que no me falte de nada. Según él, en un par de semanas lo tendrá todo arreglado. Incluso se le ha ocurrido una idea estupenda para que pueda instalarme en su casa: decir que soy una criada. La que tiene ahora va a despedirse y necesitará otra. Es la excusa perfecta. Viviremos bajo el mismo techo ya, los dos solos. Luego, antes de que haya rumores malintencionados, en un par de meses o tres, dirá que nos hemos enamorado y que nos casamos. A partir de ese momento ya le importará poco el qué dirán o las murmuraciones que puedan desatarse. ¿No es un plan maravilloso? —Los miró en busca de su aceptación, pero no los dejó intervenir—. Patro, ya sé que no es Robert Taylor, pero esta tarde, haciendo el amor, me he sentido bien, tranquila, limpia. ¿Te das cuenta? ¡Limpia! Sé que me quiere, y para mí es lo único que cuenta. Estará embobado o lo que sea, pero ese hombre me adora. Ni siquiera he pensado en Dimas.

—Pues has de tenerlo presente. Tarde o temprano encontrarán el cadáver y, entonces, la policía te hará preguntas —dijo Patro.

—Si tienen dudas con respecto al maquis, sospecharán de usted la primera —apuntó Miquel—. Y, aunque no las tengan, querrán hablarle igualmente.

—Pero de momento no lo encontrarán, ¿verdad? —Reapareció el miedo—. Todavía no he tenido valor para contarle a Domingo nada acerca de todo esto. Decirle que vivía con un hombre no es nada fácil.

—Si lo mató el maquis, la guerrilla urbana antifascista, como se autodeterminan ellos, no va a ser sencillo dar con el o los culpables. Son grupos bien armados y protegidos. Y sigue habiendo lagunas en esa explicación, a pesar de las hojitas arrojadas sobre el cadáver. Hoy he descubierto muchas cosas acerca de Dimas.

—¿Ah, sí? —Mostró expectación.

—Su novio tenía un montón de chanchullos en marcha. Si no fue el maquis, cualquiera pudo hacerlo. Y yo me inclino más por esta teoría. ¿Sabía usted lo del cine?

—¿El cine?

Pasó los cinco minutos siguientes contándole su peripecia a lo largo del día, sin ocultarle nada salvo la visita a la madre de Fermí. Desde las charlas con la hermana y la primera novia de Dimas hasta su plan de extorsión a las parejas que buscaban un poco de amor e intimidad en el Verdi. Dalena lo escuchó sin decir nada, aunque a veces levantaba un poco las cejas y otras apretaba las mandíbulas. Cuando Miquel acabó su relato, ella miró a Patro.

—Santo cielo... —Suspiró.

Tanto podía ser una exclamación de sorpresa como una de desconcierto.

O de admiración por todo lo que había sido capaz de hacer Miquel en apenas unas horas.

—No sabía nada de esa tal Luisa —admitió.

—¿Y ahora? ¿Pudo tener Dimas otra relación, una amante?

—A veces era imprevisible, pero... no, no lo creo, se lo aseguro. ¿Para qué iba a necesitar a otra?

Fue casi una declaración de poder.

—Si la policía la interroga, cíñase a lo de Nicolás. Usted y su hermano no tenían relación, estaban distanciados, pero deje entrever que posiblemente él y Dimas sí se conocían un poco. No les diga que Dimas no lo soportaba. Por el momento, que el maquis asesinara a su novio es la mejor defensa posible. El problema es que, si Dimas no era un confidente, la policía lo sabrá.

—Dios... —Se tapó la cara con una mano—. Es una pesadilla...

—Mire, Dalena. No sé cómo trabaja la policía en la actualidad, bajo qué parámetros se rige, qué le interesa por encima de todo y qué prefiere mantener en secreto. Yo no me habría creído lo del maquis. Pero, si les da a entender que entre Dimas y Nicolás podía haber algo, quizá la crean, o tal vez les interese creerlo. Si para entonces Domingo ya sabe algo más y la defiende como novio y abogado, mejor que mejor. Otra cosa: si el asesino compró esa botella de coñac Napoleón, les bastará preguntar en las tiendas de los alrededores de su casa para ver que usted no lo hizo.

—Dalena —intervino Patro—. A mí lo que me preocupa, llegado el caso, es la reacción de Domingo. ¿Estás segura de que no se enfadará por haberle ocultado que vivías con un hombre?

—Seré persuasiva. —Fue lo único que se le ocurrió decir.

—¿Y si no basta? No deja de ser un hombre.

—Un hombre rico y yo una puta desgraciada, ¿es eso? —Se puso seria.

—¡Yo no he dicho eso! —protestó Patro—. ¡Pero no sé hasta qué punto podría ser imprevisible! ¡Tú misma has dicho que se enamoró de ti en poco tiempo!

—Perdona. —Se pasó la lengua por los labios secos haciendo un gesto de disgusto—. Ahora mismo no sé qué haría, pero sí sé que puedo convencerle y conseguir que no me lo tenga en cuenta ni me lo eche en cara. —Volvió a mirarla—. Te aseguro que cuando vivamos juntos le haré feliz las veinticuatro horas del día. Patro, ni te imaginas lo que le gusta hacerlo, que le toque, que le acaricie... Está ávido de todo. Domingo necesita amor como un sediento agua. Nunca lo ha tenido, ¿entiendes? Esa madre suya lo... poseyó como un pulpo.

Miquel se removió en su silla. Patro se dio cuenta de su incomodidad.

No supo qué hacer.

—Señor Miquel —le habló Dalena—. No habla mucho.

—A veces basta con escuchar.

—Seguirá investigando mañana, ¿verdad?

Miquel mesuró tanto el tono como sus palabras.

—¿Le importa que vaya a verle?

—¿A Domingo?

—Sí.

—¿Por qué?

—Quiero conocerle, eso es todo.

—¿Y qué le dirá? —Se agitó nerviosa, preocupada.

—Nada. —La explicación fue de lo más evidente—. Que vive aquí, que es amiga de Patro, que la queremos, que estamos felices de que vaya a casarse y... bueno, siendo yo mayor, a falta de padre por su parte, también eso justifica mi interés, ¿no cree? Nos quedaríamos todos más tranquilos.

—¿Por qué tranquilos? ¿Es que no lo está?

—¿Le importa que quiera saber si Domingo es legal?

Dalena le contempló asustada. Pasó del miedo a la súplica al dirigir los ojos a Patro.

—Confía en él —le dijo ella con calma—. Es su manera de investigar. Nunca deja un cabo suelto, jamás da nada por sentado, siempre quiere tenerlo todo en la cabeza.

—¿Quiere que le acompañe? —Mantuvo la tensión.

—No —dijo Miquel—. Es cosa mía. ¿Me da las señas de su despacho y de su casa, así como los teléfonos?

Dalena se levantó. Salió de la cocina y los dejó solos. No hablaron. Regresó a los pocos segundos llevando el bolso. Lo puso sobre la mesa, lo abrió y le dictó los teléfonos. Dijo que uno lo sabía de memoria, pero no el otro. Miquel también anotó las direcciones.

No la dejó relajarse.

—Dalena, se lo voy a preguntar por última vez, y necesito la verdad. ¿Colaboró con Dimas para chantajear a alguien?

—No, nunca lo hice. Se lo juro. Ya le dije que quien me lo pidió fue Nicolás, le paré los pies y no volvió a insistir. Dimas no era de los que mataban la gallina de los huevos de oro. Me sugirió lo de Domingo al saber que era un cliente fijo y rico. Me sugirió aquello de que me casara y luego «enviudara». Pero eso fue todo. Nunca he cruzado esa línea, señor Mascarell. Puedo ser lo que usted quiera o piense, pero no soy una delincuente.

—No quería ofenderla.

—Lo sé, y entiendo que ha de hacer esas preguntas. A fin de cuentas, no me conoce. Ni siquiera Patro después de estos años de separación, aunque tampoco es que supiéramos mucho la una de la otra cuando estábamos en el Parador. —Mantuvo aquel atisbo de dignidad y sinceridad hasta el último momento—. Usted es... la primera persona que me ayuda sin pedir nada a cambio. —Miró a Patro—. Los dos lo sois. Os juro que jamás olvidaré esto. De verdad, os lo juro.

Esta vez no hubo abrazos entre ellas. Tampoco nuevos sentimientos que afloraran bajo el súbito silencio. Los tres se sintieron un poco vacíos, un poco agotados.

Fue Patro la que lo cambió todo al gemir:

—¡Dios! ¿Sabéis la hora que es? ¿Y si cenamos algo de una vez?

Día 3

Jueves, 14 de febrero de 1952

22

Esta vez despertó antes que Patro. No le extrañó. Ella y Dalena habían estado hablando hasta las tantas. Como hombre, nunca había entendido cómo dos o más mujeres podían estar charloteando horas y horas sin parar. De qué hablaban era un misterio. Incluso las había oído reír de vez en cuando.

Miquel hizo lo que tanto le gustaba hacer en mañanas como aquélla: mirarla.

El cabello negro y revuelto sobre la mejilla, los labios entreabiertos, el brillo de la saliva en la comisura, las largas pestañas formando dos semicírculos bajo los párpados caídos, la mano apoyada por delante, con los dedos extendidos. Lamentablemente, en invierno no dormía desnuda. De haber sido así, habría levantado las sábanas para verla en su plenitud.

Le pasó el dorso de los dedos por el rostro, apartando el pelo.

A veces ella lo notaba, lo sentía, medio se despertaba y seguía quieta, dejándole hacer.

Un ronroneo.

Le besó la comisura del labio y le lamió aquella mota de humedad.

Un segundo ronroneo.

—Te odio —susurró ella.

—¿Por quererte? —le dijo junto al oído.

—Por despertarme.

Miquel le pasó un brazo por debajo de la cabeza y la estrechó contra sí. Patro se dejó acariciar. No opuso la menor resistencia; al contrario, se arrebujó en él.

—Estás calentito —balbuceó.

—Tú también.

—Siento haberme acostado tan tarde anoche.

—No importa. ¿Os pusisteis al día?

—¿Al día? No. ¿De qué? Solo hablamos.

—Pues fueron dos horas.

—Ni siquiera lo hicimos de Dimas ni de...

—¿Y de Domingo?

—De él sí. Dalena está... obnubilada. Supongo que ve lo que quiere ver y siente lo que necesita sentir, pero habla de él como si fuera... No sé. Robert Taylor no, desde luego. Pero casi. Creo que incluso siente algo de piedad por él.

—¿En serio?

—Por Dios, Miquel. —Seguía hablando con los ojos cerrados, arrastrando las palabras en medio de su somnolencia—. Tiene cuarenta y cinco años y lo único que ha hecho es mantener relaciones con prostitutas. Ese hombre ha empezado a vivir de verdad desde el momento en que murió su madre. Es como una planta que ve la luz del sol por primera vez. Dalena ha tenido la suerte de que, justo al abrir él los ojos, ella estaba allí. Anoche lo describió como un osito de peluche al que mimar.

—Eso puedo entenderlo —dijo él—. Yo me siento así cuando me mimas tú.

—Tonto...

—Es la verdad.

—Parece mentira. El famoso inspector Mascarell.

—Ni famoso ni inspector. Pero gracias.

Patro alargó el cuello para estar a la altura y besarle. Ahora fue ella la que le pasó la lengua por los labios secos, humedeciéndolos.

—Por cierto —dijo—. Ya que acabo de hablar de él... ¿Sabes que Robert Taylor se ha divorciado de Barbara Stanwyck y está libre?

—Me pondré en guardia, por si le veo por aquí.

—Bueno, yo también lo decía por ella.

—No es mi tipo.

—¿Ah, no?

—¿Cuándo me ha gustado a mí la Stanwyck? Yo soy más de Veronica Lake.

—Una mujer fatal.

—Como tú.

—Así me gusta. —Volvió a besarle—. De no haber sido policía, habrías podido ser... escritor, por ejemplo. Escritor de novelas negras, con muchos asesinatos y rubias fatales.

Se habría echado a reír, pero se contuvo. A pesar de la calma y de seguir abrazados estrechamente, ella dio una primera muestra de volver a la vida consciente.

—Voy a ver a Raquel —musitó.

—Lo más probable es que esté despierta en la cuna, pero tan pancha —asintió Miquel.

—No sabes la de clientas que me dicen que sus hijos no las dejan dormir.

—Pues tenemos suerte.

—Seguro que ha habido un montón de natalicios estos últimos dos o tres años. —Abrió los ojos y se desperezó—. Se nota que las cosas van mejor y están desapareciendo los problemas.

Miquel se abstuvo de preguntarle qué iba mejor.

No valía la pena.

—Espera —la retuvo.

—¿No querrás...?

—No, no me gusta hacerlo rápido.

—Pero a veces está bien, ¿no?

—Mírala ella.

—Como hoy es 14 de febrero...

—Día de los enamorados.

—Sí.

—Cada año te digo lo mismo. Eso no es más que un invento. El día de los enamorados catalán es Sant Jordi. Te he comprado la rosa cada año.

—Lo sé, pero yo lo comento, por si acaso. ¿Qué vas a hacer esta mañana?

Miquel lo pensó. No siempre tenía claro, al poner un pie en la calle, si optaría por ir a la derecha o a la izquierda. ¿Para qué estaba el instinto si no?

—Todavía no lo he decidido.

—Pero seguirás investigando.

—Ya me conoces.

—Te conozco.

—Tengo un runrún en la cabeza.

—Puedo oírlo. Y tienes esa expresión en la cara...

—¿Qué expresión?

—La del que está, pero no está. La del que mira para adentro.

—Tú sí tendrías que haber estudiado psicología.

—Me basta contigo. Miquel...

—¿Qué?

—¿Tendrás cuidado?

—¿Cuándo no lo tengo?

—Han matado a un hombre, y si te acercas demasiado a la verdad... ¿Sabes qué pienso?

—No, dímelo.

—Que quizá sí fue el maquis, y que lo de los papeles tiene sentido visto lo que les pasó a Nicolás y a los otros dos. Imagínate que llegaron a casa de Dimas, le sujetaron y le hicieron beber el coñac envenenado, para verle sufrir.

Miquel la observó de reojo.

—Tú sí que deberías escribir novelas policíacas —convino.

—¿Lo que he dicho tiene sentido o no?

—Mucho. Salvo que no es tan fácil venir a Barcelona cuando estás oculto en un pueblecito, en los Pirineos o en el sur de Francia.

—Si no fue el maquis, tuvo que ser alguien de mucha confianza, para que Dimas le abriera la puerta y bebiera una copa de coñac con él.

—Alguien, además, que sabía lo de Nicolás.

Callaron de golpe, los dos. Patro lo aprovechó, pasados unos segundos, para incorporarse un poco. Primero quedó apoyada en un codo, de cara a Miquel. Tras otro beso rápido, se sentó en la cama, con las piernas dobladas y ella abrazándose las rodillas.

—Dime a dónde vas a ir, va.

—Tengo un pálpito con los compinches de Dimas, Demetrio y Segismundo.

—¿Pueden ser peligrosos?

—No, los chorizos nunca lo son. Saben que es mejor ir a la cárcel y salir en poco tiempo que liarse a tiros.

—¿Y lo de ver a Domingo?

—También.

El tono de Patro se revistió de súplicas.

—Por favor, Miquel: no le estropees los planes a Dalena.

—¿Me crees capaz de algo así? —gruñó—. Solo faltaría que se quedara en casa más tiempo.

Patro ya no esperó más. Saltó de la cama. Lo primero que hizo fue ponerse la bata, porque el ambiente era frío. Caminó hasta la ventana, subió la persiana y exclamó:

—¡El Tibidabo está blanco!

—¿Y la calle? —Se asustó Miquel.

—No, la calle no. Solo la montaña. Aunque desde aquí únicamente veo lo de más arriba.

—Menos mal. —Se estremeció de frío sin necesidad de abandonar la cama—. Maldito febrero...

—Voy a ver a Raquel —dijo Patro saliendo finalmente de la habitación—. Es raro que no haya llamado.

Se tapó la parte superior, agarrando las solapas de la bata con una mano, y caminó apenas tres pasos, los que la separaban de la habitación de la niña. Primero tuvieron la cuna en su cuarto. Luego, viendo lo buena chica que les había salido, decidieron liberarse y liberarla. La puerta estaba entreabierta. De no saber que los barrotes de la cuna eran altos, habría pensado que Raquel ya era lo bastante lista y fuerte como para saltar y corretear por el piso haciendo de las suyas.

No era así.

Raquel no estaba en la cuna, pero tampoco sola. Dalena, sentada en el suelo, sobre la alfombra, jugaba con ella.

Raquel reía. Dalena también.

Patro retuvo la escena un instante en su retina.

Suficiente.

—Buenos días —dijo llamando su atención, porque ninguna de las dos se había dado cuenta de su presencia.

23

Cada vez más, por mera comodidad y hábito, veía la necesidad de instalarse el teléfono también en casa. Pero, de momento, no sentía el apremio que lo hiciera indispensable. Solo imaginando a David Fortuny llamándole a todas horas, se lo pensaba dos veces. Les bastaba y sobraba con el de la mercería. Lo malo era que, para según qué llamadas, telefonear delante de Teresina, o incluso de Patro, no era conveniente.

La alternativa era simple: el del bar de Ramón.

De paso, desayunaría bien.

Mientras se dirigía al bar, pensó en su compañero detective.

Ningún aviso por parte de Amalia.

Ninguna llamada telefónica pidiéndole que fuera.

Se sintió culpable. Fortuny enfermo y el día anterior ni se había interesado por él. Que Amalia no le hubiera dicho nada solo podía significar dos cosas, una mala y otra buena. La mala, que el detective estuviera peor, y la buena, que nadie requería sus servicios con aquel maldito frío.

El Tibidabo nevado.

Maravilloso.

Sobre todo, para los críos que pudieran ir por allí a jugar con la nieve.

Llegó al bar de Ramón y nada más abrir la puerta se sintió reconfortado. Una oleada de calor y buenos aromas le asaltó la pituitaria. Otros bares olían a tabaco y vino barato. El de Ramón olía a tortilla de patatas recién hecha y calamares, aceitunas... Ya no era primera hora, así que estaba relativamente vacío. Ideal para que el dueño le viera y reaccionara como siempre.

—¡Maestro!

—Hola, Ramón, ¿qué tal?

—¿Qué tal? ¡Eso usted, que viene de la calle tiritando! ¡Ya me extrañaba no haberle visto desde el domingo!

—He tenido cosas que hacer.

—¿Cosas? ¡Cómo son los jubilados de hoy, válgame el cielo!

El «jubilado» le asesinó con la mirada.

—¿A desayunar?

—Si hay algo...

—¡Cómo no va a haber algo, hombre! ¡Y si no lo hubiera, la parienta le hace lo que quiera a usía, que no tiene más que pedir! ¿Sabe que ha nevado en el Tibidabo?

—¿Y tú cómo te enteras de esas cosas, si no ves ni la montaña aquí metido todo el santo día?

—¡Yo me entero de todo! —Le guiñó un ojo—. ¿Sabe también que ayer hubo un corrimiento de tierra en el Morrot y no puede pasar ni el tranvía?

—Ni idea —le confesó.

Ramón pareció orgulloso.

—¡Hay que estar a la que salta! ¿Pide o le traigo?

—Tráeme, tráeme, a ver. Pero antes he de llamar por teléfono.

—Venga, que le doy unas fichas.

Fueron a la barra y le pasó media docena de fichas para el teléfono. Miquel no le dijo que con dos sobraban. Ya se las devolvería. Descolgó el negro auricular y primero marcó el número del piso de David Fortuny. No le sorprendió escuchar la voz de Amalia.

David seguía muriéndose.

—¿Sí?

—Soy yo, Mascarell.

—Vaya. No hace ni cinco minutos que preguntaba por usted.

—¿Cómo está?

—Insoportable. Peor que cuando le atropelló aquel coche hace cuatro meses. Si no le mata la gripe, que no creo, lo haré yo. Tendrá un caso fácil, porque le estrangularé con mis propias manos.

—¿Sigue la fiebre?

—Es la gripe. —Fue concisa—. Todos sabemos que no hay aspirina que valga, que son siete días de subida y siete de bajada. Pero lo que peor le sabe es lo de no trabajar. He puesto un letrero en la puerta del despacho diciendo que suban aquí si necesitan los servicios de la agencia, pero nada de nada. Y ya le conoce. Dice que esto es la ruina.

—Me gustaría pasar a verle, pero...

—¡Qué va a pasar, qué va a pasar! ¡Usted ni venga! Yo le llamo a la mercería si hay algo. Un momento... —Amalia debió de tapar mal el auricular, o gritar por encima de él, porque de pronto Miquel escuchó—: ¡Sí, es Mascarell! ¿Quieres callarte, pesado? ¡Se lo digo, descuida! —La voz regresó en un tono más natural—. Que dice que haga el favor de hacer algo.

—¿Yo? ¿Qué quiere que haga?

—Nada, ni caso. Estamos a jueves, ¿no? Pues cuente que hasta el lunes no se tendrá en pie. Y de eso a trabajar, si es que hay algo... Usted tranquilo. He mirado los libros y febrero ya fue malo el año pasado.

—Bueno, entonces cuídese, Amalia.

—Lo mismo digo. Quédese en casita, calentito, jugando con la niña, y ya vendrán días mejores.

—Un beso.

—Otro.

Colgó y pensó en los «días mejores».

Aquella mujer valía su peso en oro.

Sacó del bolsillo de la chaqueta que llevaba debajo del abrigo, y que aún no se había quitado, el papel con los números de teléfono de Domingo Montornés. Puso una moneda en la ranura del aparato y discó las tres primeras cifras antes de detenerse sin llegar a marcar la cuarta.

Se quedó mirando el auricular y luego colgó.

¿Por qué no dar un margen a la sorpresa?

Dejó las fichas sobrantes sobre la barra, a la vista de Ramón, y caminó hasta una de las mesas. Se quitó el abrigo y se acomodó en una silla. Lo primero que le trajo Ramón fue el café con leche y *La Vanguardia*.

—Están con lo del rey de Inglaterra —le hizo notar señalando la portada, con la mitad superior dedicada a la muerte del soberano.

—Los reyes también caen —dijo Miquel.

—Menos aquí, que se van a vivir de puta madre al exilio. —Se santiguó para mermar la intensidad de la palabrota.

—Pero se mueren igual.

—No sé yo. —Le guiñó un ojo—. Con eso de que somos la reserva espiritual de Occidente, igual algunos tienen un pacto con Dios para perpetuarse hasta la intemerata.

Lo dejó para ir a buscar el resto del desayuno.

Miquel le echó un vistazo a la portada del periódico. Los restos mortales de Jorge VI paseaban por Londres sobre un armón tirado por varios caballos. En las otras dos fotografías se veía un barco hospital de la Marina estadounidense y al canciller de Alemania, Konrad Adenauer, hablando en el Bundestag.

No tuvo tiempo de mirar la primera página.

Ramón le puso sobre la mesa un trozo de tortilla, una rebanada de pan con tomate y un arenque.

Miquel se quedó mirando el arenque.

—En mayo se encerrará en casa, ¿no? —Permaneció en su lugar Ramón, dispuesto para la charla.

Miquel pasó del arenque a él.

—¿Por...?

—¡Por lo del Congreso Eucarístico, hombre!

—Mira que le das vueltas a eso, ¿eh?

—¡Es que faltan tres meses y están poniendo Barcelona patas arriba, oiga! ¡Y con la invasión de sotanas y hábitos, no vea! ¡Todo negro! ¡Esto parecerá el Vaticano, o peor, Lourdes! ¡De ésta salimos todos santos!

—El día menos pensado acabarás en un calabozo.

—Yo ya sé a quién me dirijo, lo sabe bien —asintió.

—Entonces nos detendrán juntos. A ti por hablar y a mí por escuchar.

No le hizo demasiado caso.

—¿Sabe la que se está montando, aparte de las obras de la parte alta de la Diagonal del Generalísimo y las casas que están construyendo para los pobres? —Ramón apoyó las dos manos en la mesa, inundado de vehemencia—. Con la de curas que nos van a invadir, el problema no es solo dónde meterlos, sino cómo transportarlos, tanto a la ida como a la vuelta. Dicen que los ferrocarriles europeos van a rebajar todas las tarifas de un 20 a un 50 por ciento. Y, por supuesto, pondrán más trenes. Las navieras, lo mismo, para los que vengan por mar. ¿Qué le parece? ¡Con la Iglesia hemos topado! Hace un año, todos metidos en la huelga de los tranvías, cuando nació su hija, y ahora todo son ayudas para el clero y su fiestorro.

Miquel ya no esperó más y empezó a comer. No hacerle los honores a la tortilla de la mujer de Ramón sí era un pecado.

—Tendrías que presentarte para locutor del diario hablado de Radio Nacional de España —dijo.

—¡Uy, no podría callarme! ¡Las diría demasiado gordas! Por lo menos, gracias al Congreso, se acaba ya el racionamiento, los cortes de electricidad, tendremos nuevos hoteles, van a lavarle la cara a la ciudad... ¡Ah, y adiós al aeropuerto de Muntadas! Ahora será nuevo y se llamará aeropuerto del Prat! ¡Barcelona se pondrá en primera fila de Europa, que ya le toca por cultura y solera! ¿Qué tal la tortilla?

—Como siempre.

—Pues pruebe el arenque, en serio. Ya sé que es temprano, pero...

Ahora sí, le dejó solo. Consiguió desayunar, pero ya no ojear *La Vanguardia* porque se le echó el tiempo encima. Ramón aún pudo contarle algo más antes de que se fuera, esta vez referido al tabaco. Le dijo que la Dirección General de Timbre y Monopolios mantenía el racionamiento del tabaco, con la cartilla del fumador, porque no había cigarrillos para todos. Treinta millones de kilos consumidos en un año y se necesitaban al menos cuarenta o cincuenta. Eso favorecía el contrabando y el colilleo, porque los fumadores fumaban igual.

Miquel se alegró de no hacerlo.

Salió del bar de Ramón con la cabeza tan llena como el estómago y no cogió un taxi porque el despacho de Domingo Montornés no le quedaba lejos, en la calle Mallorca, cerca del paseo de Gracia. Se lo tomó con calma. Lo primero que vio al entrar en el vestíbulo del bufete fue un retrato gigante de un hombre en egregia pose, serio y circunspecto. No tuvo que imaginar nada, porque el letrero, al pie del cuadro, lo decía bien a las claras. Era Anselmo Montornés. Imaginó que el padre de Domingo y fundador del despacho. Una recepcionista tan añeja como el hombre del retrato le preguntó qué deseaba. Ni pestañeó cuando escuchó la petición de ver a Domingo Montornés. Le hizo esperar. A los dos minutos apareció un hombre de unos treinta y cinco años, de escaso cabello y bastante panículo adiposo. Sonreía, como todos los portadores de malas noticias.

—El señor Montornés no está —le informó—. Estos días

pasa bastante tiempo en los juzgados. Más de lo normal. Hoy no regresará. —Agudizó la sonrisa—. ¿Puedo servirle en algo, señor...?

—Es un tema particular.

—Si quiere que le concierte una cita... Aunque no será para esta semana ni, probablemente, la próxima.

—Como le digo, es un tema personal. Iré a su casa, no se preocupe.

La expresión «iré a su casa» denotó familiaridad. Tanto como el tono distendido de Miquel. El secretario, pasante o lo que fuera se quedó relativamente impresionado y fuera de juego.

Un minuto después volvía a estar en la calle.

Esperó un taxi más de cinco minutos, pero no pasó ninguno libre. Regresó al paseo de Gracia envuelto en sus pensamientos y levantó la cabeza para mirar los edificios del bulevar. Le habían cambiado el nombre a la Diagonal y a la Gran Vía. Pero todavía les quedaba el paseo de Gracia.

A veces sentía que amaba Barcelona casi tanto como había amado a Quimeta y a Roger, casi tanto como amaba ahora a Patro y a Raquel. No era la ciudad, era «su» ciudad. De joven, caminaba por las calles sin prestarles atención. De mayor, caminaba por las calles buscando delincuentes y pistas que le condujeran hasta ellos. Ahora, sin embargo, pese al frío del invierno o el calor del verano, se esforzaba por caminar con la cabeza levantada, mirando, viendo, descubriendo aquellas casas a las que nunca había prestado atención. Ahora, al darse cuenta, recuperaba, recobraba Barcelona. La ciudad había sido violada, bombardeada, sometida; pero, por encima de todo ello, seguía siendo hermosa. Una mujer renacía siempre que estuviera viva. Y las ciudades eran mujeres: «las» ciudades. En cambio, lo que las llenaba eran «los» edificios. Una parte femenina y otra masculina, como en la cohabitación de todas las cosas.

El problema de tener la cabeza levantada era no prestar el cien por cien de atención al tráfico.

De pronto se escuchó un frenazo, seguido del estruendo de un claxon.

Estaba en la calzada, con un taxi a menos de un metro de él.

—¡Viejo, a ver si mira por dónde anda!

Se volvió hacia el taxista, asomado a la ventanilla, fuera de sí y con el puño en alto.

Lo bueno es que era un taxi libre.

Miquel se puso rojo.

—¡Si se quiere morir, hágalo en casa, hombre, pero a mí no me líe! —gritó de nuevo el taxista antes de recuperar su posición al volante, pisar el acelerador y salir a toda velocidad.

A su alrededor escuchó algunos comentarios.

—Si es que la gente mayor pasa sin mirar.

—Van a la suya, sí.

—¡Ya pararán!

—Y que lo diga.

—Luego la culpa es del pobre taxista.

—No sé ni cómo van solos por la calle.

Dejó de sentir vergüenza para sentir rabia.

Abarcó al grupo con una mirada cargada de veneno.

Incluso pensó que las bombas habían matado a menos gente de la merecida.

Entonces una joven de aspecto agradable y rostro angelical le dijo:

—¿Se encuentra bien, señor? ¿Necesita ayuda?

24

Patro había tomado la decisión la noche anterior. No se lo contó a Miquel, porque sabía que se enfadaría. Tampoco se lo dijo a Dalena, imaginando que la acosaría a preguntas y le pediría que no se metiera en el lío, como si no lo estuviese ya después de descubrir un cadáver y arrastrar a Miquel en todo aquello.

Esperó apenas unos minutos, sabiendo que él había ido a desayunar al bar de Ramón y que podía regresar inesperadamente. Cuando estuvo segura de que no sería así, lo anunció tanto a Teresina como a Dalena.

—He de salir para hace un mandado. ¿Os quedáis con Raquel un rato?

Para Teresina era habitual quedarse sola en la tienda. Dalena estuvo encantada de seguir jugando con la niña. La primera no dijo nada. La segunda, sí.

—Te has puesto muy guapa y elegante, ¿no?

—¿En serio? —disimuló Patro—. No me he dado cuenta.

—Si es que no parece que hayas sido madre. Tienes un tipazo...

—Gracias. —Quiso estar segura de tenerlo todo controlado—. Si no he vuelto a la hora de cerrar, ¿puedes llevarte a Raquel a casa?

—Claro, mujer.

Le dio un beso en la mejilla y salió de la tienda.

Fue a pie. El paseo de Gracia no quedaba más que a cuatro calles.

Cuando caminaba con Miquel, colgada de su brazo, los hombres se volvían para mirarla con disimulo. Cuando iba sola, las miradas ya no necesitaban ningún disimulo. Tampoco los piropos, a veces dichos en voz baja, otras en voz alta, unos suaves, otros groseros, siempre directos. Si encima iba como ahora, arreglada, era como si abriera el mar Rojo como Moisés a su paso. A veces le costaba mantener la calma. Hubiera querido abofetear a más de uno. Pero comprendía que en la España del hambre, no solo la había por falta de comida.

Llegó a su destino y se quedó mirando la entrada del Parador del Hidalgo.

Estaba casi en el mismo lugar de su reencuentro con Miquel el 22 de julio de 1947.

No era momento para los recuerdos gratos, así que se concentró en lo que iba a hacer. Reanudó el paso, justo en el instante en que el estridente sonido de un claxon tronó un poco más arriba, rompiendo la paz de la mañana. Alguien gritó. Creyó escuchar la palabra «viejo». No le hizo caso. Después de todo, Barcelona se estaba llenando de automóviles que pugnaban por ocupar las calles en detrimento de los carros que todavía se veían por todas partes. Era el signo de los nuevos tiempos.

Nuevos tiempos con las mismas costumbres, porque el Parador seguía igual.

Cuando entró en el suntuoso local, le pareció que una mano invisible la zarandeaba mientras otra la agarraba por el estómago retorciéndoselo. Por un momento la cabeza se le quedó en blanco y las piernas se le volvieron de gelatina. Tuvo que serenarse, recordar a quién iba a ver y recordar que ya no era una de aquellas mujeres. Si no recuperaba su carácter, aquello que la había convertido en una de las reinas del Parador...

El Parador del Hidalgo era largo y profundo, con la barra a la izquierda y las mesas a la derecha. Tanto daba la hora. Era media mañana, pero había chicas y clientes, mujeres maravillosas y hombres con los bolsillos llenos de posibilidades. Ellas eran jóvenes, Dalena tenía razón. Insultantemente jóvenes, con escotes y brazos desnudos a pesar del frío de la calle. Cruzaban las piernas con descaro, dejando que las faldas subieran por encima de las rodillas. Tampoco importaba la hora para beber lo que fuera. Los hombres las devoraban con la mirada. Ellas reían echando la cabeza para atrás. El Parador era una burbuja. Un oasis en mitad del desierto exterior. Por un momento se vio a sí misma todavía allí, como si aquellos cuatro años y medio últimos no hubieran existido.

Patro no se detuvo. Caminó en línea recta, hasta el fondo, mirando al frente. Nadie se le acercó. Cuando llegó a la puerta que separaba el local de las oficinas, tampoco se paró. Llenó los pulmones de aire y empujó la puerta. Al otro lado se encontró inesperadamente con Germán, el encargado, la antesala de Plácido Gimeno.

Se quedaron mirándose, reconociéndose.

—Vaya, Patro. —Levantó las cejas en un gesto de admiración.

—Hola, Germán.

—Cuánto tiempo, chica.

—Un poco.

—¿Vuelves? —El tono fue incisivo.

—No.

Germán bajó los ojos recorriendo su cuerpo. Se detuvo al ver el anillo en el dedo anular de la mano izquierda.

—Vaya, vaya. —Ladeó la cabeza.

—¿Está Plácido? —No quiso perder más el tiempo ella.

—Sí, por supuesto.

—¿Puedo...?

—Adelante. Tú misma. Se alegrará de verte.

Reanudó el paso y caminó por el pasillo hasta la puerta del fondo. Sus tacones repiquetearon por las baldosas. Sabía que Germán la estaba mirando. Al detenerse frente a la puerta del despacho del dueño del Parador, llamó con los nudillos.

La voz sonó recia.

—¡Adelante!

Abrió la puerta, entró, la cerró y se acercó a la mesa ante la que trabajaba él.

Plácido Gimeno estaba igual. Sesenta años bien llevados y mejor cuidados, sienes plateadas, ojos penetrantes, nariz y boca grandes, bigote recto. Un sello de oro en el dedo índice de la mano derecha hacía juego con el reloj y los gemelos, no menos dorados. Vestía de manera impecable y a la última, con americana, corbata y pasador. Al verla, dejó la pluma estilográfica Parker con la que estaba escribiendo.

Al contrario que en el caso de Germán, en sus ojos no hubo sorpresa.

—Hola, Plácido.

La estatua con forma humana la miró atentamente. No la desnudó con los ojos, pero sí la tasó. Era su forma de ser: valoraba el potencial de cada mujer, por simple inercia. Luego le ponía una etiqueta, o una marca.

—Mira a quién tenemos aquí —dijo por fin.

—¿Cómo estás?

—Yo, bien. —Sonrió un poco—. Tú, en cambio, estás espectacular, querida.

—Gracias. —No esperó a que la invitara a sentarse, lo hizo ella misma. Se desabrochó el abrigo, ocupó una de las dos sillas situadas frente a la mesa y cruzó las piernas de manera distendida, apoyando la espalda en el respaldo como señal de relajamiento y comodidad—. ¿Todo bien por aquí?

—Mejor que nunca. —Plácido abrió las manos reforzando sus palabras—. Próximo fin oficial del racionamiento, recuperación, más dinero corriendo... Aunque la gente de posición siempre ha estado ahí, naturalmente. Sabes de sobra cómo es nuestra clientela.

—Veo que cada vez las chicas son más jovencitas.

—La demanda —lo justificó—. ¿No me digas que quieres volver?

—No, no es eso.

—Una pena. Me dejaste sin más.

—Lo siento.

—Sabes que te apreciaba. Tenías... tienes ángel, querida. Eso es algo único. Y veo que lo mantienes.

—¿De veras?

—Sabes que sí, que con eso nunca miento. —Él también se echó para atrás y unió las yemas de los dedos de ambas manos—. Oí decir que te habías casado.

Patro le enseñó el sencillo anillo de bodas.

—Y soy madre —lo redondeó.

Plácido acusó el impacto.

—¡Válgame el cielo! —Suspiró—. ¿Madre? Pero ¿a quién pillaste?

—A nadie.

—¡Pues ya me dirás!

—Me enamoré.

—¿Y él de ti?

—También. ¿Tanto te cuesta de creer?

—¿Sabía algo de ti?

—Todo.

—Pues... —Se quedó sin argumentos—. Felicidades. ¿Qué otra cosa puedo decir? ¿Has venido por nostalgia, para recordar los buenos tiempos, pasabas por aquí y has pensado en hacerme una visita...?

—He venido por Dalena Costa.

—¿Dalena? ¿Qué le pasa? ¿Está enferma? Hace días que no la veo.

—Está conmigo, en mi casa. También va a dejarlo.

—Vaya. ¿Por qué?

—Se va a casar.

El dueño del Parador levantó las manos a la altura de los hombros.

—¡Dios! ¿Es una plaga o qué?

—No sé de qué te extrañas. Tú mismo se lo presentaste. Se llama Domingo Montornés.

Esta vez la sorpresa fue mayor.

Todo un impacto.

—¿En serio?

—¿En serio que se lo presentaste o en serio que se case con él?

—¡Ya sé que le presenté a Dalena! —rezongó—. ¡Digo que si va en serio que se vaya a casar con él!

—¿Tan raro lo ves?

—Ese hombre... —Su cara era mitad de asombro, mitad de enfado—. ¡Si es que no es la primera vez, por Dios!

—¿Cómo que no es la primera vez? —Se tensó Patro.

Plácido todavía estaba tratando de asimilar la noticia.

—Espera, espera —la detuvo—. ¿A ti qué te va en todo esto?

—Es amiga mía. Te recuerdo que fue a la cárcel por defenderme aquella vez. Solo quiero estar segura de que no se equivoca y comete un error.

—Santa Patro —se burló el hombre.

—Da igual cómo lo veas. Ella está muy ilusionada, en una nube. Hasta insiste en que también lo ama. He venido para saber de qué pie calza el tal Domingo puesto que, al parecer, lo conoces.

—Dime la verdad. ¿Te envía ella?

—No, es cosa mía. Y, como se entere de que he estado aquí, se va a enfadar.

—¿Y por qué debo contarte algo de mis clientes?

—Porque siempre fuiste legal. Y porque si el Parador funciona y tiene buen nombre, es por esa misma razón. Legalidad y clase.

Sabía cómo hablarle.

Nada había cambiado.

—Bien. —Se relajó Plácido—. Desde luego... Veo que no has perdido labia ni aplomo. Sigues siendo aquella veinteañera que llegó después de la guerra, tan delgada, tan desesperada... Te dije que si querías te comerías el mundo, ¿recuerdas? —La siguiente mirada fue más penetrante—. ¿Seguro que no quieres volver?

—Seguro.

—Es una pena. Tienes ya más de treinta pero... Tendrías a quien quisieras.

—¿Vas a contestarme? —insistió ella.

—¿Por qué no? —Se encogió de hombros—. Tampoco hay nada que ocultar o que no se sepa en determinados círculos o aquí. —Hizo una pausa que llegó hasta los cinco segundos—. Domingo Montornés es un hombre respetable, abogado, de cierta posición, ¡soltero! Un tipo ciertamente específico, casi único, no sé si en vías de extinción. Y sin embargo... ¿Raro? Sí, pero no más que otros. Yo más bien lo llamaría... excéntrico. Por eso viene aquí, en busca de algo diferente. Ni siquiera es retorcido. En cualquier caso, no pide nada fuera de lo común. Es un pozo que llenar. Heredó el bufete de su padre y, por lo que leí en las esquelas de *La Vanguardia*, su madre murió hace poco, así que se habrá quedado solo. Por aquí siempre se le ha apreciado. Las chicas dicen que es fácil estar con él y complacerle. Algo de eyaculación precoz, ya me entiendes. Rápido y con buenas propinas...

—¿Qué has querido decir antes con lo de que no era la primera vez? ¿La primera vez de qué?

—Pues que también quiso casarse con la Charo.

Patro acusó el golpe.

—¿En serio?

—¿Recuerdas a la Charo? Coincidisteis unos meses.

—Sí, la recuerdo. ¿Qué pasó?

—Ni idea, pero ya te digo: Domingo se encaprichó de ella y un día vino a verme para contármelo, escandalizada aunque riéndose de él.

—¿Por qué no le quiso?

—¡Yo qué sé! ¡Ya te digo que la Charo se le rio de la proposición y no quiso verlo más! Entonces Domingo me preguntó a quién le podía recomendar. Estaba harto de jovencitas. Quería ir a lo seguro. Me dijo que necesitaba una mujer-mujer, alguien con experiencia, tierna, dulce... O sea, una madre. Pero, en su caso, que le llevara al cielo en la cama. Yo hablé con Dalena, le dije de qué palo iba Domingo, y ella estuvo encantada.

—¿Le contaste a Dalena que Charo le había dado puerta?

—No, eso no. ¿Para qué? —Soltó un bufido—. Coño, por lo que me cuentas debe de haberlo hecho muy bien. Si ese pobre imbécil ha vuelto a caer y ha perdido la cabeza...

—Un hombre de su posición, ¿para qué necesita putas?

—Tú ya sabes de sobra la respuesta.

—Quiero oírtela decir a ti.

—Pues porque está habituado al sexo de aquí desde hace años. El tipo de sexo que una esposa no practicaría nunca. O sí, puede que algo al comienzo, pero después...

—¿Crees que estaba enamorado de la Charo?

—Supongo que sí. Si le propuso matrimonio... Domingo es de los que creen en lo que quieren creer. Se aferra a algo, se convence o autoconvence, se le dispara la adrenalina, la imaginación y todo lo demás. Un niño grande. Ahora mismo apuesto lo que quieras a que está enamorado de Dalena hasta la médula, y no le importa en absoluto su pasado o lo que haya hecho. Dalena es guapa, lo sabes. Uno no se casa si no es por amor, porque, para follar, viniendo aquí tiene de sobra.

—Así que Dalena puede estar tranquila.

—Dalena debe de estarlo ya. Eres tú la que ha venido a preguntar.

—¿La Charo sigue viviendo en el mismo sitio?

—No lo sé. No tengo ni idea de dónde vivís.

—Una vez estuve en su casa porque ella recibía allí; no como yo a causa de mis hermanas.

—Pues allá seguirá. O pásate esta noche. Estará por aquí.

No tenía más preguntas y, de pronto, lo que más deseaba era irse. Cuanto antes. El despacho de Plácido Gimeno era agradable, de madera, con estantes y libros, fotografías y cuadros. Nada hacía indicar que al otro lado de la puerta se abría el club de alterne más selecto de Barcelona, y en pleno paseo de Gracia.

—Gracias por hablar conmigo —dijo antes de ponerse en pie.

Era extraño. El hombre la miró con simpatía.

Lejos del mercader de carne que era.

—¿Cómo es la vida de casada?

—Maravillosa.

—¿No te aburres con solo un hombre en la cama, y siempre el mismo?

No le contestó. No era necesario. La mirada lo expresó todo.

—Siempre fuiste especial —manifestó él.

—Gracias.

—¿Quién es?

—Fue inspector de policía antes de la guerra. Se libró de milagro, pero estuvo preso más de ocho años.

—¿Es legal?

—Del todo.

—¿Mayor?

—Me dobla la edad, y un poco más. Pero te aseguro que es el mejor hombre del mundo, en todos los sentidos.

Plácido Gimeno no se movió.

—Te deseo lo mejor, mi ángel.

La sonrisa de Patro fue lo último que flotó en el despacho antes de que ella saliera por la puerta.

25

El bar de la esquina, en la calle donde vivían Dalena y Dimas, estaba tal cual lo había visto la primera noche. Incluso daba la impresión de que los parroquianos eran los mismos y estaban sentados en los mismos lugares, la barra y las mesas. Seguía enfadado consigo mismo por la escena del paseo de Gracia. Enfadado por su despiste, por los gritos del taxista, por haberle llamado «viejo» y por los comentarios de la gente. En un momento como aquél, de haber llevado todavía la placa de policía habría encerrado a media Barcelona.

El hombre de la barra también llevaba la misma colilla colgada de la comisura del labio, la misma camisa sucia y el mismo paño. Miquel tuvo una extraña sensación de *déjà vu*.

Estaba claro que se acordaba de él, pero no lo dijo.

—¿Qué va a ser, paisano?

Las mismas palabras y en el mismo tono.

—Un café con leche bien caliente.

—Frío, ¿eh?

—No vea.

—Marchando.

Lo dejó para prepararle el café. Miquel miró a su derecha, en dirección al marco de la puerta con la cortina de tiras de plástico de colores y el teléfono público al lado, en la pared. No se atrevió a decir que iba al retrete. Demasiada casualidad que repitiera los mismos movimientos. Allí seguía siendo un extraño.

Esperó a que le sirviera el café con leche y entonces lo probó.

—¿Está Segismundo? —preguntó señalando la cortina que los separaba de la trastienda.

—¿Mi primo? No, ¿por qué?

—Estoy buscando a Demetrio. —Pisó fuerte.

Demasiado fuerte. El hombre agitó la colilla cuando el aire pasó por sus labios con mayor violencia de la normal en una conversación.

—¿Quién es usted?

—No soy policía, descuide —dijo con la mayor de las naturalidades—. Soy amigo de Dalena y Dimas.

No hizo falta que le preguntara si los conocía.

—Pues si es amigo de ellos, de entrada dígales que a ver si se pasan por aquí a pagar, coño.

—¿A pagar?

El hombre ya no estaba impasible. Ahora hablaba a latigazos.

—¡La cuenta, jobar! —Levantó la voz haciendo que el resto de los de la barra le miraran—. ¡Ponlo en la cuenta, ponlo en la cuenta! ¡Y, a la que te descuidas, ha pasado un mes! ¡Aquí la confianza da asco!

Miquel mantuvo la calma.

—Pues ése es el problema —dijo serenamente—. Yo también los busco. Como que parece que se los ha tragado la tierra.

—¿A los dos?

—Sí.

—¡Cagüen...! —La colilla bailó sin llegar a caer, como si la llevara pegada al labio inferior—. ¡Esa mujer, desde lo de su hermano...!

—Mal asunto, sí. —Le hizo ver que sabía de qué le hablaba.

—¡Y tanto! ¡Ya no ha vuelto por aquí! Dimas sí, pero hace ya tres días que ni aparece. ¡Él y sus santos huevos de decirme que lo que me debe ella, que me lo pague ella!

—Propio de Dimas.

Dejó de expresar su enfado. Apretó las mandíbulas y cubrió a Miquel con una mirada inquisidora, mitad dudosa mitad molesta. Escrutó su rostro mientras sorbía el café con leche y valoraba la calidad del abrigo para deducir si el traje de debajo era del mismo nivel, aunque ni mucho menos parecía rico.

—¿Y para qué busca al Deme? —quiso saber.

—A él o al Segis. —Le dio más familiaridad al nombre del primo, lo mismo que acababa de hacer el tabernero con el de Demetrio—. Teníamos un asunto con Dimas.

Otro intento.

Las mismas dudas por parte del hombre.

—No parece usted muy metido en asuntos con Dimas, el Deme o mi primo —masculló.

Miquel se encogió de hombros.

Había detenido a decenas de chorizos que se comportaban igual en un interrogatorio.

—A veces hace falta un tipo de persona para según qué cosas, abrir algunas puertas, llegar a determinados sitios... Ya sabe.

Sí, sabía.

Bajó la voz.

—Bueno, pues mi primo solo viene por las tardes y por la noche, para echar una mano. El Deme aparece cuando aparece. Vuelva luego.

—¿No sabe dónde vive?

—No. Y no quiero líos —le advirtió—. Yo no me meto en lo suyo y ellos no se meten en lo mío. A cada cual lo que le toca, ¿estamos?

—¿Y su primo?

El resoplido barrió la barra llenándola todavía más de olor a tabaco. Sin saber por qué, Miquel recordó las informaciones de Ramón acerca de lo mucho que fumaban los españoles pese a la cartilla del fumador.

—¿Seguro que no es policía?

—Si fuera policía, ¿cree que le preguntaría esto con tanta educación en vez de llegar acompañado y empezar a repartir hostias?

Sonó convincente.

Por lo menos, el tabernero decidió ponerle punto final a la charla.

—Mi primo vive en la calle Bismarck. En el 29.

Miquel se bajó del taburete.

—¿Me da una ficha para el teléfono?

Se la puso sobre el mostrador y no le perdió de vista mientras se acercaba al aparato. Descolgó el auricular, introdujo la ficha, esperó el tono y marcó el número de la mercería.

La voz de Teresina sonó al otro lado.

—Soy yo —dijo.

—Hola, señor. Diga.

—Avisa a mi mujer.

—No está.

—¿Ah, no?

—Ha salido para un mandado. ¿Quiere hablar con la señora Magdalena?

—No, no importa. Dile a Patro que probablemente tampoco iré hoy a comer. Eso es todo.

—De acuerdo, señor Mascarell.

Buena chica.

Desde que había «bendecido» a su novio, lo adoraba todavía más.

Regresó a la barra y se terminó el café con leche. El tabernero hablaba con otro cliente en el extremo opuesto. El tema era el más trivial en aquellos días: el frío.

—Las cañerías congeladas. Si es que calientas una olla de agua con la lumbre y ni así.

—Pues con el vino solo se te calienta el estómago, Blas.

—Anoche creí que estaba en el campo de concentración, en el 39, a la intemperie. Hasta el vecino me ha dicho que oía cómo me castañeteaban los dientes.

—Échale un tiento a la parienta. Es lo mejor para entrar en calor.

—¡Con este frío, ni dura se pone!

Miquel dejó el importe del café con leche en la barra y no esperó el cambio. El dueño del bar observó la cantidad desde la distancia y no dijo nada. Al pasar Miquel por delante de él hubo un saludo seco y corto.

Algo le dijo que no era la última vez que tendría que entrar en el bar.

La calle Bismarck no era muy larga. Quedaba por encima de la plaza de Sanllehy y la avenida Virgen de Montserrat. Lo peor del Carmelo eran sus calles empinadas. Por suerte, la parte baja del barrio era más normal, sin subidas ni bajadas agresivas. Bismarck estaba llena de casitas ruinosas, a medio camino de la demolición, y solares a la espera de que la nueva Barcelona llegara hasta ellos. El número 29 era un edificio de tres plantas en consonancia con los adyacentes. La fachada era oscura, no había balcones y las ventanas permanecían cerradas y sin vida. Se lo quedó mirando un par de segundos antes de decidirse a subir. Llamó a la primera puerta sin que nadie le abriera. Llamó a la segunda y un hombre le dijo que Segismundo vivía arriba. Subió el nuevo tramo de escaleras.

Lo que sucedió a continuación le pilló de improviso.

Fue inesperado.

Llamó al timbre. Escuchó unos pasos. Se abrió la puerta y por el hueco mal iluminado apareció Segismundo, el mismo que había visto en el bar la otra noche hablando con Demetrio. Miquel no tuvo tiempo ni de proferir una sola palabra. En un visto y no visto la cara del hombre se transmutó, abrió los ojos con miedo y le cerró de nuevo la puerta en las narices. El estruendo hizo temblar la casa.

—¡Eh! —reaccionó Miquel gritando—. ¡Espere! ¡Solo quiero hablar con usted!

No debió de escucharle. Y, si lo hizo, no quiso detenerse. Los pasos se precipitaron hacia la parte de atrás, alejándose de la entrada. Pasos nerviosos y rápidos. Miquel aplicó el oído a la madera de la puerta y lo único que atinó a escuchar fue el gemido de los postigos mal engrasados y secos de una ventana abriéndose a lo lejos.

Por allí tenía el camino cerrado.

Bajó la escalera a toda prisa y salió a la calle. No se quedó en la acera. Tampoco en la frontal. Sin dejar de mirar en dirección al edificio una y otra vez, caminó lo más rápido que pudo hasta el final de la vía, cuando confluía con la calle Vallseca, que la cortaba en diagonal. Una vez a resguardo, se detuvo en la primera esquina y oteó el panorama. Si Segismundo había saltado a un patio, ya podía despedirse de él. Sin embargo, saltar a un patio desde un piso alto era de locos. Lo más normal era subir, de la forma que fuese, pero subir.

Acertó.

En lo alto del terrado vio la figura del hombre, semioculta, tratando de atisbar hacia abajo.

Miquel esperó.

Segismundo podía regresar a su piso, pasado el peligro, o no fiarse y utilizar el viejo truco de saltar de un terrado a otro, para salir a la calle por otra escalera.

La espera no fue muy larga.

A los cinco minutos el huido sacó la cabeza por el portal del número 31 y miró a derecha e izquierda de la calle Bismarck. No había tenido tiempo de coger nada de abrigo, así que iba desprotegido, con solo un grueso jersey por encima.

Tras convencerse de que no había nadie, y menos el hombre que había llamado a su puerta, echó a andar con la cabeza baja, las manos en los bolsillos y el paso vivo. Más que encogido, doblado sobre sí mismo.

Miquel se tomó su tiempo.

Luego le siguió.

26

Rosario Pinto, la Charo, vivía en la calle del Peligro, cerca de la calle Venus, en la misma frontera sur del barrio de Gracia que delimitaba la calle Córcega. Palabras como «peligro» y «Venus» casaban bien. No vivía mal. Patro recordaba su piso, sin lujos pero digno. Por eso podía recibir en casa sin problemas.

De todas formas, al subir la escalera se cruzó con una mujer que la miró de arriba abajo y se alejó murmurando sin el menor disimulo. Prueba de que la Charo no era la más popular de la escalera como simple ama de casa y que la vecina sabía a qué piso iba.

Patro se sintió rara.

Tuvo que llamar dos veces. La segunda con insistencia, pulsando el timbre con generosidad. No era muy tarde, pero tampoco demasiado temprano. La mujer que le abrió la puerta, en bata, despeinada, sin maquillar y recién arrancada del sueño, no era precisamente la diosa que recordaba del Parador. Sin dejar de ser guapa, los años la habían castigado de peor manera que a otras. Tenía ojeras profundas, bolsas por debajo de los ojos, las mejillas ligeramente flácidas y los labios menos carnosos que antes. A pesar de todo, mantenía el morbo que la había hecho popular. Lo llevaba pegado a la piel.

Rosario se la quedó mirando, envuelta en una nebulosa,

mientras despertaba a marchas forzadas y trataba de recordar o asimilar la realidad de su visita.

Lo consiguió.

—¿Patro?

—Hola, Rosario.

No se movió. Un parpadeo y de vuelta a la sorpresa.

—¿De verdad eres tú?

—Ya ves. —Patro se abrió el abrigo para que la pudiera ver mejor.

—¡Ay, Dios bendito! —reaccionó por fin—. Pero ¿qué...? ¡Pasa, pasa!

Patro cruzó aquel umbral. Lo primero que notó en el piso fue el doble olor, a tabaco y a perfume barato. Los dos muy intensos. La Charo cerró la puerta y ya no se preocupó de mantener la bata en su lugar, sujeta con las manos en vez de ceñirla a la cintura con un cinto. Al dejar de presionarla se le abrió de arriba abajo y mostró su cuerpo, lleno de curvas, bajo una liviana combinación del color de la carne. Las manchas oscuras de los rosetones y el sexo eran nítidas sobre la transparencia de la tela. Lo primero que hizo fue abrazar a su visitante.

—¡Cuánto tiempo, Patro! ¿Cómo estás?

—Bien, ¿y tú?

—¡Como siempre!

—¿Estás sola?

—¡Sí, mujer! ¡Vamos, entra!

Dejó el abrazo y la acompañó por un pasillo muy corto. A la derecha, por una puerta abierta, Patro vio el dormitorio, la cama grande y revuelta, los cuadros con fotografías de mujeres desnudas colgando de las paredes e intuidos en la penumbra. Las dos se detuvieron al llegar al comedor. Sobre la mesa había algunos vasos y un par de botellas abiertas y vacías. Una era de vino, la otra de whisky.

—Déjame ir al baño, que me estoy meando. ¡Siéntate, venga! Perdona el desorden, pero no esperaba... ¡Ahora vuelvo! —Se llevó una mano a la entrepierna y salió corriendo.

Patro renunció a cualquiera de las sillas del comedor. Habrían tenido que limpiar la mesa primero para estar cómodas. Prefirió una de las dos butacas. En medio de ellas, sobre la mesita ratona, un cenicero de cristal rebosaba de colillas. Tuvo que hacer un esfuerzo. Que Miquel no fumara le había proporcionado una nueva sensibilidad hacia los malos olores, y el del tabaco era el peor. Más cuando se excedía, como era el caso. Antes de sentarse cogió el cenicero y lo llevó a la mesa. Después se quitó el abrigo.

Sabía que saldría «perfumada», con la necesidad de airear toda su ropa al llegar a casa.

No tuvo tiempo de curiosear demasiado. Tampoco de recordar la vez que había estado allí. Empezaba a sentir un poco de vergüenza por lo que estaba haciendo a lo largo de la mañana. El Parador, el piso de la Charo... Era como si el pasado regresara como un elefante en una cacharrería. El pasado que, con Miquel, a veces se le antojaba un sueño muy lejano.

Rosario Pinto volvió casi al momento. Ahora sí, con la bata anudada. Llevaba unas zapatillas morunas, rojas, con piedras y espejitos, acabadas en punta. El color contrastaba con los ojos y el cabello negro. La bata era blanca.

—¡Pero bueno! ¿De dónde sales? —Se sentó en la otra butaca—. ¿Cuánto hace, cuatro años?

—Cuatro y medio.

—¡Estás increíble! ¿Qué has hecho? Desapareciste de la noche a la mañana —la bombardeó ya despejada.

—Me casé. —Extendió los dedos de la mano izquierda para que viera el anillo.

—¿En serio?

—Pues sí. Fue una suerte. Y no digas eso de que pillé a uno que me sacó de todo, porque lo hice enamorada, lo mismo que él. —Se dio cuenta de que lo justificaba siempre, sin necesidad, a modo de pantalla, y se negó a dar más explicaciones—. Tampoco viene al caso. No estoy aquí para contarte mi vida.

—Entonces ¿qué te trae por estos rumbos? —Sonrió—. ¿Una visita de cortesía por los viejos tiempos?

—Quería hablar contigo.

—¿De qué? —Dio paso a la curiosidad.

—Domingo Montornés.

El nombre cayó entre las dos como una piedra, pesada y grande. Patro se dio cuenta por la inmediata reacción de Rosario, abriendo los ojos y, casi, la boca.

—¿En serio?

—Sí, ¿te extraña?

—Bueno... Tú dirás. ¿Qué quieres saber de él?

—Conoces a Dalena, ¿no?

—Claro.

—Le ha pedido que se case con él.

Primero, el silencio. Después, los ojos más y más abiertos. Finalmente, la risa.

Desatada, imparable.

Rosario Pinto tuvo que sujetarse el estómago.

—¡Santo Dios bendito! —exclamó—. ¡Es... increíble! ¡Ese condenado idiota!

—Sé que también te lo pidió a ti —dijo Patro.

—¿Quién te lo ha dicho? —Iba de sorpresa en sorpresa.

—Plácido.

El nombre del dueño del Parador lo cambió todo, aunque la burla no desapareció de su rostro.

—Vaya. ¿Y por qué?

—Cuando tú te saliste de la vida de Domingo, Plácido le presentó a Dalena. Por lo visto, como en tu caso, la cosa pasó de una relación profesional a una más... emocional.

—¿Qué le ha dicho Dalena?

—Que sí.

—¿En serio?

—Ya ves.

Rosario movió la cabeza, como si tuviera un espasmo. También los hombros, y no por frío.

—Pues que le aproveche, aunque...

—¿Aunque qué?

Ella repitió el gesto con los hombros.

—No es mal tipo —dijo—. Visto lo que hay... Para Dalena puede que sea una ganga.

—¿Podrías hablarme de él?

—¿Por qué? ¿A ti qué más te da?

—Dalena ha dejado el trabajo. Está viviendo unos días en mi casa esperando que pueda irse con él.

—Pues lo tiene crudo, porque casarse... ya quiere, ya. Pero mientras viva su madre...

—Murió hace dos meses.

La noticia volvió a sacudirla, aunque ya sin desmesura.

—Entonces sí —asintió—. Era lo que necesitaba, el pobre. A mí me decía que tendríamos que esperar, y eso que me reía y no le hacía caso. Pero él, erre que erre. Nunca he conocido a un hombre más necesitado de amor, contacto, sexo... Era una esponja, Patro. Te agotaba pidiendo que le tocaras, le acariciaras, que si los pies, que si las piernas, que si el aparato... —Soltó un bufido—. Así que estás haciendo de amiga protectora.

—Algo así. No quiero que le hagan daño. Se lo debo.

—Cuando fue a la cárcel, ¿no?

—Sí.

—¿Le dirás que has venido a verme?

—No. Esto es solo cosa mía.

Rosario se miró las manos. Ya no eran las de una mujer joven. Tenía algunas venas hinchadas en el dorso. Las uñas necesitaban un repaso. Pese al desarreglo, su poder de seducción se mantenía intacto. Toda ella desprendía una especial sensualidad.

—No te importa que haya venido a preguntarte, ¿verdad?

—No, en absoluto. ¿Qué quieres saber? O, mejor dicho: ¿qué quieres que te diga? —Suspiró—. A su modo, Domingo es legal. Un tipo peculiar, por supuesto. Con el dinero que tiene, y su posición, podría tentar a más de una; y no digo casarse con quien quisiera, pero sí hacer una buena boda, con pedigrí y todo eso. ¿Es sincero? Sí. Tanto que a veces resultaba transparente. Yo le di lo que quería y más, y claro, comía de mi mano. «Amor mío» por aquí; «qué bien lo haces» por allá; «eres el mejor» por aquí; «no he conocido a otro hombre como tú» por acullá... Bueno, ya sabes. Lo mismo que le habrá estado diciendo Dalena. En el fondo no tiene nada de raro, por más que lo parezca. ¿Para qué casarse con una boba y luego tener una amante? Mejor hacerlo con una profesional.

—¿Por qué le dijiste que no?

—Porque no me veía yo con él, y mucho menos casada. Todos los días y todas las noches con el mismo. No sé tú, o las demás, pero a mí me gusta el sexo, y la variedad. Es cómodo y nadie se llama a engaño. Domingos hay pocos, y cuando sale uno, si pilla a la adecuada, pues bien. Pero yo... Vamos, que hasta me entró la risa. Yo no sirvo para estos paripés, cielo. Nací puta y moriré puta, con las botas puestas y el coño libre.

Patro no reía. Quería irse ya, pero le quedaban preguntas. Y necesitaba las respuestas.

—¿Puedes contarme cómo empezó todo?

—De la manera más normal y natural. Un cliente, una que ya sabe qué necesita con solo verlo y al tajo. Te lo he dicho: es una esponja, un osito de peluche. Yo le hice cosas que ni te imaginas. Cosas que otras, más jovencitas, aún no dominan. La primera vez que le metí el dedo por el culo o le lamí los pies se corrió de gusto. Gritos daba. Por supuesto, ya te lo he dicho, eyaculador precoz. Una vez dentro, no duraba nada. En este sentido era cómodo. Se lo hacía venir en cuanto quería. Lo malo era que recargaba rápido.

—¿Alguna desviación, violencia, sado, maso...?

—No, nada de atarme o atarle yo, ni cachetes, cera ardiendo... Esas cosas le daban miedo. Una vez me dijo que eran desviaciones del amor y el sexo puros. Era casi un romántico. Pero no creas que te hablo de un tonto, ¿eh? Domingo era... es listo. Muy listo. Tiene cabeza. —Se tocó la sien con el dedo índice de la mano derecha—. A veces me hablaba de su trabajo y... joder, Patro. Ahí sí se le veía el nivel. Todo el que no tenía con las mujeres por culpa de su santa madre, en el infierno esté. —Bajó la voz como en si, en lugar de estar solas, estuvieran rodeadas de oídos—. Yo creo que en el fondo era consciente, se daba cuenta de lo que su madre le hacía, y la odiaba. Muy en el fondo, pero creo que era así. Por supuesto que él la ponía por las nubes, pero... No, no trago. Cualquier futura esposa que hubiera llevado a casa, su madre se la habría comido con patatas. ¿Qué edad tendrá ahora? ¿Cuarenta y cuatro, cuarenta y cinco?

—Cuarenta y cinco.

—Pues ya está. Domingo se casa con una santa y, a los dos o tres años, se acaba la pasión y queda el aburrimiento. Y no te digo nada si hay hijos. Por lo que sé, Domingo siempre anduvo con putas, hasta que dio conmigo; le salí rana y, ya desesperado, por lo visto ha aparecido Dalena —asintió con un golpe de cabeza—. ¡Que le aproveche!

—¿Por qué no le pediste que te pusiera un piso?

—No son tontos. Casi ninguno. Y él, menos. Saben que en un piso todo el día sola te aburres y que eres una tentación. No, Domingo de pronto quería casarse. ¿Amor? También, no sé. ¿Capricho? Seguro. ¿Obsesión? Toda. Domingo es de los que se obsesionan con las cosas, es un coleccionista compulsivo. Si tiene algo, quiere más, y lo consigue como sea. Yo me convertí en el objeto de su deseo y, por lo que me cuentas, ahora lo es Dalena. Si sabe hacerle feliz, que seguro que sí, lo tendrá comiendo de la palma de la mano.

—Dices que consigue las cosas como sea. ¿A qué te refieres?

—Pues a que es como todos los niños mimados. No soporta perder. Ahí sí puede llegar a ponerse violento. Frente a una adversidad que no puede o no sabe manejar, saca lo peor. Una noche me llevó a un restaurante y vio un plato que le gustaba en la mesa de al lado. Pidió el mismo y le dijeron que ya no les quedaba. Lo exigió, y como no hubo forma se puso a gritar y nos fuimos. —Resopló—. Para una vez que me sacaba... Aunque no era un restaurante de lujo. —Recordó algo—: Ah, un día mandó a alguien a casa de una persona que no quería venderle un cuadro, ya sabes.

—¿Cómo que mandó a alguien?

—Para «convencerle». —Remarcó la palabra.

—¿En serio?

—Yo lo oí por teléfono. Días después me dijo que ya tenía el cuadro. —Se inclinó hacia delante para decirle—: Mira, lo de estar con delincuentes y en los juzgados seguro que da para mucho. Y eso que no es de los que se matan a trabajar, que para algo es el jefe del bufete.

—¿Te había llevado alguna vez a la casa vacía que tiene en Vallvidrera?

—Sí, para enseñármela. Decía que podría arreglarla si me gustaba. Allí solo tiene una cama. Lo hacíamos aquí, más cómodo, pero sé que antes, con otras, iba a alguna pensión u hotel donde no le pedían cuentas. Es lo que tienen el dinero y el poder.

Patro dejó transcurrir unos segundos.

Después de todo, era lo que imaginaba, y sin embargo...

—¿Estás bien? —le preguntó Rosario.

—Sí, perdona.

—No puedo decirte mucho más. Dile a Dalena que no lo suelte y que se case si es lo que ella quiere. No le faltará de nada mientras le tenga contento en la cama. La única diferencia es que ya lo hará gratis y bajo contrato, como toda esposa. —Volvió a mirarle el anillo y agregó—: Perdona...

—No pasa nada.

Rosario se quedó callada un instante. Un invisible muro pareció separarlas de golpe. El anillo en la mano de Patro se convirtió en algo más. Casi un símbolo.

—Se me hace tarde —mintió Patro.

Su anfitriona se levantó de la butaca, se acercó a ella, se inclinó y le besó la frente.

También le acarició las mejillas con ambas manos.

—Lo importante en la vida es tener lo que queremos, aunque no siempre tengamos lo que merecemos.

Patro pensó que lo malo era que la mayoría sí tenía lo que se merecía.

Pero no lo dijo.

Ella también se puso en pie.

—Si quieres saber más cosas de Domingo, habla con mi cuñado Humberto, el marido de mi hermana Pilar. Se metió en un lío, se lo comenté a Domingo cuando bebía los vientos por mí, y en un santiamén estaba libre y sin cargos. No sé ni cómo lo hizo. Lo que sí sé es que luego mi cuñado le pagó el favor con algunos trabajos.

—¿Qué clase de trabajos?

—No lo sé.

—Lo dices como si fueran trabajos sucios.

—No, mujer. —Se lo pensó mejor—. Bueno, tampoco es que lo sepa. Humberto no ha sido un santo precisamente, pero me dieron a entender que había algo extraño, no sé si turbio. Yo tampoco pregunté mucho más, allá ellos. Mi hermana me dijo que le estaban muy agradecidos, porque ella estaba preñada en ese momento y si llegan a encerrarlo... —Bajó la cabeza y se miró las puntas de sus rojas zapatillas—. Pilar también es de las que han tenido muy mala suerte en la vida. Durante años no me perdonó lo que yo hacía. Luego, ya sí. Y con lo de Humberto y que Domingo le salvara el pellejo... Ya te digo, si quieres saber más, habla con ellos. Viven lejos, eso sí. En la calle Menorca 38, en La Sagrera, en un grupo de viviendas sindicales. —Acabó mordiéndose el labio inferior—. De todas formas, ya no sé qué más decirte de Domingo.

—Es suficiente, gracias.

También esta vez Rosario la abrazó.

Como a su llegada.

—Si volvieras, arrasarías —le dijo inesperadamente—. Estás muy guapa. Pero ya veo que eres feliz.

Patro cerró los ojos y no se movió.

27

Cuando Segismundo llegó al final de la empinada calle y entró en un portal, Miquel estaba en las últimas.

Se detuvo sin resuello.

¿Quién podía vivir allí? ¿Qué clase de vecinos podían subir y bajar día a día aquella cuesta del demonio?

—¡Coño con los pobres...! —masculló lleno de humor negro.

No pudo permitirse el lujo de perder mucho tiempo. No lo tenía. Echó a andar de nuevo y se metió de cabeza en el portal. No había portera y la casa era como todas las del barrio, humilde y vieja. Por suerte, solo tenía dos plantas y su perseguido acababa de entrar en la puerta del entresuelo. Pudo escuchar claramente las dos voces al otro lado porque hablaban a gritos.

—¿Cómo que un poli?

—¡Sí, en mi casa!

—¿Y qué quería?

—¡Yo qué sé! ¡Como que me he parado a pensar! ¡Le he cerrado la puerta en las narices y he salido por la ventana!

—¿Tú estás loco o qué?

—A ver, ¿qué querías que hiciera?

—¡Pues preguntar, la hostia! ¡Pero si no sabes qué quería!

—¡Qué iba a querer, coño, Demetrio, que pareces tonto! ¡Ésos no van de visita!

—¿Y cómo sabes que era un poli?

—¡Porque los huelo, cagüen todo! ¡Y qué quieres que te diga, me ha entrado el canguelo y he reaccionado así, sin más! ¡Ya no tiene remedio!

—¿No ha echado la puerta abajo de una patada?

—No, eso no, aunque tampoco estoy seguro.

—¿Y no te parece raro?

Esta vez Segismundo se calló. Demetrio no.

—¡Serás imbécil! ¿A ti qué te pasa? ¡Es que si eres más tonto no naces, no te dan permiso!

—¡Coño, ya sabes que cuando veo a uno y recuerdo la de hostias que me han dado...!

—¿Ahora cómo vas a volver a tu piso?

El silencio sin respuesta de Segismundo duró un suspiro. Apareció una súbita voz femenina.

—¡Pues aquí no te quedas!, ¿eh? ¡La última vez todo apestaba a pies!

—Caray, María...

—¡Ni María ni leches! ¡Ya os estáis yendo de aquí los dos!

Miquel ya no resoplaba. La idea que acababa de rondar su cabeza cobraba forma de manera rápida. Tanto que ya no se lo pensó dos veces y llamó a la puerta.

Otro silencio.

—¿Quién es?

Lo anunció con voz grave:

—El que acaba de estar en casa de Segis. Y no soy poli.

Fue como si hubiera echado una granada y, tras el estallido, nadie tuviera deseos de recomponer sus pedazos. Miquel los imaginó mirándose estupefactos y haciendo aspavientos.

Los ayudó a decidirse.

—Vamos, Demetrio, abre. Soy amigo de Dimas y Dalena.

Miquel contó hasta diez.

La puerta se abrió al llegar a ocho. Por el hueco apareció el rostro de Demetrio. Por detrás de él, vio a Segismundo y a una mujer, expectantes. Miquel levantó las dos manos, con las palmas vueltas hacia el hombre.

—¿Y tú quién eres? —le espetó Demetrio con el ceño fruncido.

—Te lo acabo de decir. ¿Puedo entrar?

—¡Aquí no quiero líos! —chilló María.

—¡Quieres cerrar la boca de una puta vez! —le ordenó Demetrio volviendo la cabeza hacia ella.

—¿O qué? —Se puso de brazos en jarras.

—¡O te la cierro yo, hostias!

—¡Ponme una mano encima si te atreves! ¿O has olvidado la última vez, cabrón de mierda?

—¡Eh, eh! —intentó poner paz Segismundo.

Con Demetrio distraído, Miquel aprovechó la refriega verbal para empujar la puerta despacio. La escena era de película italiana barata. María, con una sartén en la mano, amenazaba a los dos hombres. Era una mujer cuarentona, recia, vestida de negro de arriba abajo, con calcetines de lana. Cuando se dieron cuenta de que el intruso ya estaba dentro del piso, centraron su atención en él.

Miquel seguía con las manos en alto.

—Hemos de hablar —dijo.

—¿Cómo sabías dónde vivo? —Apretó los dientes Demetrio.

—He seguido a Segis.

—¡Serás imbécil! —Se volvió hacia él.

—Tranquilos, va —insistió Miquel sabiendo que, pese al riesgo, ahora él dominaba la situación—. Estamos todos en el mismo barco, ¿no? —Se sentó en una silla y, dirigiéndose a la mujer, dijo—: ¿Me puede dar un vaso de agua, señora, por favor?

La señora se lo quedó mirando como si fuera un marciano, pero ya no protestó. La mano armada con la sartén bajó despacio. Demetrio cerró la puerta. Segismundo seguía de pie, todavía temblando un poco a causa del frío. La única fuente de calor provenía de un brasero situado al lado de la puerta de la cocina.

—Tráele el agua —ordenó Demetrio.

Ella ya no se quejó. Entró en la cocina. Ninguno de los tres hombres habló hasta que volvió a salir con el vaso de agua. Miquel se lo recogió de la mano y bebió más de la mitad en dos largos sorbos. Estaba fría, pero la necesitaba después del seguimiento Carmelo arriba.

—¿Nos hemos calmado ya? —preguntó como para demostrar quién estaba al mando.

Demetrio acabó reaccionando. Cogió una silla y se sentó delante de él. No lo hizo con el respaldo por detrás, sino por delante, como si así tuviera una coraza que le separase del aparecido.

Miquel dio un tercer sorbo al vaso de agua mientras sostenía aquella mirada inquisidora.

—¿Qué está pasando aquí? —preguntó Demetrio masticando las palabras.

—Es lo que quiero saber yo, ¿de acuerdo? —Miquel también adoptó un tono frío, seguro y dominante—. Dimas y la puta han desaparecido.

Segismundo se puso al lado de su compañero, sin sentarse. María ya no intervenía en la ecuación. Los dos miraron a Miquel llenos de incertidumbre, tratando de comprender.

—¿Y...? —dijo ambiguamente Demetrio.

—Vamos, no me hagas perder el tiempo —se impacientó Miquel—. ¿Tienes idea de dónde está Dimas, o ella, da lo mismo?

—No, no sabemos dónde están. ¿Por qué lo quieres saber tú?

—Lo que faltaba... —rezongó Miquel.

—¿Por qué lo quieres saber? —repitió Demetrio.

—Eso es asunto mío.

—Si estás aquí, es asunto de todos.

—¿Quién te ha hablado de nosotros? —intervino Segismundo.

—Dimas, ¿quién va a ser? —dijo Miquel como si fuera la mayor de las evidencias.

—¿Y qué negocios te traes tú con Dimas? —recuperó la voz cantante Demetrio.

—Eso no os incumbe. —Y, antes de que protestaran, añadió—: Solo os diré que Dimas me debe dinero, mucho dinero, y me dijo que tenía algo gordo entre manos. Algo en lo que ibais a intervenir vosotros. Después, me pagaría hasta el último céntimo.

—¿Te dijo eso?

—¿Cómo iba a saberlo, si no?

—¿Qué más te dijo? —Demetrio lo taladró con la mirada.

—Nada más. Ni que fuera muy hablador. Imagino que estabais chantajeando o extorsionando a un canelo, ¿no?

—Tal vez.

—¿Quién era el tipo?

—No lo sabemos.

—Venga ya. —Resopló Miquel con fastidio.

—Que no lo sabemos —reiteró Demetrio—. Era un negocio de Dimas. Necesitaba apoyo para rematar la operación, eso es todo. Iba a cobrar, le daba miedo ir solo, y para eso mejor tres que dos. Hay gente listilla que a última hora se rebota. El tipo debía de ser importante.

—El palo era el martes por la noche.

—Sí, anteayer.

—¿Y no llegasteis a darlo?

—Dimas no apareció.

—¿En serio?

—Quedamos el día antes por la mañana, Segis y yo estábamos preparados. Pero no vino. Fui a su casa y nada. Hemos vuelto dos veces y no hay nadie. Ni él ni ella.

Miquel acabó de apurar el vaso de agua y lo dejó en la mesa alargando el brazo. Su expresión denotaba fastidio.

—O sea, que hizo el trabajo solo —aventuró.

—Eso no lo sabemos, pero no tiene sentido. Nos llamó él. ¿Para qué iba a hacerlo si pensaba actuar solo?

—Pues yo lo veo claro. —Empezaba a sentirse cómodo en su papel de mafioso de medio pelo—. Lo hizo y se largó con la pasta. Y, si pensaba pagarme a mí con ella y luego daros vuestra parte y quedarse con el resto, tenía que ser mucha.

—Según él, un montón, sí —dijo Demetrio.

—Y daba para más veces —apuntó Segismundo—. Un mirlo blanco.

—¿Sabéis si Dalena conocía algo del plan?

—No nos lo dijo, pero me da que no. Ella no quería saber nada de los líos de Dimas —regresó a la conversación Demetrio.

—Sí, ésa es puta pero legal —convino Segismundo—. Dimas la tiene apartada de sus cosas. Nos dijo que incluso guardaba lo suyo en una caja cerrada con llave y escondida en algún lugar de la casa, para que ella no metiera las narices más de la cuenta.

—¿Dimas tiene una caja secreta?

—Muy propio de él, que es bastante peliculero. —Sonrió esta vez Demetrio.

Miquel se pasó una mano por la cabeza. Hablando de películas, le había visto hacer el mismo gesto a Edward G. Robinson en una. Quedaba bien. Marcaba un punto de distinción. Los pobres se rascaban. Los jefes se pasaban la mano por la cabeza.

Toda la vida deteniendo a choricillos como Demetrio y Segismundo, y ahora se hacía pasar por uno. Bien vestido, pero por uno.

Genial.

—Está claro que se han ido juntos —insistió—. Si habláis de un mirlo blanco y de tanto dinero...

—Pero el primo daba para más, eso es lo que dijo Dimas —insistió también Demetrio—. No tiene sentido.

—¿Seguro que no sabéis quién era?

—No, hombre, no —gruñó Segismundo.

—¿Y si se ha tenido que ir por otro lío? —vaciló Demetrio.

Miquel vio una vía abierta.

—¿Algo que ver con la muerte del hermano de ella?

—¿También sabes eso? —Arqueó las cejas Demetrio.

—Ya te digo que Dimas y yo tenemos negocios. —Levantó un dedo evitando la pregunta de cualquiera de ellos—. Privados. —Luego siguió—: Lo del hermano de ella fue malo, ¿no?

—Ya, pero ésa es otra historia. No tiene nada que ver con Dimas —aseveró Demetrio.

—¿Y no es casual que desaparezcan a los pocos días?

—Vamos, hombre. Dalena estaba hecha polvo por el tema.

—Sí. —Miró a su compinche—. Ya me dijo tu primo que hasta dejó de ir al bar.

—Joder, sabes más que el parte —gruñó Segismundo.

—Si quieres sobrevivir, has de estar informado —dijo Miquel.

—¿Lo ves, Segis? —se jactó Demetrio—. Eso es exactamente lo que digo yo.

—Pues vosotros no parecéis estar informados de nada —le pinchó Miquel.

—¡Eh, eh, tampoco te pases! ¡Que vayas trajeado no te da derecho a ser maleducado, y más en mi casa!

Miquel no quiso tensar la cuerda.

Aunque por allí volvía a encontrarse en una vía muerta.

—Si es que... ¡maldita sea! —Se dio un puñetazo en la palma de la mano izquierda—. ¡La gente no puede desaparecer así como así, y más cuando hay dinero de por medio!

—¿Has ido al sitio ese donde trabaja la novia?

—¿El Parador del Hidalgo? Sí, he ido. Y tampoco la han visto desde lo de su hermano. Oíd. —Bajó la voz en plan conspirador aunque estaban solos—. ¿Creéis que Dimas pudo soplarle a la policía lo del atraco al banco?

—¿Por qué lo dices? —Quedó expectante Demetrio.

—Porque al hermano de Dalena y a los otros dos los estaban esperando. Por eso. La poli sabía que iban a dar ese palo. Los acribillaron en plena calle sin darles la menor opción. Alguien se fue de la lengua.

—¿Y crees que Dimas...?

—No lo sé. —Levantó las manos como había hecho antes, mostrando inocencia—. Pero el hermano de Dalena fue a pedirle ayuda a ella. Que los dejara dormir en la casa la noche antes. Dalena no quiso, pero es que encima llegó Dimas y se las tuvo con Nicolás. Lo echó a patadas. Teniendo en cuenta que Nicolás era una pesadilla para su hermana...

—Hostias, esto no lo sabíamos, ¿verdad, tú? —Segismundo miró a su compañero.

—Pues ya lo sabéis.

—Ya, pero que Dimas sea un soplón... —Negó con la cabeza Demetrio.

—Eso sí que no —confirmó Segismundo.

—Fijo.

—Seguro.

—Odiaba a la poli.

—Como todos.

—Entonces no sé qué pensar. —Se rindió Miquel.

—Ni nosotros. —Hizo lo propio Demetrio.

—Dimas está muy colado por Dalena, ¿verdad?

—Coño, puta o no, está muy buena —afirmó Segismundo—. ¡Y cómo se arregla la pava para los que puedan pagarla...!

—¿Y ella por qué está con él?

—Dimas siempre ha tenido mucho éxito con las mujeres.

También tiene su mala hostia, pero sabe cómo tratarlas. Aunque últimamente a Dalena le pasaba algo, ¿verdad, Segis?

—Sí, algo.

—Dimas no la metía en sus líos.

—No, no la metía.

—Pero estaba rara.

—Lo que yo digo, que algo no iba bien.

—La última vez que la vimos en el bar salió llorando.

—Sí, colgó el teléfono y se fue corriendo.

Miquel los dejó hablar, pero ya no pudo intervenir de nuevo. Reapareció María, brazos en jarras y con cara de muy pocos amigos. Tenía las cejas tan espesas que le formaban una sola línea por encima de los ojos confiriéndole un aspecto de fiera desatada. Los barrió a los tres con una mirada de desprecio.

—¿Qué, os vais a tirar todo el día aquí? ¿Ya sois amigos?

Miquel se levantó de la silla.

—Perdone, señora —dijo educadamente—. Tiene razón. Ya he abusado demasiado de su paciencia. —La dejó sacando pecho y se dirigió a los otros dos—. Si veis a Dimas, le decís que me llame.

—No nos has dicho tu nombre —observó Demetrio.

—Él sabe quién soy. —Se subió de golpe las solapas del abrigo con las dos manos, en otro gesto de película que, en este caso, le había visto a Humphrey Bogart.

Demetrio y Segismundo le miraron con respeto.

—Oye —dijo el segundo—. Si tienes algún trabajo... Somos buenos. Y de confianza.

—De absoluta confianza —corroboró Demetrio.

—¿Todo tipo de trabajos?

—Hombre, sin sangre, se entiende.

—Sí, que por eso te dan garrote.

Caminó hasta la puerta del piso. Lo dijo desde ella.

—Lo tendré en cuenta.

—Gracias —contestaron al unísono.

Miquel abrió la puerta, pero todavía no acabó de irse.

Le encantó decir aquello señalando a Segismundo con un dedo inflexible:

—¡Y tú no salgas corriendo cada vez que tu olfato de mierda te engañe! —Chasqueó la lengua muy en su papel de tipo duro—. ¿Policía yo? ¡Doy el pego para muchas cosas, pero policía...! Encima, ¿tengo edad para llevar todavía una placa y pisar las calles con este maldito frío?

Segismundo no abrió la boca.

Miquel acabó de abandonar el piso y cerró la puerta dejando un momentáneo silencio al otro lado.

Salió a la calle con una franca y maliciosa sonrisa en el rostro.

28

Patro llegó a casa un poco apresurada. A pesar de entrar sin hacer ruido, se extrañó de que Raquel no correteara hacia ella y pensó que estaría dormida. Se quitó el abrigo, lo colgó en el perchero del recibidor, caminó por el pasillo y llegó a la cocina.

Dalena estaba cocinando. Raquel, en su sillita, jugaba con un muñeco a su lado.

Se las quedó mirando hasta que la niña se dio cuenta de su presencia y, entonces sí, se desesperó para bajar al suelo y llegar a sus brazos.

—¡Hola, tesoro! —La cubrió de besos.

Raquel se dejó estrujar. Luego le enseñó el muñeco. Hubo unos segundos más de diálogo y complicidad. Dalena las observaba sin perder de vista lo que cocinaba en el fogón. Llevaba el delantal de Patro. El saquito del carbón, las teas, un par de páginas del periódico arrugadas y los fósforos estaban sobre el mármol de la derecha.

Pese a lo evidente, Patro formuló la pregunta.

—¿Qué haces?

—La comida, mujer, que se pasaba la hora. Raquel ya ha comido. Te estaba esperando y al ver que no llegabas... Tu marido ha telefoneado diciendo que a lo peor tampoco venía, y desde luego ya no creo que lo haga.

—Bueno, gracias —asintió—. Me he liado un poco...

—¡Hay que ver cómo sois!

—¿Cómo somos?

—Caray, Patro. Se os ve muy ajetreados. Y encima la tienda... —Dejó el cucharón y se mostró feliz de su trabajo—. Bueno, esto ya está. ¿Te cambias mientras pongo la mesa?

—He de volver a salir —dijo Patro, todavía con Raquel en brazos.

—Qué día llevas, ¿no?

—La mercería da trabajo —mintió.

—¿Tanto?

—Ver a los mayoristas, negociar los precios según la cantidad, a veces ir a las hilaturas... Sí, da trabajo.

—¿Y por eso te pones tan guapa?

—Va bien ir presentable.

—¿No tendrás por ahí...?

Le dolió la pregunta, pero lo peor fue la intención.

—¡Magdalena!

Raquel se sobresaltó por el grito de su madre.

—Perdona, perdona. —Se asustó Dalena, más por la expresión del rostro de Patro que por la protesta—. Es que te veo así de radiante y... Todavía no me hago a la idea de todo esto, lo siento.

—¡Dejé aquello para ser feliz, y lo soy!

—De verdad que no quería insinuar nada, perdona. —Se agitó nerviosa.

—Sigues pensando que Miquel es un hombre mayor y que lo mío fue una manera de escapar.

—Yo no he dicho eso.

—Te sorprendería lo joven que es.

—Lo pillo, lo pillo. —Intentó salir del lío—. ¿Pones tú la mesa? Esto ya está. He hecho una sopa, para comer algo calentito.

Patro salió de la cocina. Procuró serenarse. Ver a Dalena con su delantal le había producido una extraña sensación.

Dejó a Raquel en el comedor y sacó el mantel del aparador casi sin darse cuenta. También los platos y los cubiertos. Al ver que su madre abría los cajones de arriba, Raquel intentó abrir los de abajo. Ya los habían vaciado, pero ella insistía.

—No —la previno Patro.

La niña se la quedó mirando muy seria, inmóvil.

—Ni se te ocurra, ¿eh? —Movió el dedo en una clara señal de advertencia.

Dalena apareció con la sopera. Pese al delantal, estaba lejos de parecer un ama de casa. Patro sintió un inexplicable vacío en el estómago. Por un lado, había permitido que el pasado se le instalara allí mismo, de vuelta. Por el otro, todo lo que le había contado Rosario Pinto bullía aún en su cabeza.

Ni siquiera sabía si era bueno o malo.

Encima, el cadáver de Dimas seguía allí, en su vivienda, y de pronto era como si no existiera. Dalena era la primera que trataba de ignorarlo.

—Voy a por los vasos —dijo.

Fue a la cocina, cogió los vasos y el agua, y cuando regresó al comedor Raquel ya había abierto el cajón inferior del aparador. No tuvo más remedio que encarársele.

—¿Qué te he dicho?

Su hija volvió a mirársela con cara de inocencia.

Al ver a su madre enfadada, quiso arreglarlo.

—¡Aaag...! —Sonrió melosa.

—Yo no me río. —Se cruzó de brazos—. No es no. Cierra el cajón inmediatamente.

Tardó, disimuló, pero como su madre seguía allí, enfadada, acabó haciéndolo.

—No sé cómo no te la comes a besos —dijo Dalena aguantando la risa.

—¡Eso, tú jaléala! Ésta, a la que nos descuidemos, se nos sube a las barbas.

—Miquel debe de adorarla.

—Miquel está loco con ella. Es un padrazo. Y eso que cuando va por la calle y le llaman «abuelo»... Bueno, venga, va. Tengo hambre.

Raquel siguió sentada en el suelo. Iba lo bastante abrigada como para no sentir el frío de las baldosas. Patro y Dalena se sentaron a la mesa. Los siguientes segundos fueron de calma. La sopa empezó a hacer efecto.

—Antes no quería molestarte —musitó Dalena—. Supongo que estoy nerviosa.

—Lo sé.

—No sé por qué te he dicho eso.

—¿Tan raro te parece que sea otra mujer?

—No, supongo que no. Es a lo que aspiro yo. Y ahora, viéndote a ti, sé que puedo lograrlo, que no es tan difícil. Solo con que Domingo sea la mitad de bueno que es tu Miquel...

—Ten por seguro que ésa es la clave. Que sea una buena persona. Todo lo demás gira alrededor de eso.

—¿Habéis tenido alguna pelea, desacuerdo...?

—No.

—¿Nunca habláis del pasado?

—Tampoco.

—¿Y te costó mucho...?

—No. —No la dejó terminar—. Fue fácil, Dalena. Muy fácil. Cuando dos personas se quieren, siempre es fácil. Miquel me dio tanta paz, tanto amor... Nunca había sabido lo que era eso hasta que le conocí, ¿entiendes?

—¿Cómo crees que debo comportarme con Domingo al principio?

—No lo sé. No le conozco. Yo, de entrada, te sugeriría que cambiaras el vestuario y te maquillaras menos.

—A él le gusta que vaya guapa.

—Le gustará para sí mismo, no para que te miren los demás.

—Pues dice que me lucirá por todas partes.

—Dalena, ya sabes a qué me refiero —dijo con fastidio.

Otro silencio. Las cucharadas de sopa se sucedían una tras otra. En algún lugar de Barcelona, no demasiado lejos, se escuchó el alarido de una sirena de policía rasgando el aire.

—Pensaba hacer un par de huevos fritos —dijo Dalena.

—Bien.

—¿Prefieres tortilla?

—No, ya me vale.

Miraron a Raquel. Jugaba sola, lejos de los cajones del aparador. Por primera vez en aquellos días, Patro sintió el peso de una intrusa en la casa.

—¿Verás hoy a Domingo? —le preguntó a Dalena.

—No sé. Me dijo que pasaría el día en los juzgados, que no sabía cuándo terminaría y que lo más probable es que acabase molido. Pero le llamaré por si acaso. Siempre quiere verme. No es lo habitual, pero estos días pasados han tenido mucho jaleo en su bufete. Creo que con ese juicio tan gordo, el de unos maquis, como Nicolás. Unos que llevaban detenidos tres o cuatro años.

—¿Defiende este tipo de casos?

—No, qué va. Pero en algunos de los asaltos hubo víctimas, muertos y heridos, y defiende sus intereses. Entre eso y hacer de consultoría está muy ocupado. No es que me cuente mucho. A veces sí, para darse importancia y demostrarme que es muy bueno. Le encanta alardear. Sin embargo, a mí estas cosas...

—Desde ahora deberán importarte. Vas a formar parte de su mundo.

—Imagino, no sé. —Dejó la cuchara en el plato vacío—. Pienso que, si hubieran detenido a Nicolás, a lo mejor él habría podido hacer algo.

—Por lo que me has contado de él, no le veo defendiendo a antifranquistas.

—¡Uy, eso no, desde luego! Es muy del régimen. ¡Si hasta tiene una foto con Franco!

—¿En serio?

—Le está dando la mano. ¿Te imaginas? La misma mano que ha tocado al Caudillo es la que me toca a mí las tetas. Si es que... —Se echó a reír y Raquel también lo hizo al mirarla. Le guiñó un ojo a la niña—. ¡Sí, Raquelita, sí, ya ves tú!

—Dalena, que estamos comiendo —se quejó Patro.

—No pasa nada. —Se encogió de hombros—. ¿Qué más da quién mande? A veces todavía recuerdo el hambre y el frío de la guerra. ¿Tú no?

Patro miró a Raquel.

En lugar de verla a ella, vio allí mismo a sus hermanas, temblando, llorando. Se abrazaban una a la otra para darse calor. Ella tenía dieciséis años, luego diecisiete, y comprendió que disponía de la mejor de las armas posibles para llevar comida a casa. La única de la que podía servirse.

Su cuerpo.

Su juventud, vendida al mejor precio.

—¿Qué te pasa? —preguntó Dalena—. Te has quedado seria.

—Nada, nada.

—¿Ha sido por hablar de la guerra? —Hizo un gesto de contrariedad—. Perdona. Hay cosas que todavía hacen daño, ¿verdad? Imagino que fue entonces cuando tú...

—Sí. —No la dejó acabar.

—Yo vivía con mis padres. Luego ellos se fueron al pueblo, ya no quisieron seguir en Barcelona. Nicolás decidió continuar la lucha y yo...

—Tú eras guapa —resumió Patro.

—Sí, yo era guapa. ¿Por qué no aprovecharlo? —concedió—. Un regalo de Dios. Guapa y lista. O tonta, como se mire. Incluso acabé con Dimas.

—Dalena. —Patro también se terminó la sopa—. Supongo que Domingo será legal, ¿no?

—Hasta lo que sé, sí. Es muy respetable.

—Puede ser todo lo respetable que quieras, pero se pasa el día con delincuentes y gentes de mal vivir, que para algo es abogado.

—Bueno, pero él los ve poco. Para eso es el dueño del bufete. Lo suyo es más de figurar, dejarse ver, tener buenos contactos y relaciones. A veces habla de conseguir algún cargo público en el futuro. —Le brillaron los ojos—. Ya sería demasiado, ¿no?

Patro se cansó de aquella conversación.

—Voy a preparar los huevos —dijo.

—No, no —la detuvo—. Déjame a mí. Juega un poco con Raquel. Así hago algo.

Se levantó y recogió los dos platos para llevárselos. El movimiento hizo que Raquel alzara la cabeza. Parecía un diminuto y hermoso muñeco animado. Patro notó la emoción de su amiga.

Los ojos vivos, brillantes.

Ansiosos.

—Necesito ser feliz como tú —susurró en un suspiro.

—Lo serás —quiso alentarla ella.

—¿Tú crees?

—Siempre depende de una misma —aseguró Patro como si rezara—. En realidad, es así siempre. Sea lo que sea, todo está en nuestras manos, aunque nos empeñemos en que no.

29

Miquel miró la hora.

Tarde para ir a casa. Tarde para comer con Patro y Raquel. Temprano para ir a ver a Domingo. Y todavía más temprano para regresar a casa de Dimas y buscar aquella «caja secreta» de la que le habían hablado Demetrio y Segismundo. Para esto último necesitaba la protección de la oscuridad.

Por suerte, no le había devuelto la llave a Dalena. Seguía llevándola en el bolsillo.

Encima no había encontrado ningún taxi en aquel dédalo de calles y callejuelas empinadas.

Tenía hambre. Se lo pensó mejor y buscó un bar en el que comer algo caliente. Casi envidió a David Fortuny, con gripe, en cama y calentito, cuidado por la solícita Amalia. Si no fuera porque lo peor de la gripe eran las secuelas...

—Mejor no la pilles —se dijo—. A tu edad...

Le molestó pensar otra vez en la edad.

Todavía escuchaba el grito y el insulto del taxista llamándole «viejo».

—Me he quedado con tu cara —volvió a decirse en voz alta—. Como un día suba a tu taxi y te pille...

El primer bar que encontró no era muy diferente al del primo de Segismundo. Todos los bares de calles pequeñas se parecían. Mismos olores, paredes pringosas, techos en los que se pegaban las moscas, mesas con partidas de cartas o dominó y barras con parroquianos silenciosos, enfrentados a la breve eternidad de cada vaso de vino. Por lo menos también tenía teléfono público.

Si no fuera por los bares, ¿desde dónde llamaría la gente?

Eso si había alguien a quien llamar.

Se sentó a una mesa y esperó a que el camarero se le acercase. Era un hombre joven, de veintipocos años. Lo mismo que Segismundo le había tomado por un policía, solo por ir más o menos bien vestido, el camarero debió de calcular que era una persona digna y respetable. El tono con el que le trató de usted no era el mismo con el que acababa de hablarle a un hombre con gorra en una mesa vecina.

—Señor, ¿qué va a ser?

—Quería comer algo.

—Entonces ha escogido el mejor lugar al oeste del Besós —le dijo animosamente—. Tengo unas lentejas con chorizo que le tumbarán de espaldas. Y de segundo, ¿carnecita o pescadito?

—Las lentejas estarán bien, sí. Y el pescado, si es fresco...

—¡Marchando!

El que se marchó fue él. Miquel aprovechó la espera: a falta de un periódico, sacó la libreta y el lápiz de su bolsillo. Pasó los siguientes cinco minutos anotando los nombres de todos los implicados en el caso, con Dimas en el centro. Se dio cuenta de que no eran muchos. Lo sabía de antemano, pero ahora que los escribía, la certeza era mayor. Si, pese a todo, a Dimas lo había matado el maquis por ser un chivato, nunca resolvería su asesinato. Si, por el contrario, había sido víctima de uno de sus chanchullos mal terminado, las únicas opciones pasaban por Demetrio y Segismundo, más lo que se llevara entre manos con ellos el día de su muerte.

No había mucho más.

—Te queda Domingo —reflexionó.

La comida llegó de improviso. Tuvo que apartar la libretita y el lápiz y dejarlos al otro lado de la mesa. El camarero le echó un vistazo.

—No será usted de esos de los periódicos que van por los locales viendo en cuáles se come mejor, ¿verdad?

—Pues no.

—Es que tiene aspecto de *gourmet*. —Lo dijo en francés.

Estaba demasiado cansado para reírse. Pero lo hizo. El camarero lo dejó solo tras un sonoro «¡Que aproveche!». Miquel se puso la primera cucharada de lentejas en la boca y el sabor se le antojó ambrosía. El chorizo picaba lo justo.

Siguió inmerso en sus pensamientos hasta que una mujer de apretadas carnes utilizó el teléfono público. Entonces lo único que se escuchó en el bar fue su voz. Por lo visto, era una conferencia con un pueblo. La mujer daba el parte de lo sucedido en los últimos días. Un parte que incluía a su marido y a sus hijos. Desde luego, en el pueblo había nevado. Debía de hablar con los padres, porque les recomendaba no salir, que las caídas eran muy malas.

Miquel se la quedó mirando.

Y oyó aquella campanita en su cerebro.

El aviso de que había algo.

Una mujer. Un teléfono. Una mujer. Un teléfono.

Se quedó paralizado unos pocos segundos. La campanita persistía. Era como tener un puente construido por los extremos, pero al que le faltaba el tramo central. Sin ese tramo no se podía llegar de un lado al otro.

La mujer no tardó mucho en colgar. Las conferencias eran caras. El final fue emocionante, aferrada al auricular y llorosa, encomendando a los del pueblo a todos los santos. Miquel se imaginó a la madre, al otro lado, en la que seguramente sería la única centralita del lugar. Había conferencias que tardaban horas.

Se hizo el silencio.

Salvo por la campanita de la cabeza de Miquel.

Campanita o gran campana, porque los aldabonazos eran ahora fuertes.

Desde la barra, el camarero le hizo una seña a Miquel, y éste se la devolvió con un gesto de asentimiento levantando la cuchara. Sí, las lentejas estaban de muerte.

El joven sonrió complacido.

Entonces, junto a él, por detrás de la barra, apareció un hombre mayor, de cincuenta y muchos años. Se dio cuenta del gesto y miró en dirección a Miquel.

Le cambió la cara.

El resto fue inesperado.

Miquel le vio aproximarse, despacio, como si acabase de ver a un fantasma. No supo qué hacer. Intentó seguir comiendo como si tal cosa, pero le fue imposible. El hombre se detuvo al otro lado de la mesa.

En su rostro había emoción.

—Inspector...

Miquel no dijo nada. Esperó.

—Es usted el inspector Mascarell, ¿verdad?

—Era. —Fue cauto.

El hombre le tendió la mano por encima de la mesa. Miquel no tuvo más remedio que estrechársela. La emoción subió de tono.

Entonces sí recordó algo.

De pronto.

—No pude darle las gracias en el 36, porque estalló la guerra casi de inmediato, pero si me permite hacerlo ahora...

La guerra, 1936, uno de sus últimos casos antes del levantamiento de Franco, quizá el último de aquel fatídico mes de julio.

—Su hija.

—¿La recuerda? —Los ojos del hombre se llenaron de nuevas emociones—. Elena. —Lo pronunció con un tremendo amor cargado de nostalgias—. Usted detuvo a su asesino

232

en dos días. ¡Dos días! Todos me decían que nunca se sabría quién le había hecho aquella salvajada. Pero usted lo consiguió, le tendió aquella trampa y lo atrapó. Usted nos devolvió la paz a mi esposa y a mí. Si no le hubiera cogido, la guerra habría servido para que se escapase y nunca se hiciera justicia.

—Tuve suerte. —Trató de parecer sincero.

—No. Supimos de su fama. Usted era un buen policía.

—Eso fue hace mucho tiempo. Ya no lo soy.

—Pensé mucho en usted aquellos años. Me alegra mucho que esté vivo.

—Yo también me alegro, se lo aseguro —asintió.

—Supongo que sabe lo que le pasó al asesino de mi Elena en la cárcel.

—Lo mataron los presos al día siguiente de entrar. Sí, como se hacía con los violadores, cumpliendo el código carcelario no escrito, pero siempre fiel entre ellos.

—Era una niña... —Suspiró el hombre—. Quince años, inspector. Quince. Y aquella mala bestia...

¿A cuántos hombres como aquél había devuelto la paz en sus años de inspector? ¿A cuántos asesinos o ladrones había detenido, limpiando las calles para que las personas decentes se sintieran seguras y a salvo? A veces creía que el pasado se había diluido como un azucarillo en el oscuro y negro café de la nueva vida. Un pasado sin memoria. Y no. Resultaba que no. Que seguía habiendo gente capaz de recordar.

El dueño de un pequeño bar perdido en una calle de Barcelona.

—Le dejo comer. No vaya a enfriársele.

—Gracias por decirme lo que me ha dicho.

—No, gracias a usted. Siempre, siempre. —Señaló a la barra, donde el camarero los observaba sorprendido—. Aquél es mi hijo Eugenio. Era el hermano pequeño de Elena. Tenía trece años en el 36. Es muy buen chico, se lo aseguro.

—¿Su mujer ha hecho estas lentejas?

—Sí, señor.

—Felicítela.

—Le diré que está usted aquí. ¿No le importa?

—No.

—Venga, coma, coma tranquilo. Y sepa que ésta es su casa, inspector.

Por una vez, no le molestó que lo llamaran «inspector».

Sintió orgullo.

Luego siguió comiendo aquellas potentes lentejas con chorizo.

30

Se dio cuenta de que pisaba con paso firme al bajar del tranvía. Por lo general solía caminar decidida, rápida. Incluso yendo con Raquel. Siempre tenía algún tipo de prisa, por ir a casa, por ir a la mercería, por cualquier cosa. Pero aquella forma de caminar era nueva.

La guiaba una decidida voluntad.

Y le gustaba.

Le gustaba lo que estaba haciendo y cómo lo estaba haciendo. Quizá se le había pegado algo de Miquel. Quizá, en el fondo, lo llevaba en la sangre. De pronto le entendía mucho más. Muchísimo más. Investigar algo era un chorro de adrenalina en plena consciencia. Era la primera vez que hacía de detective y... No, no era la primera vez. Era la segunda. En abril de 1950, cuando a Miquel le dispararon, ella hizo aquella comedia con la asesina del diplomático español. Una buena comedia, fingiendo ser lo que no era, ayudada por el inefable Lenin.

A veces reía al recordarlo.

Ahora era distinto. Primero, Plácido. Después, la Charo. Quedaba la hermana de Dalena, Pilar, y su marido Humberto.

Ni siquiera estaba segura de por qué lo hacía.

¿O sí?

¿Era por Dalena, para que no metiera la pata con su mirlo

blanco? ¿Era porque no se fiaba de aquel hombre que le prometía el oro y el moro? ¿Era porque ella había encontrado el cadáver de Dimas y no podía parar quieta, porque si lo hacía se le aparecía en mitad de la mente?

¿Era por Miquel?

Lo cierto era que podía servir como detective.

Estaba emocionada.

—Solo te faltaría eso. —Suspiró en voz alta.

Las viviendas sindicales de la calle Menorca formaban bloques de pisos monocordes. Si había dos o más Barcelonas, aquélla era una de ellas. La distancia hasta el centro se le antojaba enorme. Entre el autobús y el tranvía, más las esperas, había consumido una hora de tiempo. Entendía por qué Miquel cogía taxis. Y más con aquel frío.

Una portera que no salió de la portería, porque estaba pegada al brasero de la mesa camilla que presidía su pequeño espacio, le dijo el piso en el que vivía Pilar Pinto, la señora Benavídez. Subió despacio y estiró el cuello antes de llamar al timbre. Estaba oscureciendo rápidamente y la escalera, como la gran mayoría, ofrecía una pobre luminosidad. Cuando escuchó movimiento al otro lado de la puerta, cinceló una sucinta sonrisa en su rostro.

Pilar Pinto se parecía a su hermana, pero la belleza la había acaparado Rosario. Era igual de alta, de rostro expresivo, cuerpo robusto. Sin embargo, estaba lejos de poseer aquel ángel que hacía de la Charo una mujer seductora llena de morbo y sensualidad. Por si fuera poco, llevaba en brazos un niño de más o menos la edad de Raquel.

Patro se dio cuenta entonces de que no sabía cómo empezar.

—¿Qué quiere? —preguntó la dueña de la casa.

—Me llamo Patro. —No tuvo más remedio que arrancar—. Patro Quintana. Soy amiga de su hermana Rosario.

El rostro de Pilar Pinto se endureció levemente. La miró de arriba abajo.

—¿Trabajas con ella? —la tuteó.

—No, no —dijo demasiado rápidamente—. Yo tengo una mercería. Somos amigas, eso es todo.

Se arrepintió de la explicación, pero ya era tarde.

—¿Y a qué has venido? —Siguió tuteándola.

—Quería hablar con tu marido. —Hizo lo mismo.

La mujer trató de seguir impasible, pero no lo consiguió. La ceja izquierda se le levantó ligeramente, en un claro gesto de suspicacia.

—¿Y para qué lo quieres? —espetó—. Está trabajando.

—Es acerca del hombre que le sacó de su lío, Domingo Montornés.

—No entiendo...

—Verás, necesito un abogado y Rosario me ha dicho que a Humberto le fue muy bien con él.

—Es verdad —concedió—. Ese hombre sabía lo que se hacía. De no haber sido por su buena mano...

—¿Tardará mucho en regresar tu marido?

—Hoy sí —dijo—. Tiene turno doble y trabajará hasta tarde. Pero, si quieres y te urge, puedes ir a verlo ahora. Es aquí mismo, en un almacén de la esquina con Fluviá.

—No sabes cómo te lo agradezco. —Se puso la piel de cordero.

—¿Puedo preguntarte de qué conoces a Rosario?

—Íbamos juntas a la escuela —mintió sin darse cuenta de que Pilar también habría ido a la misma. Por si acaso, desvió su atención señalando al niño y preguntando—: ¿Cómo se llama?

—Enrique.

—Yo tengo una niña de su misma edad. El mes que viene cumple un año.

—Éste lo cumplió el mes pasado.

—Parece buen chico.

—Porque te está mirando. En cuanto te vayas y lo baje...

—Gracias por todo —se despidió Patro.

Regresó a la calle sintiéndose aliviada. Rosario le había dicho que las cosas con su hermana habían ido a mejor después de años de distanciamiento. Sin embargo, para Pilar ella siempre sería lo que era.

Los malditos estigmas acababan siendo marcas indelebles.

El almacén en el que trabajaba Humberto Benavídez era de vinos. El olor lo impregnaba todo. Un olor fuerte y penetrante capaz de embriagar a más de uno si no estaba acostumbrado. Cuando entró en la nave, una docena de hombres dejó de trabajar para seguir sus pasos. No hubo silbidos comprometedores. No hubo comentarios machistas. Podía ser una clienta o una amiga del dueño. Pero sí hubo miradas, intensas, penetrantes. Dalena se lo había dicho: iba muy guapa. Quizá demasiado para meterse a detective aficionada.

Se acercó al primer obrero con el que se tropezó.

—Busco a Humberto Benavídez —le dijo muy seria.

El hombre volvió la cabeza. Su grito retumbó en la nave como un latigazo verbal.

—¡Berto, aquí te buscan!

Las miradas de los operarios se centraron en él, como si le envidiaran. Algunos sonrieron. Humberto Benavídez era un hombre de unos treinta y dos o treinta y tres años, alto, de cuerpo macizo y manos grandes, aspecto de luchador, rostro cuadrado. Llevaba un mono de trabajo y, pese al frío, iba arremangado. Esta vez sí hubo comentarios, no muy altos, aunque se escuchaban igual.

—¡Berto, qué callado te lo tenías!

—¿Tiene una hermana?

—¡Serás hijoputa...!

Cuando llegó hasta ella, el semblante era de pocos amigos. La miró con acritud.

—¿Quién es usted? ¿Qué quiere?

Patro no bajó la guardia.

—¿Podríamos hablar cinco minutos?

—¿De qué?

—Me manda Rosario.

No se ablandó. Al contrario, endureció un poco más el gesto.

—Oiga, estoy trabajando, ¿no lo ve?

—Cinco minutos, en la calle. Por favor. —Le hizo ver que no iba a rendirse tan fácilmente.

Todos los obreros estaban pendientes de ellos.

—Dígame de qué quiere hablarme —insistió él.

—De Domingo Montornés.

Le cambió la cara. La tensión muscular desapareció y en su lugar afloró una relativa expectación. Fue como si aquel nombre resultase ser una llave.

—Fue su abogado, y le sacó de un lío. Rosario me ha insistido en que hable con usted. No me haga volver mañana, se lo ruego. Esto está muy lejos para mí.

—Está bien. —Se rindió mientras se volvía hacia los demás y les gritaba—: ¡Ahora vuelvo! ¡Y menos coñas, joder!

No le hicieron caso.

—¿Necesitas ayuda?

—¡Pero si tú ya no puedes ni con la tuya!

—¡Berto, que te pierdes!

Salieron a la calle, al frío y la oscuridad. Patro iba abrigada. Humberto solo llevaba el mono de trabajo, aunque con un jersey debajo. Las manos, más que grandes, eran mazas. Quienes practicaban la lucha libre debían de estar más o menos como él. Se detuvieron justo al amparo de la puerta del almacén, sin dar un paso más, pero lejos de las miradas de los otros.

—No les haga caso. —Fue lo primero que le dijo a Patro.

—No se lo hago, aunque es molesto. Parece que nunca hayan visto a una mujer.

—Como usted, le aseguro que no. Salvo en las películas.

Y perdone que se lo diga, que no es mi intención ser grosero o faltarle al respeto. ¿Qué quiere del señor Domingo?

—¿Le conoce bien?

—Lo justo. ¿Por qué?

—Le seré sincera: está saliendo con una amiga mía, y tiene intenciones serias, matrimoniales. Pero yo... yo quiero estar segura de que es una persona honrada y recomendable.

—¿Y me pregunta a mí? —Se mostró asombrado—. ¿Qué quiere que le diga yo?

—Quiso casarse con su cuñada Rosario antes, ¿le parece poco?

—¿Su amiga también es puta?

—Eso no viene al caso.

—Yo creo que sí viene. Ese hombre tenía una fijación con eso...

—¿Las prostitutas?

—Como entonces estaba con Rosario y era hablador, me decía que era la mejor, que sabía latín, que donde estuviera una que supiese hacer bien lo suyo en la cama que se apartaran las demás. Yo no sabía ni qué decirle, claro. Me encargó algunas cosas y, como le estaba agradecido, se las hice. Hasta que me abrí.

—Éste es el segundo motivo de querer hablar con usted. Rosario me contó lo mismo, que le había hecho «algunos trabajos» —lo remarcó— y que luego lo dejó.

—No me convenía y ya está. Luego Rosario le dio puerta y eso fue todo.

—¿Por qué no le convenía hacerle más trabajos?

Humberto miró hacia la puerta del almacén, como si temiese que alguno de sus compañeros le estuviera escuchando. Cruzó los brazos sobre el pecho y apoyó un pie en la pared doblando la rodilla de cara a ella.

—Mire, el señor Domingo me ayudó, ¿entiende? Me sacó de un buen lío. Yo no quiero hablar mal de nadie.

—No tiene que hablar mal, solo decir la verdad. Quiero saber si es honrado.

El cuñado de Rosario Pinto tomó aire.

Dejó de mirarla a ella para perder la vista en el suelo.

—Honrado sí, pero a veces...

—Venga, hombre. ¿A veces qué? —le animó Patro.

—A veces usaba algún truco. No sé si me entiende.

—No, no le entiendo. Y le juro que lo que me cuente no saldrá de nosotros.

—¿Y qué quiere que le diga? —farfulló—. Supongo que son cosas habituales en los juicios y los juzgados, donde el más listo es el que se lleva el gato al agua. Igual que me liberó a mí sacándose un as de la manga, habrá liberado a otros empleando métodos... *sui generis*, ¿me explico? —Ya no se detuvo—. Un día me mandó a asustar a un tipo para que cambiara un testimonio. Ni le toqué ni le hice daño, pero causó efecto. Otra vez tuve que espiar a una mujer para descubrir algún secreto y presionarla, a ver si declaraba lo más conveniente. Ya le digo. —Volvió a mirarla a los ojos—. Después de un par de meses encontré este trabajo y le dije que ya no podía. Eso fue todo.

—Así que Domingo Montornés es honrado... pero ganador.

—Ya le he dicho que esa clase de cosas debe de ser habitual.

—Sin embargo, usted se asustó.

—Iba a ser padre. No estaba el horno para bollos. ¿Ha estado en la cárcel?

—No.

—Yo sí. Y se pasa mal. Por suerte, también era fuerte y no pudieron conmigo. Sea como sea, no quise ni quiero volver. Mejor ganar poco pero bien, porque si algo sale mal...

—¿Ha vuelto a verle?

—No.

—¿Se enfadó con usted por no querer seguir haciéndole... trabajos?

—No, fue muy educado. Me dio las gracias y me deseó suerte. Imagino que siempre tendrá quien le ayude. Con poder y dinero las cosas son más fáciles. Además, tenía una labia que no vea. Es una persona muy culta, muy leída. Físicamente no es gran cosa, pero sabe hablar que da gusto. No me extraña que casi liara a mi cuñada. Si ahora tiene intenciones matrimoniales con su amiga como me ha dicho, por algo será.

Habían pasado de sobra los cinco minutos. Del interior del almacén les llegó una voz.

—¡Berto, que es para hoy!

Humberto Benavídez se separó de la pared.

—He de volver —dijo—. Hoy tenemos un trabajo extra.

—Perdone.

—No, está bien, no pasa nada. —De pronto parecía un cordero, la mejor y más tranquila de las personas. Su corpulencia era su coraza, pero se acababa de convertir en un ser sumiso y resignado—. Ojalá su amiga sepa lo que se hace.

—Gracias.

Se estrecharon la mano. Patro agradeció que no se la apretara en exceso, porque se la habría triturado. Lo último que le dirigió fue una sonrisa. El hombre se quedó con ella.

Patro dio media vuelta y se alejó de allí.

Sabía que él seguía mirándola.

31

Una hora de espera en la calle, de pie, era insoportable. Con frío y ya habiendo oscurecido, lo insoportable se volvía espantoso. Por menos había pillado más de un catarro siendo joven, cuando todavía iba de uniforme.

Pero en la zona alta no había bares en las esquinas.

No había nada.

Casas nobles, portales luminosos, conserjes con sus monos de trabajo azules, avenidas silenciosas...

Empezaba a pensar que estaba perdiendo el tiempo, que mejor irse a casa de una vez, cuando vio llegar el coche.

No sabía cómo era Domingo Montornés. Se había hecho una idea, un simple retrato mental, pero le bastó con verle al otro lado del volante, al detenerse el vehículo y esperar que el conserje le abriera la puerta del garaje del edificio, para saber que era él.

Le dio cinco minutos.

Una vez transcurridos, entró en el portal y se tropezó con el conserje de cara. No le dio opción a que preguntara.

—Voy a ver a Domingo. Bueno, el señor Montornés. Sé que ha llegado porque habíamos quedado a esta hora.

El tono no admitía lugar a dudas.

El conserje le abrió la puerta del ascensor.

Un ascensor revestido con maderas nobles, un espejo de bordes esmerilados, dos lamparitas con cuatro bombillitas cada una, alfombra para los pies y cuadro de bronce con botoncitos blancos para pulsar.

Se bajó en el rellano y admiró la media docena de macetas que lo adornaba. Un ventanal se abría a un jardín posterior. Las casas del Ensanche, por detrás, daban a patios largos y alineados, techos de pequeños negocios, cubiertas con claraboyas. Cerdá había querido que cada isla fuera un paraíso. Un sueño. Su Plan había sido barrido por la especulación.

A pesar de lo cual, el Ensanche le parecía una maravilla.

La criada que le abrió la puerta era una mujer mayor, como de cincuenta años. Iba de uniforme, con delantalito y cofia. Miquel recordó que el dueño de la casa quería sustituirla por Dalena. Mejor, imposible. Le preguntó con voz débil qué quería y él se lo dijo:

—Mi nombre es Miquel Mascarell. Dígale al señor que se trata de algo relativo a la señora Magdalena.

La criada se quedó tal cual. No dio impresión de que supiera quién era la señora Magdalena. Le hizo pasar. Le hizo esperar. Desapareció igual que una sombra, sin hacer ruido, y reapareció al cabo de un minuto de la misma forma. Le dijo que el señor le recibiría enseguida.

—Acaba de llegar. Se está poniendo cómodo.

Lo llevó a una salita cerca de la entrada. No era muy grande, pero sí coqueta, llena de libros viejos. Daba la impresión de ser un lugar para leer. Ni siquiera había una radio. La alfombra era gruesa; las dos butacas, mullidas. Lo mejor, la calefacción. Toda la casa rezumaba confort. La casa que en unas semanas sería de Dalena.

Se quitó el abrigo pero no se sentó. Lo dejó sobre una silla. Tampoco curioseó los libros, ni pareció encantarse con la contemplación de los cuadros. Uno de ellos, el más grande, el de una anciana pintada con severidad, rostro enjuto, ropas negras, mirada de águila, bastón de puño dorado. Recordó el cuadro del padre de Domingo Montornés que había visto en el bufete, y comprendió que ella era la madre.

Se abrió la puerta.

El novio de Dalena era un poco más bajo que él, cara redonda, mofletuda, leve papada y nariz pequeña sobre la que bailaban dos piedras de mirada intensa. Iba peinado hacia atrás, con la raya a un lado. Lo que le faltaba al sesgo blanco que separaba las dos partes de su cabello parecía haberlo insertado en el labio superior. El bigote, fino, iba de lado a lado de su boca. Vestía un batín de seda con un cordón dorado al cinto y las iniciales DM en el lado izquierdo del pecho. Destilaba clase, el toque de la distinción con el que algunos nacen y crecen, como una segunda piel.

Una piel que no se mudaba, al contrario de las serpientes.

—¿Me ha dicho Leonor que quería verme por algo relacionado con Magdalena? —Le tendió la mano mientras lo decía.

Miquel se la estrechó.

Flácida.

—Está viviendo en mi casa, con mi mujer y conmigo. —Le sonrió afable.

—¡Por supuesto! ¡El señor Mascarell! ¡Ah, bendito sea! ¡Siéntese, siéntese, por favor! ¿Le apetece algo, un brandy, un jerez? Con este frío...

—No soy de beber, pero... —Se rindió—. Un brandy no vendría mal.

—¡Diga que sí! ¡Si me permite...!

No tuvo que abrir la puerta. En la mesita inserta entre las dos butacas había un timbre. Lo pulsó y tomó asiento después de que lo hiciera su invitado.

—Magdalena está bien, imagino.

—Sí, sí, perfectamente.

Leonor apareció al momento.

—¿Señor?

—¡Dos brandis! —le pidió con la misma efusiva energía.

La criada se retiró y quedaron a solas. Miquel no tuvo tiempo de abrir la boca. De pronto, hablar parecía monopolio del dueño de la casa.

—De entrada, no sabe cómo le agradezco que hayan tenido a bien acoger a Magdalena en su domicilio. —Levantó una mano para evitar una respuesta—. No hace falta que le diga que salir de su ambiente era lo primero que necesitaba ella. Dar el paso. Algo fundamental. Hoy no la he visto todavía, acabo de llegar a casa. Probablemente iremos a cenar luego. He tenido un día espantoso. —Lo pronunció separando las cuatro sílabas para hacer hincapié en el hecho—. Pero ayer ya me contó todo y... bueno, ¿qué decirle? ¡Estaba encantada!

—Sí, es una mujer estupenda —dijo Miquel por decir algo.

—¿Verdad? —Los ojos se le iluminaron, como si hablara de una virgen vestal o una diosa del Olimpo—. A veces hace falta el mejor alquimista para ver oro donde solo parece haber barro.

El alquimista era él.

—Muy cierto —aseguró Miquel.

Se abrió la puerta. Leonor apareció en el quicio sosteniendo una bandejita de plata con dos copas y una botellita de brandy tallada con esmero, como si fuera un diamante lleno de facetas. La dejó en la mesa, con parsimonia. Puso una copa delante de Miquel, otra delante de su amo, y como remate escanció el brandy en cada una. Dejó la botella, preguntó si «el señor quería algo más» y, después de que le dijera que no, salió dejándolos solos.

Domingo Montornés tomó su copa. Esperó a que su invitado hiciera lo mismo.

—¡Por Magdalena! —brindó.

—Por ella —asintió Miquel.

Bebieron sendos sorbos. El brandy era del mejor. Le bajó

por el cuerpo quemándole cada centímetro a su paso. Tuvo que convenir que los ricos vivían bien.

Demasiado bien después de aquella larga posguerra.

Dominó el resentimiento.

—Me dijo Magdalena que usted había sido policía.

—Inspector, sí.

—Ya ve: los dos sirviendo a la ley. ¡Es formidable!

Iba a decir que «de formas distintas» y «en distintos momentos», pero se calló. No estaba allí para incordiar al pretendiente de Dalena.

—Se jubiló, claro.

—Más bien me jubilaron a la fuerza. —Necesitó otro sorbo—. Me sentenciaron a muerte, pero fui indultado. Regresé a Barcelona en el 47.

—¡Y ya está casado y es padre! ¡Eso sí que es ir rápido, amigo mío! —Recuperó un poco la seriedad—. Si le indultaron es porque no hizo nada malo, imagino.

—No era más que un policía. Nunca me metí en política. Pero teniendo un cargo público y sirviendo a la República...

—Sí, mucha buena gente, y válida, pagó los platos rotos. Una verdadera pena. No digo que no fuera necesario hacer limpieza, pero probablemente se hizo demasiada. —Se santiguo—. ¡Y que no me oigan decir eso! ¿Qué tal el brandy?

—Superior.

—Bueno. —Domingo se palmeó el muslo de la pierna izquierda—. Ahora ya ve: tan tranquilo, feliz, con una mercería, una mujer joven y guapa... Porque dice Magdalena que la suya es preciosa, un encanto.

—Sí, lo es.

—¡Somos afortunados, amigo mío! —Se rio el hombre—. No dudo de que lo habrá pasado mal, me consta, pero ahora... Le envidio, puede creerme. Le juro que le envidio. Yo aspiro a tener lo que tiene usted, se lo juro por la memoria de mi madre. —Levantó la copa en dirección al retrato de la anciana, que quedaba a espaldas de Miquel—. Vienen buenos tiempos para este país, y vamos a estar en primera fila para impulsarlo y aprovecharlo, vaya que sí. —Se dirigió de nuevo a Miquel y entonces, sin cambiar un solo músculo de su rostro, preguntó—: ¿A qué debo el placer de su visita, señor Mascarell? Imagino que no habrá venido únicamente para saludarme.

Miquel se puso la piel de cordero.

—Verá —vaciló—, como usted bien sabe, Da... Magdalena está sola. No tiene a nadie. Viviendo en mi casa, aunque sea ocasionalmente y por unos días, y en atención a la amistad que la une con mi mujer, me siento un poco en la obligación de hacerle... de padre. No me malinterprete. —Levantó la mano, aunque Domingo no pretendía interrumpirle—. Llámelo responsabilidad, ser de la vieja escuela, esas cosas.

—Fantástico. —Suspiró su anfitrión—. Quiere conocer mis intenciones. —Lo repitió—: ¡Fantástico, sí! Le juro que me siento honrado. ¡Qué caramba, así es como deberían hacerse las cosas! ¡Bien, como han de ser! —Le apuntó con un dedo sin dejar de sonreír, seguro de sí mismo—. Me alegra mucho que Magdalena tenga tan buenos amigos. Siento de veras que ése es el principio básico de todas las familias: que sean amigos, además del parentesco consanguíneo.

Se notaba que era abogado.

También un hombre pedante, que se escuchaba al hablar, feliz de haberse conocido.

Miquel le miró con una simpatía que estaba muy lejos de sentir.

—Magdalena me aseguró que era usted una buena persona.

—¡Oh, bueno, desde luego ella se merece esto y más! Dígame. —Abrió los brazos—. ¿He pasado el examen?

—No era un examen, solo...

—Amigo Mascarell. —Se inclinó hacia delante para dar

más énfasis a sus palabras—. No ha de preocuparse por nada. Mis intenciones son del todo honorables. Voy a casarme con ella. Ahora no, por el luto de mi madre, pero tampoco voy a esperar al año de rigor. Ya le habrá contado mi plan de tenerla aquí, fingiendo que es mi nueva empleada del hogar. Una solución perfecta, conveniente. En dos o tres meses anunciaré que estoy enamorado, y eso será todo. A nadie le extrañará entonces. Lo único que necesito ahora son unos días para pedirle a Leonor que se vaya, con cualquier excusa que todavía no he tenido tiempo de pensar, y después daré voces de que necesito a una nueva asistenta. Tanto aquí, entre la vecindad, como en lo que respecta a mi familia, será la mejor forma de preparar el terreno. Cuando Magdalena esté en esta casa, lo que ocurra de puertas para adentro ya será cosa nuestra.

—Un plan muy hábil.

—Sí, ¿verdad? De esta forma, también tendré tiempo de ir preparándola.

—¿Preparándola?

—Va a convertirse en la señora de Montornés. Deberá vestir de otra forma, aprender a comportarse en sociedad, saber hablar de forma adecuada... Con lo guapa que es, será un terremoto, lo sé, me consta. No me las doy de Pigmalión, pero algo de eso habrá. Naturalmente sin matar su espíritu, todo lo que la hace única. Dios mío, ¿su mujer también es tan espectacular?

Miquel apretó los dientes.

—No —dijo.

—Yo creo que sí ha de serlo. —Entrecerró los ojos—. Habrá cambiado, como espero que cambie Magdalena, pero me apuesto lo que quiera a que es guapa y usted bebe los vientos por ella.

Miquel le dio otro sorbo a su copa de brandy.

—¿Puedo serle sincero, amigo mío? —preguntó entonces Domingo Montornés.

32

Cuando alguien preguntaba «¿puedo serle sincero?», Miquel sabía que la otra persona necesitaba ponerse en guardia.

Estaba en casa de Domingo Montornés.

Territorio ¿enemigo?

Todavía no estaba nada seguro, salvo por el hecho de que aquel hombre era un aparatoso bocazas.

—Por supuesto —dijo.

Domingo alargó la mano en un gesto deliberadamente teatral, tan lento como medido. Cogió la botellita de brandy y volvió a llenarse la copa. Hizo el gesto de aproximarla a la copa de su invitado, pero Miquel puso la palma de la mano encima evitándolo. Dejó la botellita y bebió un delicado sorbo.

No estaba delante de un juez, en un juicio, sin embargo lo parecía.

Nada era improvisado.

Miquel admiró su dominio del tiempo y el espacio.

—A usted, amigo mío —las palabras sonaban pulcras y claras—, lo que le preocupa es que yo, un hombre de mi posición, de mi nivel, vaya a casarme con una... bueno, ya me entiende. —Hizo un gesto desinhibido—. Y, por supuesto, lo comprendo.

—«Preocupar» no es la palabra —logró intercalar el comentario Miquel.

—Curiosidad entonces. Y por eso, además de por su interés paternal, como ya me ha dicho, está aquí ahora. Bien, ¿qué puedo decirle? Lo que ve es lo que hay. —Abrió los brazos de nuevo—. Le aseguro que soy del todo transparente. Estoy enamorado. ¡Sí, lo estoy! ¿Tan raro es? Si usted fuera otra persona, seguramente me diría que sí, que es raro. Pero ¿usted? ¡Usted pasó por lo mismo que yo! Su mujer trabajaba en el Parador, igual que Magdalena. ¡Usted es el que mejor puede comprenderme! ¡El único que puede comprenderme! Déjeme decirle algo. —Extendió por delante la mano que no sostenía la copa—. Fíjese en mí, en esta casa. Podría hacer lo convencional: buscarme una señorita de buena familia y casarme con ella, darle hijos y, en pocos años, aburrirme y volver al Parador, donde está la auténtica vida. Lo malo es que estoy harto de ser convencional. ¡Toda la vida he sido prisionero de los convencionalismos! Mi padre era un hombre rígido y riguroso. Mi madre era una mujer seria y protectora. ¡Yo no tuve tiempo para las relaciones humanas, las de verdad! Fui educado... preparado para ser lo que soy. Esta casa y el bufete eran nuestro reino. Más allá se extendía el mundo burdo y cruel. Cuando tuve edad de conocer a muchachas, mi madre se ocupó de destruir el menor conato de amor que pudiera experimentar hacia cualquiera de ellas. Para mi madre no había ninguna que fuera lo bastante buena para mí. Todas eran poca cosa o, según ella, iban detrás de mí por mi dinero y mi posición. ¿Sabe cómo es vivir así? No, no lo creo. Y eso que usted y yo nos parecemos mucho en algo: los dos hemos tenido contacto con lo peor de la sociedad, el lumpen delictivo. Usted fue policía, yo abogado. El día que pisé por primera vez el Parador del Hidalgo se me abrieron los ojos. No hay nada comparable al hecho de ver a una mujer desnuda. Y nada comparable a lo que se siente al tocar una piel de seda o que te toquen unas manos de ensueño. Allí se acabó todo. Renací. Me di cuenta de los años que había desperdiciado inútilmente. Conocí dos o tres mujeres por las que habría dado una fortuna, hasta que llegó Magdalena y entonces... ¿Puede creerme, señor Mascarell? ¿Se da cuenta de lo que le estoy diciendo?

Había sido una larga perorata.

Y sincera.

Sincera porque Domingo Montornés hablaba desde el convencimiento pleno.

Miquel asintió con la cabeza.

—Para muchos hombres, la sola idea de que su esposa haya pasado por decenas de manos es... aberrante. No lo soportan. ¡Ni siquiera se dan cuenta de que estamos en 1952, por Dios! Soy católico, naturalmente. Pero hay situaciones que las leyes divinas no comprenden, porque la humanidad es otra cosa. ¿Es mejor tener una esposa en casa y luego divertirse en los salones de lenocinio? Yo no lo veo así. ¿Sabe algo? Soy bueno calando a las personas. La primera vez que estuve con Magdalena ya supe que ella era diferente. La mayoría actúa. Ella no. Bastaba con mirarla a los ojos. Me encontré con un ser desamparado, un alma pura, una mujer única atrapada en el cuerpo de una diosa. ¡No me diga que no es un contrasentido! Si Dios le regala a una mujer tanta belleza, ¿qué espera que haga con ella? A Job le tentó con mil y una fatalidades. Magdalena y otras como ella se tientan a sí mismas cuando se miran en los espejos. Los hombres las desean. Yo soy un hombre normal. Usted es un hombre normal. Pero tenemos esto. —Se tocó la frente con un dedo—. Sabemos entender la vida, reconocer la belleza, adaptarnos, agradecer los regalos de la providencia. ¿No fue Patro un regalo para usted? ¡Para mí lo es Magdalena! Ella me ha dicho que usted adora a su mujer.

—Así es.

—¿Lo ve? ¡Son chicas sensibles, mujeres valientes! Muchas cargan con un pasado, unas lo hacen por necesidad, otras porque les gusta. ¡La naturaleza humana es poliédrica! Dígame una cosa: ¿alguna vez piensa en el pasado de su esposa?

—No.

—¡Claro que no! ¿Puedo preguntarle algo? —No esperó la respuesta de Miquel—. ¿Se ha encontrado con antiguos clientes de ella?

Miquel notó la incomodidad, pero no se movió.

Necesitaba la calma.

—Un par de veces —dijo.

—¿Y cómo fue? Porque eso sí es un tema que me asusta un poco.

—El primero nos quiso utilizar para encontrar algo que había perdido y acabó muerto. Al segundo le di un puñetazo en plena calle, pero más por pesado e idiota que por sentirme humillado.

La palabra «muerto» hizo que Domingo abriera los ojos como platos. Lo siguiente le hizo reír.

Estalló en una carcajada.

—¡Sí, bien! —Dejó la copa en la mesa y le aplaudió tres veces—. ¡Es usted todo un personaje, señor Mascarell! ¡Seremos amigos, seguro! ¡Me encantará verle a menudo y cenar los cuatro de vez en cuando! ¡Ha de contarme muchas cosas de su vida policial! ¡Yo le contaré algunas de mis batallas en los juzgados, aunque intento ir lo menos que pueda, porque es agotador! ¿Sabe el trabajo que hemos tenido con los juicios de esos gángsteres la semana pasada? ¿Ha leído algo de eso?

—Sí, lo he leído.

—¡Nueve encausados! ¡Todos sentenciados a muerte, aunque se espera que el Caudillo cambie alguna sentencia por cadena perpetua! El mes que viene, en el Campo de la Bota... Ya sabe.

—¿Usted ha defendido a alguno de ellos?

—¡No, Dios me libre! ¡Malditos asesinos! Pero he sido

abogado de un par de víctimas y familiares, gente importante de los bancos o empresas asaltadas, he estado presente en algunas sesiones. El papeleo posterior ha sido desmesurado por la propia importancia del caso.

—Entiendo.

—Perdone que no hable demasiado de eso.

—Por supuesto.

—La gente de la calle no se entera mucho de tales sucesos, y los periódicos, todos lo sabemos, dicen lo justo, y siempre exaltando la labor de las fuerzas del orden, faltaría más. Pero le aseguro que hay mucho delito y mucho delincuente. No sé cómo sería hace veinte años, cuando usted estaba en su apogeo. Ahora es excesivo.

—Queda mucho de la guerra, y han sido años de restricciones y hambre.

—Ése ha sido el daño que hicieron los comunistas, los anarquistas, y el que siguen haciendo ahora esos gángsteres escudados en la falsa idea de que luchan contra Franco. —Movió la cabeza con pesar—. Usted es un hombre de ley. Lo represaliaron, sí, pero sigue siendo el policía que fue, y eso no cambia.

Cambiaba todo el sistema, el marco, pero no se lo dijo.

No estaba allí para discutir con él de política.

—Es usted un hombre de carácter —le enjabonó Miquel deliberadamente.

—Eso dicen. —Se encogió de hombros.

—Me asombra que no quiera saber nada del pasado de Magdalena.

—Borrón y cuenta nueva. —Movió la mano con la palma hacia abajo en un rápido gesto horizontal—. Los dos. Ella y yo, porque yo tampoco he sido un santo. Sé que una mujer que ha superado los treinta no es una niña inocente. ¿Y qué?

—¿No le preocupa que pudiera haber tenido novios?

—Lo lógico es que los haya tenido. No pasa nada. Está

mal que lo diga, pero con dinero se compra todo. La libertad también. Por eso el otro día, al verla agobiada, le di dinero para que se fuera de su casa ya, para que dejara atrás todo lo que la atase a su pasado, el piso en el que vivía, la calle, el barrio, todo. Era lo mejor, sin esperar un solo día más. Lo entendió y lo aceptó, algo de lo cual me alegré. Fue radical. Para mí fue una prueba de su amor. Renunciar para empezar de cero.

—¿Nunca fue a casa de Magdalena?

—No.

—¿Por qué?

—No quería ver dónde vivía. No deseaba esa clase de recuerdo en mi memoria. Tampoco me apetecía hacerlo allí. Ella me dijo que no recibía en casa y lo respeté. Bastantes problemas tenía en la calle y en el barrio por ser guapa y vestir como vestía, según me dijo. Tengo una casita vacía en Vallvidrera, con una cama, aunque por lo general estábamos en el Parador o algunas pensiones y hoteles donde me deben favores y hacen la vista gorda. Nada de ir dos veces seguidas al mismo lugar. También es cierto que me declaré y me aceptó tan rápido... En fin, que me alegro de no haber estado allí, en su casa.

—¿Qué opina de lo del hermano de Magdalena? —disparó a bocajarro.

La pregunta le pilló de improviso.

Domingo Montornés parpadeó.

—Fue algo terrible —dijo despacio—. Por mal que se llevaran, un hermano es un hermano. Yo no tuve, y me habría gustado. No solo era una desgracia para ella, una carga de la que por lo visto no se libraba nunca. También fue una desgracia cómo acabó el pobre. Aunque, siendo egoísta, creo que ha sido lo mejor para Magdalena. Según me contó, la tenía amargada. Yo diría que hasta le aborrecía en lo más profundo de su ser.

—¿Usted no sabía nada de él?

—No, hasta que me llamó Magdalena para decirme que la estaban interrogando. Tuve que actuar rápido.

—¿No se molestó al saberlo?

—¿Por qué iba a molestarme? No somos responsables de lo que hagan los demás, aunque sean familiares directos. Le repito que tengo un talante muy liberal.

—¿Le ha contado que Nicolás fue a verla para que los dejara dormir en su piso la noche antes del atraco?

Domingo arqueó las cejas hasta lo inverosímil.

—¿En serio?

—Perdone, ya veo que no lo sabía.

—No, no lo sabía, aunque... bueno, entiendo que ella me lo ocultara. Eso podría haberla implicado. ¿Le dijo Nicolás que iban a atracar ese banco?

—Eso parece.

—Dios... —Se llevó una mano a la cara—. Menos mal que se lo calló. La habrían acusado de cómplice y, en tal caso, ni yo habría podido hacer nada. Pobre Magdalena.

—Lamento haber metido la pata.

—No, tranquilo. No le diga que me lo ha comentado y yo fingiré no saberlo. Ya es agua pasada. La suerte fue que los mataran, sobre todo porque eso evitó probablemente otras víctimas inocentes. Esos malhechores habrían desatado una carnicería en plena calle, y nada menos que en Mayor de Gracia, con lo concurrida que está. Mejor muertos. Un juicio y un gasto menos para el Estado; porque, mientras, esa calaña bien que come cada día en la cárcel. Sin olvidar que dan alas a los demás. No es casual que esos tres quisieran asaltar ese banco en los días de la sentencia de sus camaradas. ¿Se da cuenta de que, si usted fuera policía ahora, quizá habría estado allí en ese momento?

—Pero no lo soy —repuso Miquel.

Domingo se dio cuenta del tono. Esta vez le miró con acritud. Duró un par de segundos. Volvió a sonreír.

—No vamos a discutir por esto, ¿verdad? Usted ya hizo su trabajo cuando tocaba. Ahora es cosa nuestra.

Cosa «de ellos».

Miquel hizo memoria, buscando lo que hubiera podido dejarse.

A veces olvidaba preguntas y era lo peor.

Se estaba haciendo tarde.

—¿Es usted lector? —Señaló los libros de los estantes para cambiar la orientación de la charla.

—Ésta era la salita de mi madre, pero sí, soy muy lector. Tengo algunas joyas. Heredadas de mi padre, claro. También me dejó su impresionante colección de sellos. Yo colecciono otras cosas. Por ejemplo, folletos de cine, propaganda del séptimo arte, fotografías de actores y actrices... Me encanta ese glamour. Mire, venga.

Se levantó de un salto y Miquel hizo lo mismo. Iba a coger el abrigo, pero el dueño de la casa se lo impidió.

—Déjelo aquí, lo recogerá a la vuelta.

Le siguió por un largo pasillo. La casa era antigua y parecía decorada más por una mano del siglo XIX que del XX. Cortinas de gruesa cretona magenta, muebles de marquetería, columnas de mármol con jardineras, lámparas de cristal y apliques en las paredes, puertas de madera noble, cuadros en todas las paredes, alfombras que no solo amortiguaban los pasos, sino que daban la impresión de hacer flotar a quienes las pisaban...

—Habrá que hacer cambios. —Abrió las manos Domingo mientras caminaba—. Magdalena me ayudará a modernizar todo esto.

Llegaron a otra sala, ésta mucho más grande. También podía considerarse un estudio de trabajo. Lo presidía una mesa despacho de caoba. Había muebles de cajones, grandes y pequeños, como si fueran archivadores especiales, y estantes con innumerables objetos. Ninguna pared estaba libre. No había cuadros. Todo eran muebles y estanterías. Domingo se detuvo delante de uno de los muebles con decenas de cajoncitos. Abrió uno al azar. En su interior Miquel vio un sinfín de propagandas de cine, prospectos y anuncios de los que se entregaban con las entradas. En otros cajoncitos apreció la dimensión de aquellas colecciones. Había chapas del Auxilio Social de las que también se pagaban con la entrada del cine, curiosidades, fotografías en blanco y negro, a color o pintadas. Domingo le enseñó una de Rita Hayworth firmada por ella.

—¿Qué le parece?

—Impresionante.

—¿Y ésta?

Era de Ava Gardner, y firmada en español: «Con todo mi amor, Ava».

—¿Se las dedicó a usted?

—¡No, las ganas! —La risa quedó amortiguada por los muebles y la alfombra—. ¡Las compré a buen precio! ¡Y no fue fácil! Es que cuando se me mete algo en la cabeza...

—Usted es de los que no se rinden.

—Cuando quiero algo, no, se lo aseguro. Soy tozudo. Todo lo bueno tiene un precio. Los caprichos, por desgracia, más. Aprendí hace tiempo que hay que pagar por las cosas. Y, si algo se puede conseguir, se consigue.

—Es usted muy directo.

—Imagino que es un halago.

—Lo es.

Guardó las fotografías, cerró el cajoncito y le puso una mano a Miquel en el hombro.

—¿Sabe por qué mi madre me llamó Domingo?

—Lo lógico es pensar que fue el día en que nació.

—Pues no. Me llamó Domingo porque nací en lunes. Decía que ése era el día de los obreros, cuando se les acaba la fiesta y vuelven al trabajo.

—No entiendo...

—Mi madre tenía un extraño sentido del humor, y una forma muy peculiar de decir las cosas. Según ella, eso tenía que ser un acicate para sobresalir en la vida. El domingo es el mejor día de la semana. Pero, antes y después de él, hay seis días más. No sé si es retorcido, pero sí es original.

Miquel paseó los ojos por aquellos muebles. Se imaginó la de cosas que habría en los cajones. Una vida regalada. Una vida fácil. Domingo Montornés hacía ostentación de ello sin alardes, como algo natural. Era su vida, igual que la de un pobre consistía en subsistir cada día.

No supo si hacer la última pregunta.

Le pudo la curiosidad.

—¿Puedo preguntarle dónde pasó la guerra?

—Mi padre se olió lo que iba a suceder y unos días antes, el 15 de julio, nos sacó a todos de Barcelona. Teníamos una casa en Cadaqués. Una vez allí, tampoco se sintió seguro, así que pasamos la frontera para estar más tranquilos. Regresamos en febrero del 39, hace trece años por estos días.

Miquel pensó en Quimeta.

También había muerto trece años antes «por estos días».

Domingo le vio las sombras faciales.

—Mascarell. —Su voz fue plana—. Me doy cuenta de que tenemos ideas diferentes, pero créame: ya no importa. La guerra acabó, usted sobrevivió a lo peor. Tómelo todo por el lado bueno: Patro y su hija. Es tiempo de paz y reconstrucción. Lo único que ha de importarnos ahora es el futuro. Ni siquiera hay que construirlo sobre la base del pasado, porque en ese pasado hubo odio y destrucción. Hagámoslo sobre la base de este presente.

Miquel no sabía cuánto rato llevaba allí, pero de pronto pensó que hacía una eternidad.

33

La calle seguía igual. Las casas seguían igual. El mismo vacío. El mismo silencio. La misma oscuridad bañada por el húmedo frío que se filtraba a través de la ropa y se pegaba a los huesos.

Miquel se lo tomó con calma.

Tenía que estar seguro, o se metería en un lío.

Nadie podía verle.

Antes de dar el paso definitivo, caminó por delante del bar, despacio, con la cabeza baja y mirando de reojo. No atinó a ver a Demetrio ni a Segismundo, pero sí a un hombre hablando por teléfono, al lado de la cortina de plásticos multicolores.

El teléfono.

Otra vez la campanita.

¿Qué era lo que no recordaba?

¿Qué era lo que había oído sin prestar demasiada atención y ahora le gritaba desde el fondo de su cabeza?

Dejó el bar atrás, se cambió de acera. Un hombre paseaba a su perro. Otro caminaba a buen paso para llegar a casa cuanto antes. Dos mujeres estaban hablando en un portal. Se ocultó en otro, fundiéndose con las sombras, y dejó transcurrir los últimos segundos. El hombre del perro se marchó. El que corría entró en una portería. Las dos mujeres se despidieron y cada una se dirigió hacia un lado de la calle.

Cuando la última de ellas desapareció por la esquina más alejada, cruzó la calzada con la llave en la mano. Miró a derecha e izquierda, a las ventanas de los edificios de delante, y abrió la puerta.

Esta vez iba preparado. Acababa de comprar una linterna pequeña y manejable.

Hacía frío, mucho frío, y la casa era una nevera, pero el cadáver de Dimas había empezado a oler. No era un hedor manifiesto, solo perceptible por un olfato sensible como el suyo. El olor de un cuerpo descompuesto era de los que no se olvidaban. Bastaba una primera vez. A pesar de ello, no se puso un pañuelo en la cara. Sosteniendo la linterna con una mano, necesitaba la otra para abrir puertas, armarios, cajones...

Demetrio y Segismundo habían hablado de una caja secreta.

¿La habría escondido para que Dalena no la encontrara, o en un espacio tan pequeño bastaba cerrarla con llave?

Tenía dos opciones. Hacer una búsqueda sistemática, rincón por rincón y habitación por habitación, o pensar en los lugares más idóneos para tenerla a buen recaudo.

Fue a la habitación de matrimonio, de donde había recogido la maleta y el hato de ropa.

El examen fue minucioso, sobre todo en el armario. No tenía ni idea del tamaño de la caja, así que en este sentido iba a ciegas. Igual era muy pequeña, de las que cabían en cualquier parte. Inspeccionó la ropa de Dimas, el suelo y la pared del armario en busca de un compartimento secreto. Nada. También la pared. Por si acaso, tanteó hasta el colchón. Hizo lo mismo con las mesillas de noche y pisó baldosa a baldosa por si una estuviera suelta. Tampoco podía removerlo todo y que se notara, evidenciando un registro; porque, cuando la policía investigara, lo mejor era que se encontrase el piso tal cual.

Cuando terminó con la habitación de matrimonio pasó al cuartito de los trastos y al retrete. Ninguna caja en el primero, solo una escoba, un taburete, un cubo y estantes con herramientas viejas y casi inservibles, como una sierra oxidada o un martillo con el mango roto. En el retrete inspeccionó la cisterna del agua, el armarito con los utensilios propios del aseo personal y también las baldosas. La única cajita era la que contenía paños femeninos para la menstruación.

Se dirigió a la cocina.

Tuvo que pasar por el comedor.

Dimas seguía allí, ya violáceo. Las moscas no zumbaban de noche, pero había moscas. Imposible saber cómo habían entrado, cómo sabían dónde estaban sus recursos. El haz de la linterna barrió la oscuridad.

—Vamos, ¿a quién le abriste la puerta? —le preguntó al muerto.

En la cocina había más trastos, más armarios, más rincones, pero la maldita caja no estaba en ella. Miró hasta en los fogones o en el saco de carbón, las ollas o las cañerías debajo del fregadero. Tenía miedo de salir al patio, pero no tuvo más remedio que hacerlo. Primero levantó la cabeza. Ningún vecino de las casas circundantes se asomaba a las ventanas. El patio era como todos los de los entresuelos, pequeño y desarreglado. No había macetas, tampoco plantas. Un tendedero de un lado al otro, sin ropa, y poco más. Cerró el ventanal y corrió la cortina.

Le quedaba el comedor.

Comenzó por el aparador, cajón por cajón. Siguió con un arcón situado al lado del ventanal. Lo último fue el mueble sobre el cual descansaba la radio. Tenía dos puertas frontales. Las abrió y encontró dos estantes. En uno había dos bombillas y un cable. En el otro, el de abajo, una caja de madera relativamente grande.

Se la quedó mirando.

Luego la cogió con las manos metiéndose la linterna entre los dientes.

Sentarse allí, como si tal cosa, no era lo mejor. Pero la única opción era llevarse la caja al dormitorio. La colocó sobre la mesa, abrió la luz, apagó la linterna y retiró la tapa.

Se encontró con un montón de papeles.

La desilusión llegó rápido.

No eran más que los recibos habituales de cada hogar, la luz, el agua, los alquileres y todo lo demás. En la parte inferior también había algunas fotos, en este caso de Dimas. Las inspeccionó una a una, por si acaso, sin encontrar nada relevante en ellas. Volvió a meterlas dentro, hizo lo mismo con los papeles, y en el momento de ir a colocar la tapa se dio cuenta del detalle.

La caja era menos alta por dentro que por fuera.

Se le aceleró el pulso.

Deshizo lo hecho. Volvió a sacar los papeles y las fotos. Tenía razón. La diferencia entre el interior y el exterior era de unos doce centímetros. Pasó un dedo por el borde interno hasta dar con una lengüeta de tela casi imperceptible. Tiró de ella y apareció el doble fondo al levantar el falso piso de madera.

La caja secreta estaba allí.

Alargada, metálica, de unos diez centímetros de alto, con un candado en la parte frontal.

La sacó y la dejó sobre la mesa. No pesaba demasiado. Examinó el candado. Si lo rompía, dejaría una huella indeleble para la policía. No podía desviar la atención del caso. Vaciló un momento y entonces recordó el pequeño manojo de llaves de la chaqueta de Dimas.

Alargó la mano, la cogió y extrajo las llaves del bolsillo derecho.

La del candado era la más pequeña.

La cerradura hizo clic al liberar el pasador.

Lo primero que vio al levantar la tapa metálica fueron algunos billetes de diferentes valoraciones colocados de manera ordenada a un lado. Los contó. Había casi doce mil pesetas. Un buen pico. Al otro lado, una libreta de cubiertas rojas, como las de los contables, ocupando casi todo el hueco a lo largo y ancho del espacio. La extrajo, la abrió y se encontró con un listado de anotaciones que podían significar cualquier cosa. Eran apuntes, iniciales, datos, fechas e importes. No había muchas, pero sí suficientes para perder demasiado rato buscando respuestas. De todas formas, la última le llamó la atención. Unas iniciales y ningún importe. Las iniciales, D. M.

Lo esencial era lo que apareció debajo de la libreta.

Fotografías.

Fotografías y recortes de prensa.

No conocía a todos aquellos hombres, media docena.

A Domingo Montornés, sí.

34

Llegó a casa con una sola idea.

Ver a Raquel, acostarla, hacer de padre.

De pronto, era lo que más necesitaba. De pronto, era como un náufrago en el mar asiéndose a una tabla de salvación. De pronto, el mundo volvía a ser oscuro y tenebroso, lleno de gente mezquina, y solo la limpia sonrisa de su hija al verle y abrazarle podía darle una luz de esperanza.

Se sentía muy cansado.

Primero, el mal sabor de boca dejado por la charla con Domingo Montornés. Después, descubrir el secreto de Dimas.

Dimas, que sí conocía a Domingo.

Dimas, que chantajeaba a Domingo y aquella noche, junto a Demetrio y Segismundo, iba a rematar la operación.

Dimas, Dimas, Dimas...

Y, lo más esencial, lo más simple y revelador: que, por lo tanto, Domingo también conocía al novio de su amada Dalena.

Cerró la puerta del piso sin hacer ruido y esta vez consiguió no alertarlas. Se quitó el abrigo, lo colgó en el perchero, caminó por el pasillo y se asomó a la cocina. No le habían oído porque Patro tenía la radio puesta. La escena, no por repetida, dejaba de ser siempre feliz. Raquel levantándose con los brazos abiertos y Patro recibiéndole con una sonrisa.

Lo de Raquel fue tal cual. Lo de Patro, no.

—¡He de contarte cosas! —le disparó tensa.

—Yo también —dijo él.

—¡Las mías son importantes!

Iba a decirle lo mismo, pero optó por callarse. Conocía a Patro. Cuando se excitaba por algo era imparable, un volcán emocional. Y ahora, fuera lo que fuese que tuviera que contarle, la notó así. Los ojos brillantes, los labios rectos, la determinación del rostro.

—¿Acostamos primero a Raquel? —Como la niña se empeñaba en cogerle la nariz para que la mirara, tuvo que dirigirse a ella—. Sí, sí, papá está aquí y te va a comer a besos...

—Sí, mejor. —Se rindió Patro—. Aunque no sé si podré contenerme.

—¿Y Dalena?

—Ha ido a ver a una amiga para contarle lo de que se va a casar y todo eso. Luego, creo que ha hablado con Domingo y cenaban juntos. Bueno, cenar...

—Sí, eso me ha dicho él.

—¿Le has visto? —Volvió a excitarse.

Miquel hablaba con Patro pero jugaba con Raquel.

—Me alegro de que no esté —dijo refiriéndose a Dalena—. Así podremos hablar tranquilamente.

—¡Ay, Dios! —exhaló ella.

Fueron diez minutos de pausa. Lo que tardaron en acostar a Raquel. La niña, por una vez, no parecía muy dispuesta a quedarse quieta en la cuna, empeñada en jugar con él. Patro acabó cantándole una canción mientras Miquel las miraba a las dos.

Todavía cargaba con el peso de la tristeza.

Como la resaca de un borracho.

Cuando por fin salieron de la habitación de Raquel, Patro ni le dejó llegar al comedor. Estaba a punto de estallar. Miquel la invitó a comenzar.

—Venga, tú primero.

La entrada no le gustó.

—Prométeme que no te enfadarás.

—Empezamos bien —gruñó.

—Prométemelo —insistió ella.

—¿Has matado a alguien?

—¡No seas bruto! No he hecho nada malo, pero...

Se sentaron en las sillas, no en las butacas. Cerca el uno del otro. Había momentos en los que Miquel lo único que deseaba era mirarla. Y aquél era uno de ellos. Venía de ver a un muerto, de descubrir sus secretos, y se sentía cansado, como si el mundo entero tuviera la enfermedad de la maldad de unos y la resignación de otros.

—¿Cuándo me he enfadado yo contigo?

—¡Uy, a veces...!

—Va, cuéntame.

—Esta mañana he ido al Parador a ver a Plácido, el dueño. —No hizo caso del súbito arqueamiento de las cejas de él y continuó, hablando rápido, como una apisonadora verbal—. Me ha dicho que antes que a Dalena, Domingo le pidió matrimonio a otra de las chicas, una tal Charo. Ella le dijo que no y entonces Plácido le presentó a Dalena. He ido a ver a la Charo, y me ha contado cosas nada prometedoras de Domingo, de esas que te dejan mal cuerpo. Luego he ido a ver al cuñado de ella, de la Charo, que trabajó para Domingo después de que lo liberara de un lío e hizo para él algunos chanchullos poco ortodoxos, como presionar a un testigo o amañar a otro. Así que ahora mismo tengo un mal cuerpo...

Miquel no dijo nada de momento.

Asimilaba todo aquello.

—¡Di algo! —se impacientó Patro.

—¿Todo esto lo has hecho hoy?

—Sí.

—Alucinante.

—¿No te enfadas?

Lo que no tenía era ganas de enfadarse. Ni fuerzas.

—¿Por qué lo has hecho? —quiso saber.

—Por Dalena.

—Tiene su vida. ¿Por qué no dejas que la viva?

—Vamos, Miquel. Eso de que un hombre con dinero y posición se quiera casar con ella me parece... No dejo de darle vueltas a la cabeza. Y lo bueno es que va en serio. La quiere, aunque también quería a la otra. La Charo me ha dicho que lo que Domingo necesita, o busca, es tanto una segunda madre como una esposa que le dé todo lo que le dan en el Parador. Lo mismo pero oficial y legal. Si está loco, vive aferrado a su propia locura.

Miquel bajó la cabeza.

—¿Algo más?

—¿Te parece poco? —se asombró Patro.

—No, no. Si es que estoy pasmado de que te hayas metido a detective.

—Algo se me habrá pegado, ¿no?

—La próxima, te vas a trabajar tú con Fortuny.

—¿Crees que no lo haría bien?

Miquel esbozó una sonrisa dulce.

—Serías una *femme fatale* como las de las películas. Veronica Lake, a tu lado, una aprendiza.

—No seas tonto, va. Te toca.

—Vengo de ver a Domingo.

—¿Y...?

—Un personaje resbaladizo, viscoso, grandilocuente, también excéntrico. Ésa ha sido la impresión antes de... Bueno, luego te hablaré de él. Primero déjame decirte algo: Domingo sabía de la existencia de Dimas; porque probablemente Dimas le estaba chantajeando, también probablemente, a espaldas de Dalena.

—¿En serio? —balbuceó ella.

—Sí.

—Pero has dicho dos veces «probablemente».

—Es un tecnicismo. Nunca hay que dar nada por sentado. Sin embargo, he encontrado pruebas y he comprendido la jugada de Dimas.

—¿Pruebas? ¿Dónde?

—En casa de Dalena.

—¿Has vuelto... allí? —Se quedó pálida.

Se lo contó todo. Demetrio, Segismundo, la caja secreta. Y una vez encontrada, las doce mil pesetas que se había llevado para dárselas a Dalena, ya que de otra forma se las iba a agenciar la policía cuando registrasen la casa. Le habló de la libreta con las anotaciones de Dimas, las iniciales D. M. en la última línea, las señas y teléfonos de Domingo escritos en un papel, las fotografías y recortes de periódicos de varios hombres, entre ellos Domingo. Con todo aquello, algunas ideas comenzaban a estar claras: la noche que él había ido a por la maleta, veinticuatro horas después de morir Dimas, el novio de Dalena había quedado con sus dos cómplices para rematar el primer chantaje. Demetrio y Segismundo se habían quedado con un palmo de narices. El asesino se adelantó un día a todo eso.

Dimas nunca había tocado a los clientes de su novia, pero Domingo iba a llevársela, a sacarla del negocio. Dimas se quedaba sin nada, perdía a Dalena. Sin embargo, Domingo era rico. Una oportunidad demasiado buena para dejarla pasar. Dimas estaría dispuesto a apartarse... siempre que Domingo pagara. «De lo perdido, saca lo que puedas».

Al terminar su relato notó que las preguntas se apelotonaban en la mente de Patro.

Tantas que se quedó muda unos segundos.

—Cuando he ido a ver a Domingo, todavía no tenía ni idea de todo esto —continuó Miquel—. Mi impresión no ha sido buena, por muchas razones, pero tampoco es que importara mucho. Según él, no sabe nada del pasado de Dalena, ni le interesa saberlo. Comprende que por su trabajo ha habido muchos hombres, entiende que haya tenido «algún novio», pero me ha insistido en que lo único importante es hacer borrón y cuenta nueva. Le he preguntado si alguna vez había ido a casa de ella y me ha asegurado rotundamente que no, que no quería ver esa parte del mundo de su enamorada porque iban a construirse el suyo propio.

—Te ha mentido.

—Sí.

Patro logró exteriorizar un pensamiento muy específico.

—En el fondo, temía que Dalena hubiera asesinado a Dimas.

—No. Ella se fue de casa unas horas antes, justo el día del crimen, estoy casi seguro. Tampoco la veo capaz. Con su marcha dejó el terreno libre al asesino.

—Luego el asesino sabía que Dimas estaría solo.

—Sí.

—El maquis...

—Olvídate del maquis —dijo Miquel—. Lo de esos papelitos impresos por un lado con lo de aquel confidente muerto, y con la anotación denunciando a Dimas por el otro, no fue más que una añagaza para despistar. El asesino simplemente aprovechó la muerte de Nicolás.

—¿Y quién mató a Dimas entonces?

—¿No te das cuenta? —Suspiró él.

Patro sostuvo su mirada apenas dos segundos.

—Dios... —Cerró los ojos.

—Tuvo que ser Domingo —afirmó Miquel midiendo cada palabra—. Es lo que me dice mi instinto, pero para mí es suficiente. Una vez Dalena fuera de la casa, Domingo se adelantó a su chantajista, se presentó con la botella de coñac. Encima de marca, un Napoleón. Pilló a Dimas por sorpresa, veinticuatro horas antes de que él y los otros dos hubieran quedado para el cobro del chantaje. Dimas era fuerte, Domingo un hombre mayor. Nada que temer. Hablaron de dinero, probablemente le dijo a Dimas que le daría el oro y el moro, porque estaba dispuesto a todo por Dalena, empeñado en tenerla como tiene otros tesoros en su casa. Brindaron, le envenenó y se acabó el problema. Ningún testigo, ninguna prueba. Quizá cometió un fallo: no llevarse la botella de coñac y dejarla en la basura. Un simple fallo menor. Lo que no podía imaginar Domingo es que Dalena no se hubiera llevado sus cosas. Creyó que nadie encontraría el cuerpo hasta pasados unos días o más.

—Pero matar... —musitó Patro—. ¿No se arriesgaba mucho? ¿Y si Dalena sospechaba?

—Dalena está convencida de que Domingo no conocía la existencia de Dimas. —Se centró en su explicación—. Te diré algo: Domingo no es tonto. Sabe que un chantajista nunca se contenta con un primer pago. Siempre quieren más. No dejan de exprimir a la gallina de los huevos de oro cuando se topan con una. Casado con Dalena, habría estado amenazado eternamente por Dimas. Era mejor acabar con el problema de raíz. Y Dimas picó: le abrió la puerta, le dejó entrar, se dejó embaucar. Seguro que Domingo llevaba mucho dinero encima, para fingir el pago. Ese hombre trabaja en los juzgados, ha estado metido en el juicio cuya sentencia se dictó el pasado día 6 de febrero, ha manejado información, papeles, documentos relativos a la guerrilla urbana antifranquista. De ahí sacó esos panfletos de la CNT sobre el ajusticiamiento de aquel confidente del 47. Los utilizó para confundir el crimen. Todo encaja. Todo salvo que no hay ninguna prueba.

—Miquel...

—Estoy cansado, Patro. —Se rindió.

—¿Qué vas a hacer?

—No lo sé. Probablemente nada.

—¡Pero ese hombre...!

—Patro. —Levantó una mano.

Ella se calló.

Luego extendió los brazos hacia él y le abrazó sin moverse de la silla. Le acarició la nuca, hundiendo los dedos de una mano en la maraña de cabellos grises. Buscó sus labios y los inundó con un beso plácido. Miquel se dejó querer. Había momentos en que lo necesitaba, y ése era uno de ellos.

Intentó arrancarse a Domingo Montornés de la mente.

Le fue difícil.

Incluso cuando era inspector, le costaba luchar contra los poderosos. Tenían mil coartadas, conocían mil triquiñuelas, se apoyaban en amistades, podían pagar y comprar adhesiones y respaldos. Se veía obligado a emplearse a fondo siempre. Y lo conseguía, paciente, meticuloso, pero el precio a veces era alto.

A los cuarenta años podía con todo. Incluso a los cincuenta.

Recordó algo de pronto.

—Hoy me han llamado «viejo».

Patro se separó unos centímetros.

—¿Quién?

—Un taxista. Iba ensimismado, contemplando Barcelona, casi como si la viera por primera vez o la descubriera de nuevo después de estos años, y de pronto, sin más, estaba en la calzada. Un taxi ha frenado cerca de mí haciendo sonar el claxon a lo bestia.

—¿Y te ha llamado «viejo» por eso?

—No solo él. La gente también.

Patro le acarició la mejilla. Pegó su nariz a la de él.

—¿Te preocupa?

—No lo sé. Pero no me lo he sacado de la cabeza en todo el día.

—Sabes perfectamente que no lo eres.

—Pero casi.

—«Casi» no es serlo.

—Algún día te llevaré al oculista.

—Veo muy bien. Ya les gustaría a muchos de cuarenta, cincuenta o sesenta tener tu aspecto. Lo que te pasa es que cuando te da la neurosis depresiva...

—No es neurosis, mujer.

—Pues entonces ¿qué es? ¿Te duele algo? No. Estás perfectamente. A mí me da rabia que te castigues la moral, eso sí.

—No, si la moral la tengo alta. Luego ha pasado algo bueno.

—Vaya, menos mal. ¿Qué ha sido?

—Un caso de julio del 36, un par de días antes de que estallara la guerra. Un bestia violó y mató a una niña de quince años. Parecía imposible de resolver, pero pillé al tipo en dos días. Hoy me he encontrado con el padre y me lo ha agradecido, ya que entonces no pudo hacerlo. Me ha dicho que la detención del culpable les dio mucha paz a los dos, a su mujer y a él.

—¿Lo ves? Tendrían que hacerte un monumento.

—¿Para que se me caguen encima las palomas y acabar lleno de mierda? No, gracias.

—Eres de lo que no hay.

—Rompieron el molde, lo sé.

Les sobrevino el silencio.

Una extraña paz después de las confesiones y las revelaciones del día.

Un día más en el paraíso.

—Sabremos qué hacer, ya lo verás —le aseguró Patro.

Miquel no le dijo que, por una vez, se sentía impotente.

Cerró los ojos y se dejó acariciar.

—¿Quieres cenar o...? —preguntó Patro.

Era un «o...» que ofrecía pocas alternativas. Quizá solo una.

Miquel la besó a ella esta vez.

Día 4

Viernes, 15 de febrero de 1952

35

Una mañana más.

Y en veinticuatro horas, todo era distinto.

Miquel ya tenía los ojos abiertos cuando Patro posó los suyos en él.

—¿Estás bien? —murmuró ella.

La respuesta fue tan escueta como ambigua, a pesar de la convicción.

—Sí.

—Yo casi no he pegado ojo —balbuceó con la voz pastosa.

—Bueno, yo tampoco —admitió Miquel.

—Lo siento.

—No seas tonta. No es tu culpa.

—¿No?

—Los problemas me los busco yo.

—Yo metí a Dalena en nuestra vida.

—No pasa nada. —Volvió la cabeza y le besó la frente, luego la punta de la nariz, al final los labios—. Anoche estaba agotado, física y mentalmente. Hoy ya es de día.

—Sigue haciendo frío.

—Pero dijeron que haría sol.

No se movieron. Solían amanecer pegados el uno al otro, siempre, pero más en invierno. Miquel le pasaba el brazo alrededor del cuello, por encima de los hombros, y ella se arrebujaba en su cuerpo. A veces lo hacía con ella dándole la espalda, y entonces la abrazaba con las dos manos, como un pulpo. Le acariciaba el pecho, el vientre, la cintura, las caderas.

—Gracias. —Patro le pasó un dedo por los labios.

—¿Por qué?

—Por no decirle nada a Dalena cuando llegó.

—Nos estábamos acostando. No era el momento. Ni siquiera pensé en darle las doce mil pesetas de la caja secreta. Y, además, ¿qué querías que le dijese? «Creo que tu amante Domingo mató a tu novio Dimas porque le chantajeaba». Le digo esto y se nos muere. Tampoco tengo la menor prueba, solo mi dichoso olfato y mi instinto de poli.

—Que nunca falla.

—A veces sí. Pero bueno. También puede ser porque le cogí manía al tal Domingo.

—¿Tan mal te cayó?

—Es sibilino, fanfarrón... Ya te dije anoche lo que me parecía. No se me ocurren más epítetos para añadirle.

—O sea, que Dalena se sale de la sartén de Dimas para caer en las brasas de Domingo.

—Bueno, con Domingo de momento no se quema.

—Y él ha matado por amor.

—No digas eso —se incomodó Miquel—. Palabras como «matar» y «amor» casan mal. Domingo es la clásica persona que solo se quiere a sí misma. Posee cosas, y las ama porque son suyas. Son conceptos muy distintos. Cuando no tiene algo y lo desea, se convierte en un obseso. Según lo que tú me has dicho, quería casarse, y casarse con una persona hecha a la idea que él tenía de la mujer que le convenía o que era la ideal. Falló con esa mujer, Charo, y encontró a Dalena. Su compulsión es preocupante, pero ahí está, rey de su propio universo, y ahora sin el lazo de su madre controladora. Domingo es la clásica persona que se construye el mundo a su medida.

—Pero, Miquel, cuando se descubra el cadáver de Dimas, la policía investigará.

—Domingo no ha dejado ninguna prueba, salvo esa caja que volví a cerrar con llave y dejé en su sitio, con el material que le conecta a Dimas y que no creo que sea suficiente para incriminarle. Como abogado, se las sabe todas. —Tensó levemente los labios—. Patro, me metí en esto para encontrar al asesino de Dimas y ayudar a Dalena, por ti, pero ahora tengo las manos atadas. Estoy tranquilo porque ella se había ido de su casa, y aunque la interroguen como novia de Dimas y porque vivía con él hasta el día de su muerte, sé que Domingo la liberará fácilmente con los testigos de la pensión o con quien sea.

—¿Nosotros?

—Bueno, la tuvimos aquí al día siguiente, pero eso no significa nada. Nuestro testimonio, en el caso de que se produjera, no aportaría demasiado.

—Pero ¿cómo vas a callar un asesinato? ¿Tú?

—¿Y qué quieres que haga? En el fondo también la estoy protegiendo a ella. Si se lo decimos, le hundimos la boda.

—Entonces ¿vamos a dejar que Dalena sea feliz y se case... aunque sea con un asesino?

Miquel apretó las mandíbulas.

Ella notó su tensión.

—Perdona. —Se apretó aún más contra él.

—Nunca he dejado a un asesino suelto —dijo como si declarara ante sí mismo—. Nunca, aunque la víctima fuese un cabrón y quizá lo mereciese. Pero de eso hace mucho tiempo, cuando era inspector y defendía una legalidad. Ahora, el mundo, esta España, es de los Domingo Montornés. —Le tocó a él acariciarla, deslizando la mano por entre la espesa maraña capilar para llegar hasta el cráneo y presionárselo—. Lo único verdadero de todo este caso es que ese idiota engreído quiere a tu amiga. La prueba es que ha matado por ella. —Se lo pensó mejor—. Por ella... pero también para estar tranquilo y no pagar a un chantajista, por supuesto. Su orgullo no se lo habría permitido. Lo imagino tan tranquilo, tan seguro de sus actos, sintiéndose tan poderoso, como todos los criminales que se creen inmunes.

—Pobre Dalena.

—Tú y yo nos encontramos por necesidad —repuso él—. Puede que ellos estén en las mismas, aunque se trate de necesidades diferentes. De hecho, el amor es eso, la necesidad de darse y compartir, incluso desde la base del egoísmo.

—A veces dices cosas...

—¿Qué pasa?

—No, que dan que pensar.

—Debe de ser la edad.

—Y que eres un filósofo.

—¿Yo?

—¡Pues claro! ¿Por qué siempre te las das de menos?

—Ser policía no te hace ser más listo o sabio que otros —repuso él.

—Vamos, tienes un don. Y encima eres tan legal...

—Hasta hoy.

Patro prefirió no seguir. Por la parte baja de la cama, bajo las mantas, sus pies buscaron los de Miquel. Hizo un nudo con ellos y los suyos. Sabía que él los tenía siempre fríos, mientras que los de ella solían arder. Le encantaba compartir el calor.

También su cabeza ardía.

—¡Y pensar que anoche estuviste con él, en su casa, y te comentó tan alegremente que la quería y todo lo demás!

—Tú lo has dicho: «Alegremente». Muerto Nicolás y muerto Dimas, Dalena ya no tiene a nadie. Es suya. Otra posesión más. Como las fotografías firmadas de las artistas, que está seguro de que son auténticas, pero me da en la nariz que son más falsas que un duro de cuatro pesetas. Si quiere creer algo, lo cree y ya está.

El momentáneo silencio fue apacible.

Ninguno de los dos hizo el menor gesto para tomar la iniciativa y levantarse.

Seguía la caricia bajo las mantas.

—Patro —susurró él.

—¿Qué?

—Vamos a callar, porque no tenemos más remedio, y si hiciéramos algo, por un lado o por otro, saldríamos trasquilados. Pero te pido una cosa, por favor. Y no me digas que no.

—¿Qué es?

—Que se vaya.

—¿Y a dónde...?

—Me da igual. Es su problema. O el de su amante. A lo largo del día de hoy tenemos que decírselo. Mañana la quiero fuera. Invéntate lo que quieras. Domingo no la dejará con el culo al aire. ¿No la quería meter de criada en su casa? Pues que lo haga ya.

—Va a ser difícil —lamentó ella.

—Lo sé, pero dadas las circunstancias... ¿Sabes lo que me dijo Domingo antes de irme? Que seríamos amigos, los cuatro, y que cenaríamos juntos y todo eso. ¿Te imaginas? Yo, desde luego, no tengo estómago. Y si sospechara que sé todo lo que sé...

—¡Calla, va! No me des miedo.

—Me gustaría estar equivocado, ¿sabes? Ojalá a Dimas lo hubiera matado el maquis por ser confidente de la policía. Todo sería más sencillo.

—¿Y si al fin y al cabo fueron ellos?

Miquel no le contestó.

Esta vez el silencio duró más tiempo.

—Me gustaría ir al cine el domingo —dijo Patro por fin.

—Bien.

—Estos días han sido duros.

—Iremos, tranquila.

—Quiero ver esa de la que se habla tanto, *Las minas del rey Salomón*. La hacen en el Tívoli. Podemos ir y volver andando en cinco minutos y así no estamos tanto tiempo fuera, aunque a la señora Ana no le importe quedarse con Raquel. Ya sabes que la adora.

—¿Quién no adora a Raquel? ¿Y esa película...?

—La protagonizan Stewart Granger y Deborah Kerr.

—Ella no es que me entusiasme. Un poco fría para mi gusto.

—Míralo, el experto.

—Es mi opinión. ¿A ti te gusta él?

—No demasiado, aunque da el pego. Para una película de aventuras... Ya sabes, África, amor, safaris, tribus, elefantes. Dicen que hay una carga de elefantes que te pone los pelos de punta.

—¡Pobres bichos!

—¡No seas malo!

Miquel se apartó un poco de ella. Por primera vez, pese a la tristeza por todo lo que acababan de hablar, sonreía con un deje de socarronería.

—Habrá que levantarse, Watson.

—¿Por qué me llamas así?

—Porque, después de tus andanzas detectivescas de ayer, te lo has ganado.

Patro le sacó la lengua. Luego apartó el embozo de la cama y se levantó. Mientras se ponía la bata, y antes de salir de la habitación, le espetó:

—¡Deberías aprovechar el día para ir a ver a Fortuny, egoísta!

Miquel no tuvo tiempo de decirle nada.

36

Intentaba no pensar, pero le resultaba difícil.

Intentaba aislarse, pero eso aún era más complicado.

¿Cómo protegerse de lo que sabía?

Dalena todavía estaba en cama, durmiendo, así que se había ido de casa como un furtivo, silencioso y cobarde, para no enfrentarse a ella, no mirarla a los ojos, no tener que decirle mentiras acerca de Domingo. Se lo había dejado a Patro. No sólo era su amiga, también era mujer. Hablaban el mismo lenguaje. Cuando se ponía en plan payaso, Patro era estupenda. Si tocaba ponerse seria y actuar, lo hacía de primera. Lo demostraba con las clientas de la mercería. Todas hablaban de su encanto. Solo él le adivinaba los matices.

Patro le diría a Dalena lo que quería oír, que Domingo era todo un personaje.

El tiempo había mejorado un poco, pero seguía haciendo frío. Miquel caminó envuelto en la tormenta de sus pensamientos hasta el bar de Ramón. Mejor escucharle a él. Por lo menos le ponía al día, de fútbol o de lo que fuera. Reconocía que sentarse allí, desayunar, leer el periódico y reír con las ocurrencias del tabernero, era mucho mejor que estar sentado en la tienda como un trasto inútil.

Y, desde luego, ponerse a vender agujas e hilos no era lo suyo.

Más de una parroquiana le miraba como si fuera un crápula.

«El hombre mayor casado con la preciosidad de la mercería».

Llegó al bar y, aunque entró con la cabeza baja, como un ladrón, a los dos pasos escuchó el consabido:

—¡Maestro!

Se volvió. Ramón estaba allí mismo, plantado, como si le esperase. Sonreía de oreja a oreja.

—¡Frío!, ¿eh?

—Un poco.

—¿Un poco? No se me haga el valiente.

—Más debe de hacer en Siberia.

—¡Y en el Polo, no le digo! Venga, siéntese. Ahora le traigo los periódicos. ¿Todo bien?

—Sí.

Le acompañó a la mesa, y mientras se quitaba el abrigo, le endilgó con encendida admiración:

—¡Oiga, que ayer vino su mujer con una amiga...! —Agitó la mano derecha arriba y abajo varias veces—. ¿Usted la ha visto?

—Sí, claro.

—¡Pero qué señora, válgame el cielo! ¡Y mire que la suya es guapa, y con esa clase y ese encanto que tiene...! ¡Pero la amiga...! ¿Cómo es posible que haya mujeres así? ¡Ni en las películas, mire lo que le digo! Ésa quitaba el hipo.

—Me alegro de que lo pasaras bien.

—Que se lo digo sin ofender, que conste. Es un *pour parler* entre hombres.

—Por supuesto.

—¿De dónde la han sacado?

Miquel se sintió malo.

—¿Conoces el Parador del Hidalgo? —preguntó.

—¿El sitio ese de...? —Abrió los ojos hasta lo indecible—. ¡No me diga!

—Se ha redimido, pero sí. Ya ves que la tenías cerca.

284

—Hombre, es que yo a esos sitios no voy. Y no solo por la parienta.

—Tu religión no te lo permite.

—Mi religión, sí. La decencia no. —Le guiñó un ojo—. Ni el bolsillo, para qué engañarnos. Porque encamarse con una hembra así...

—¿Vamos a hablar de mujeres? —Le dirigió una mirada suspicaz.

—Que no, que no. Era un comentario, nada más. Y me ha dejado de piedra.

—Venga, ¿qué tienes para desayunar que no sea lo de siempre?

—¿Hoy viene en plan sibarita? ¿Qué tiene que decir de la tortilla de patatas de mi mujer?

—Un café con leche y un bocadillo de jamón del bueno, como si fuera domingo.

—¡Diga que sí, que para dos días...!

Ramón lo dejó solo. Miquel sonrió un poco. Era inútil no sonreír con aquel hombre. Encima, de las mejores personas que había conocido en la vida. Él había sido el primero en ayudarle, sin hacer preguntas, en el lío de junio del año pasado.

Con eso ya merecía su gratitud eterna.

Lo primero que llegó fue el café con leche acompañado por los dos periódicos habituales del bar, *La Vanguardia* y *El Mundo Deportivo*. Se los colocó uno al lado del otro sobre la mesa y puso un dedo en la portada del deportivo.

—El domingo vamos a Riazor a darles caña a los gallegos.

—Así de fácil.

—¿No vio la paliza al Gijón este fin de semana pasado? Si es que estamos que nos salimos.

Se marchó y lo dejó solo de nuevo. Los intentos de Ramón para que se hiciera futbolero no menguaban, al contrario. Su fe era irreductible.

Miquel cogió *La Vanguardia*.

Seguían y seguían las honras fúnebres del rey Jorge VI, día tras día, ahora con fotografías del ataúd en el Westminster Hall. Y esta vez, compartiendo portada, acompañadas por las imágenes del Tibidabo nevado del día anterior.

Odiaba el frío, no le gustaba la nieve. Demasiados malos recuerdos. Sorbió un buen trago de café con leche para sentir su calor. Y lo sintió. Como que se quemó un poco la garganta.

—¡Maldita sea...! —rezongó por lo bajo.

Abrió el periódico e intentó leer los primeros artículos.

No pudo.

No se concentraba.

Buscó la página de los cines. Sí, en el Tívoli ponían *Las minas del rey Salomón*.

Continuó sin concentrarse y al fin dejó el periódico en la mesa.

Dimas seguía muerto, a la espera de ser descubierto; Dalena con Patro, como si tal cosa y en su nube, aislada y protegida pensando únicamente en el futuro; el presunto asesino, libre y feliz como una rosa, seguro de sí mismo; y él fingiendo que no pasaba nada, desayunando a cuerpo de rey.

Un expolicía al margen de la justicia.

Instintivamente miró el teléfono público del bar de Ramón.

La campanita.

Había sonado la noche anterior, al ver el del bar de Demetrio y Segismundo. Sonaba ahora de nuevo. Un teléfono público, sí, ¿y qué?

Entonces la campanita se aceleró dando verdaderos campanazos.

Ramón regresaba ya con el bocadillo, si es que podía llamársele bocadillo a aquel portaaviones. Media barra de pan con tomate y jamón sobresaliendo por los bordes.

—Todavía hay racionamiento de pan, ¿no? —se extrañó Miquel.

—¡Bah, ni caso! ¡Yo tengo mano! ¡A lo del pan le quedan cuatro días, el mes que viene se acaba! ¡Volverá la abundancia, ya lo verá!

No tenía el optimismo de Ramón, pero con semejante bocadillo por delante las objeciones y las dudas sobraban. España daba los coletazos finales al racionamiento y el hambre de tantos años.

—¡Le he puesto más jamón de la cuenta! —proclamó Ramón orgulloso—. ¡Venga, que aproveche! ¡En cuanto acabe me paso para charlar!

Le hincó el diente. Aunque no tuviera excesivo apetito, aquello era para devorarlo entero. Desde julio del 36 a julio del 47, habían sido once años de privaciones marcadas sobre todo por el hambre. Tocaba desquitarse. Hasta reventar. El pan crujía en su boca. El jamón olía de maravilla y tenía un sabor casi afrodisíaco. Cerró los ojos y se emocionó.

—Eres un crío... —musitó sin dejar de masticar.

Con Patro y Raquel, viviendo en paz, la vida sería maravillosa si no hubiera una dictadura al otro lado de la puerta y olvidara de una vez que había sido inspector de policía.

Volvió a mirar el teléfono.

Tenía que llamar a Amalia, para ver cómo se encontraba David Fortuny. Y, a poder ser, también pasarse por la casa o el despacho. Si se quedaba de brazos cruzados todo el día, sin hacer nada, pensando en Dimas, Dalena y Domingo...

Sonrió un poco. Todos comenzaban por D. Incluso Demetrio. Sin olvidar al marido de la hermana de Dimas, Donato. El caso de las des. Segismundo era el que se libraba.

Demetrio y Segismundo...

Y entonces escuchó sus voces, como un eco, hablando en casa de este último.

Demetrio:

«La última vez que la vimos en el bar salió llorando».

Segismundo:

«Sí, colgó el teléfono y se fue corriendo».

El tañido final.

Dalena había hecho una llamada telefónica en aquel bar de la esquina de su calle y se había ido llorando y corriendo.

¿Cuándo?

Cerró los ojos y dejó de masticar, para que ni eso enturbiara sus pensamientos.

Ahora lo que escuchó fue la voz del dueño del bar, el hombre de la eterna colilla en la comisura de los labios:

«Pues si es amigo de ellos, de entrada dígales que a ver si se pasan por aquí a pagar, coño. ¡Ponlo en la cuenta, ponlo en la cuenta! ¡Y, a la que te descuidas, ha pasado un mes! ¡Aquí la confianza da asco! ¡Esa mujer, desde lo de su hermano...! ¡Ya no ha vuelto por aquí! Dimas sí, pero hace ya tres días que ni aparece. ¡Él y sus santos huevos de decirme que lo que me debe ella, que me lo pague ella!».

Eso era todo.

¿Suficiente?

Si su condenado instinto le gritaba desde el fondo de su alma, sí, podía serlo.

Porque, a fin de cuentas, seguía habiendo algo en aquel maldito caso en lo que había dejado de pensar.

La delación.

La muerte de Nicolás y sus dos compinches.

Le quedaban menos de tres centímetros de bocadillo, pero se dio cuenta de que ya no podía más. Eso y la urgencia. Le supo mal dejarlo. Abrió el pan y, al menos, se acabó el jamón. Después apuró el último sorbo del café con leche y se levantó cogiendo el abrigo. Dejó el dinero sobre la mesa y emprendió la retirada.

—¡Maestro! Pero ¿ya se va?

—¡Acabo de acordarme de algo urgente!

—¡Yo que iba a contarle la última!

—¡Mañana, o el domingo, cuando venga con Patro y la niña!

—¡Hala, a cuidarse!

Salió del bar a la carrera y no paró hasta encontrar un taxi, en el que también se metió de cabeza.

37

Había lugares en los que el tiempo se detenía, y aquél era uno de ellos. Ni siquiera se había dado cuenta de que el bar tenía un nombre: La Tasca de la Esquina. Muy apropiado. Antes de entrar miró calle arriba, a su izquierda. Todo continuaba igual. La puerta tras la cual seguía el cuerpo de Dimas, cerrada. Los únicos seres vivos del interior debían de ser las moscas que zumbaban alrededor del cadáver.

No sintió pena por él, pero sí respeto por la escena.

Cruzó el umbral y se encontró en aquel espacio inamovible. Esta vez, en la barra solo había un hombre. La mesa de los jubilados que jugaban a las cartas sí estaba ocupada con cuatro de ellos, muy concentrados en su juego. En otras dos mesas, una pareja muda y una mujer con la mirada perdida en el vaso de vino que sostenía entre las manos.

El dueño, con su colilla y su delantal sucio, estaba allí, detrás del mostrador, limpiando unos vasos. Dejó de hacerlo al verle.

—¿Otra vez por aquí? —Le reconoció.

—Ya ve. Me gusta el sitio.

El hombre arqueó una ceja.

—Por lo menos se está calentito. ¿Encontró a mi primo?

—Sí. Y a Demetrio. Gracias.

—¿Todo bien?

—Claro.

—Ayer no me dijo nada. Ni yo le pregunté.

—Hace bien.

Asintió levemente con la cabeza. Daba la impresión de ser un hombre tosco, pero con años de experiencia detrás de la barra de un bar, lidiando con borrachos, buenos y malos parroquianos, en un día a día vulgar, repetitivo y corriente. Sabía el barrio en el que estaba y lo que podía esperar de él y de quienes entraban en su establecimiento.

—¿Qué va a ser?

—Un café con leche y un poco de conversación.

No le contestó. Se dio la vuelta y preparó el café con leche. Ni siquiera le preguntó si lo quería corto de café o con más leche de la habitual. Lo hizo a su aire, en silencio y pensativo. Por detrás de Miquel, sentado en uno de los taburetes de la barra y lo más lejos que podía del otro cliente, se escucharon las risotadas de los jugadores de cartas al acabar una partida.

—¡Potra tienes!

—¡Al saber lo llaman «suerte»!

—¡Anda, calla, calla!

—¡Reparte ya, que siempre barajas veinte veces!

El café con leche acabó delante de Miquel.

—¿Conversación sobre qué? —preguntó el tabernero.

—Sobre Dimas y su mujer.

—¿Otra vez con eso? —Puso mala cara.

—Siguen desaparecidos.

—Porque se habrán largado. —La mala cara dio paso a un gesto de fastidio—. A saber en qué andarán. Si tenía negocios o lo que sea con ellos, va listo.

—Usted dijo que le debían dinero.

—Soy demasiado buena persona —refunfuñó—. Mi hermano tiene un bar en el Clot y ahí, junto a la máquina, ha puesto un letrero que dice «Hoy no se fía, mañana sí». Eso tendría que haber hecho yo. Pero con los clientes fijos, que

cobran la semanada el sábado o el sueldo el último día de mes...
Uno tiene conciencia, ¿sabe? No le va a negar un vasito de
vino a una persona para matar el frío por veinticuatro horas
que tarde en pagarle.

—¿Cómo sabe lo que le debe cada cuál?

—Lo apunto. —Dirigió un dedo hacia algo oculto debajo
de la barra—. No tengo yo la cabeza para tantos números.

Miquel no se precipitó.

El tabernero parecía súbitamente hablador, aunque un
paso en falso...

—Yo tenía negocios con Dimas, pero le aseguro que no
eran delictivos —dijo Miquel.

—A mí... —Subió y bajó los hombros.

—Demetrio y Segismundo me dijeron que la última vez
que vieron a Dalena aquí, ella estaba al teléfono y salió llorando.

La respuesta fue hosca.

—Ya no me acuerdo.

—Yo creo que sí se acuerda.

—Bueno, y si es así, ¿qué?

—Ese teléfono —Miquel señaló el aparato— debe de usarlo la mitad de la gente de la calle. Imposible no oír lo que
dicen.

—¿Cree usted que tengo las orejas para eso? —rezongó
cambiándose la colilla de lugar—. Bastante trabajo me da el
bar y atender a los clientes como para perder el tiempo metiéndome en la vida de los demás. Cuando uno habla por teléfono aquí, es por algo. Unos hablan, otros gritan, otros
lloran...

—¿También recibe llamadas y da recados?

—A veces. Por urgencias.

—¿Lo usaban ellos?

El tabernero hinchó el pecho con una larga inspiración.
Miquel se sintió taladrado. Era el momento crucial. O le echa-

ba de allí o seguía. Sostuvo la mirada del hombre lo mejor que pudo.

—¿Quién es usted?

—Nadie —le aseguró Miquel.

—Dijo que no era policía.

—Y no lo soy.

—Déjeme ver sus papeles.

Se sacó la cartera y se la entregó tal cual. Llevaba siempre encima el indulto, como una salvaguarda. A veces servía.

El hombre lo vio.

—¿En qué cárcel estuvo?

—En el Valle de los Caídos.

—¿Picando piedra?

—Sí.

Le devolvió la cartera.

—Yo me tiré en La Modelo dos años. Y por no hacer nada, ya ve. Solo porque aquí se reunían algunos.

—Así son las cosas.

—Sí, así son. —Chasqueó la lengua y, cosa rara, dejó la colilla en un plato sucio.

Miquel le dio el primer sorbo al café con leche. No se quemó. Las risas de los de la partida volvieron a dominar el ambiente por espacio de unos segundos.

—Sí —dijo el tabernero por fin—. Dimas y Dalena solían usarlo bastante. Más él que ella. Pero no me pregunte de qué hablaba, porque le juro que no lo sé. A veces es mucho mejor no enterarse de las cosas.

—¿Cuánto le debía Dalena?

—¿Para qué quiere saberlo?

—Puede que se lo pague yo.

—¿En serio?

—*Quid pro quo.*

—¿Y eso qué es?

—Latín. Quiere decir que usted me da algo y yo le doy algo.

—Es usted un tipo raro. —Le cubrió con una mirada escéptica.

—¿Va a mirar en sus anotaciones?

El hombre alargó la mano. Cogió un pequeño y doblado bloc lleno de hojas arrugadas. Lo puso sobre el mostrador sin abrirlo. Miquel esperó.

—¿De verdad va a pagarme lo que me debe ella?

—Si llevo lo suficiente y me dice lo que quiero saber, sí.

Abrió el bloc y buscó una determinada página. Mientras lo hacía, siguió hablando.

—Dimas no es de los que cobran a la semana o al mes, desde luego, pero siempre va a la carrera. Un nervio. Dalena es que a veces no lleva ni el bolso, o vuelve de trabajar cuando abro y me dice que lo apunte y ya está. —Encontró lo que buscaba y dijo—: Cincuenta y tres pesetas con cincuenta céntimos.

—¿Me deja ver? —Miquel le tendió la mano.

—¿Es que no me cree?

—No es eso. ¿Anota usted el día de la deuda?

—Claro. No sea que luego no se fíen.

Miquel sacó de nuevo la cartera. A veces iba bien llevar al menos cien pesetas, por si acaso. Se lo habían enseñado el oficio y la experiencia. Más siendo detective al lado de Fortuny y cogiendo taxis. Lo malo es que ahora, y lo recordó de golpe, él llevaba algo más de cien pesetas. Llevaba todavía encima las doce mil de la caja de Dimas para dárselas a Dalena.

Puso sobre la barra dos billetes de veinticinco pesetas y uno de cinco.

El tabernero le dio el bloc.

Los gastos de Dalena se repartían entre muchas bebidas y algunas llamadas telefónicas. Miquel buscó la última.

Una ficha de teléfono.

La fecha se correspondía con el día antes de la muerte de Nicolás.

«La última vez que la vimos en el bar salió llorando».

«Sí, colgó el teléfono y se fue corriendo».

Miquel sintió el puñetazo en el pecho.

La falta de aire.

—¿Qué le pasa? —preguntó el hombre—. Se ha puesto blanco.

Trató de mantener la calma.

Le devolvió el bloc con la mano derecha, pero señaló aquella fecha con un dedo de la izquierda.

—¿Recuerda si ésa fue la última vez que la vio aquí? No hay más deudas posteriores.

—Sí —admitió el tabernero—. Ésa debe de ser.

—¿Y fue el día que salió llorando?

—No sabría decirle.

Las cincuenta y cinco pesetas habían desaparecido del mostrador.

—Vamos, hombre. Es una mujer guapa, de bandera. No deja indiferente. Todos la miran siempre. Si llamó por teléfono y salió llorando sin pagarle la ficha, ha de recordarlo. ¿O lloraba cada vez que usaba el teléfono?

El tabernero se rindió por última vez.

—Sí, vino muy nerviosa, ya de noche. Y sin arreglar, cosa rara porque es muy presumida. Me pidió la ficha, llamó, apenas si estuvo un minuto al aparato y al colgar se quedó muy quieta, mirándolo. Luego se llevó las manos a la cara y echó a correr como alma que lleva el diablo.

—¿La oyó decir algo?

—Mientras hablaba por teléfono, no. Al pasar delante de mí, sí. Murmuró dos o tres veces «Lo siento, lo siento, lo siento». Cuando salió apunté la deuda de la ficha, y eso fue todo. No he vuelto a verla. Tres o cuatro días después me enteré de lo de su hermano y la imaginé de luto.

La respuesta final.

—Qué estúpido —susurró.

—¿Cómo dice?

—Hablaba de mí, no me haga caso.

—Sigue usted pálido —le hizo notar—. ¿Qué tiene que ver esa fecha, la llamada de Dalena y sus lágrimas con lo que esté pasando y su desaparición?

Miquel acabó de sorber el café con leche.

Las nuevas risas de los jugadores de cartas le recordaron que había otros mundos.

Algunos, muy inocentes.

Otros, dramáticamente oscuros.

38

No recordaba haber cogido aquel taxi. No recordaba haberle dado la dirección al taxista. No recordaba haberle escuchado o haber hablado con él. No recordaba nada. Pero de pronto el taxi se detuvo y Miquel se dio cuenta de que estaba en la esquina de su casa, en el cruce de las calles Gerona y Valencia.

No quería ir a la mercería.

Ver a Patro, sí. A Dalena, no. Todavía no. Necesitaba... ¿Qué, pensar, reflexionar, tomar decisiones cuando era lo que menos deseaba? Porque, hiciera lo que hiciese, perjudicaba a alguien, además de a sí mismo y su ética.

—¿Por qué ha de pasarme esto a mí? —Resopló.

Casi con toda seguridad, Domingo había asesinado a Dimas.

Y, desde luego, Dalena había delatado a su propio hermano a la policía.

La pregunta era: ¿por qué?

¿Solo por ser un incordio, por molestarla siempre, por pedirle cosas, por ser un peligro para ella y su futuro?

¿Bastaba con eso para eliminar a un hermano?

Se quedó en la acera, como un perro de la lluvia, el perro que se queda sin aromas que le guíen y vaga perdido en busca de sí mismo. Sintió como si los pies se le hundieran en el suelo. Inmóvil allí, habría echado raíces. Le sucedía siempre que llegaba al final de un caso, cuando se hacía la luz y la última pieza encajaba en el rompecabezas. En ese momento ni siquiera importaban las pruebas, importaba ver con claridad ese fin. Las pruebas podían buscarse después. Bastaba con escarbar un poco más, hacer las preguntas adecuadas sabiendo las respuestas necesarias.

—¿Por qué tuviste que delatarlo? —se preguntó en voz alta.

Y una voz interior, profunda, que le llegaba del subconsciente, le contestó:

—Ya lo sabes.

Acababa de abrir un grifo, y el agua salía a borbotones.

Dalena había ido a la cárcel.

Por defender a una compañera, sí; en defensa propia, sí. Pero, a fin de cuentas, no era más que una puta y el cliente alguien importante.

Dalena salió a los pocos meses, indemne.

Las piezas encajaban.

Una prostituta del Parador, confidente de la policía. Una jugada maestra.

Y, de pronto, a punto de casarse y cambiar de vida, Nicolás la comprometía, quería quedarse en su casa la noche antes. No importaba que Dimas le hubiera echado. Si cogían a Nicolás, la policía podía volver a encerrarla.

Casi era una cuestión de supervivencia.

Después de la muerte de los tres atracadores, incluso Domingo había comprendido que tenía que tratarse de una delación. ¿Y qué mejor que adjudicarle el papel a Dimas? Un plan perfecto para justificar el asesinato. El maquis no perdona. En los expedientes del juicio, cuya sentencia había sido dictada el 6 de febrero, tenía material de sobra, como los pequeños panfletos de la CNT del 47.

El plan perfecto.

Salvo porque él, Miquel Mascarell, había acabado metido hasta las cejas en el caso.

Se sintió muy abatido, cansado.

«Siempre llevas una estrella de sheriff en el pecho», le decía Patro.

Iba a moverse, a subir a casa, a sentarse en una butaca y quedarse quieto, cuando la figura se detuvo ante él.

Miquel levantó los ojos.

Le reconoció sin más. Total, habían pasado solo tres años y medio y estaba igual, quizá con los cuarenta cumplidos como único añadido. Incluso daba la impresión de llevar la misma ropa que entonces, la de cualquier obrero: gorra calada sobre la frente, pantalón de pana gruesa y un chaquetón muy gastado con las solapas subidas. Por supuesto, seguía siendo alto y la delgadez marcaba profundamente los rasgos de su rostro, sobre todo las mejillas y la prominencia de la nariz.

—Hola, señor Mascarell.

—Hola, Fermí.

El hijo de Teresa Mateos, el maquis que le había salvado la vida en octubre de 1948 matando a Benigno Sáez, le tomó de un brazo.

—¿Puede acompañarme?

—¿A dónde?

No hubo palabras. Solo el gesto. El coche, un Citroën negro muy viejo y discreto aunque en buen estado, para no llamar la atención, estaba en la esquina. Había un hombre al volante y otro sentado detrás.

Miquel siguió pegado al suelo.

Por lo menos ahora ya no pensaba: tenía la mente en blanco.

—Queremos hablar, nada más —le dijo Fermí—. No tiene por qué temer. Usted fue a ver a mi madre, por eso estamos aquí.

«Estamos».

—Bien —se resignó—. Claro.

Echaron a andar. Fermí lo sujetaba del brazo, no por miedo a que se escapara, sino para conducirle. Miquel se dejó llevar. Cuando su guía abrió la portezuela trasera, fue el primero en entrar en el coche. Mientras se acomodaba, Fermí se sentó al lado del conductor.

El vehículo arrancó.

Despacio, sin prisa.

Como si no fueran a ninguna parte.

Fermí se volvió hacia él.

—Señor Mascarell, le presento a Quico Sabaté —dijo señalando al hombre con el que compartía el largo asiento trasero.

Estaba demasiado fatigado para demostrar sorpresa.

Le miró.

Tendría treinta y seis o treinta y siete años, pero aparentaba ya algunos más. Al contrario que Fermí, él no estaba delgado. Su rostro era agradable, de rasgos fuertes y marcados. La expresión de firmeza y reciedumbre se la daban los ojos, fijos y poderosos. Vestía igual que los dos de delante, el silencioso conductor y Fermí, con la gorra sembrando las debidas sombras por encima de la cara.

—Es un placer —dijo el guerrillero.

Miquel no supo si hablaba en serio.

—¿Ah, sí? —Expresó todas sus dudas.

Quico Sabaté soltó un bufido y exhibió una sonrisa amigable.

—Fermí asegura que usted es una persona legal.

—Lo intento.

—Republicano.

—Eso sí.

—Años preso en esa especie de pirámide franquista.

—En efecto.

—También me contó lo de aquellos diamantes, de qué manera resolvió el caso, cómo dio con la tumba de aquel hombre y con esas piedras. —Plegó los labios, movió la cabeza de arriba abajo y agregó—: Increíble.

—Un poco de suerte... y un buen trabajo policial —reconoció.

—Lo primero, no. Lo segundo, sí. Usted parece que tiene olfato, sabe sumar dos y dos. Como nosotros, aunque por otras razones. Las nuestras se basan en el instinto de supervivencia.

Miquel se quedó callado, sin saber qué decir a eso. Quico Sabaté tampoco esperaba nada. El coche circulaba a velocidad moderada, con el conductor muy atento al tráfico y pendiente de otras cosas, detalles. Se dio cuenta de que no se alejaba de los alrededores de donde lo habían recogido. No daban la vuelta a la manzana pero casi.

—Señor Mascarell —habló ahora Fermí—. Usted fue a ver a mi madre y le contó una historia. ¿Podría repetírnosla a nosotros?

Lo hizo, hablando despacio, mirándolos alternativamente.

—Hace unos días, tres hombres fueron acribillados intentando asaltar un banco en Mayor de Gracia. Al parecer, eran maquis.

—Guerrilla antifranquista —le corrigió Quico Sabaté.

—Guerrilla antifranquista —asintió Miquel—. Uno de los tres asaltantes era el hermano de una conocida de mi mujer, el que se llamaba Nicolás. Todo parecía indicar, dado que los esperaban para emboscarlos, que hubo una delación, que alguien se fue de la lengua y la policía conocía el plan de antemano. —Miró a Fermí—. Fui a ver a su madre para saber si usted conocía a esos tres hombres.

—Los conocía —dijo él—. No directamente, pero sí.

—Lo cierto es que actuaban por su cuenta —intervino Sabaté—. Querían hacer ruido en los días del juicio al Yayo y los demás. No siguieron ninguna consigna. Lo supimos todo después de que los mataran.

—Esta semana —continuó Miquel—. El novio de la amiga de mi mujer fue asesinado. El cadáver aún no ha sido encontrado, pero yo lo he visto. Lo dejaron cubierto de papeles muy explícitos: los que la CNT imprimió en 1947 al matar a Melis por confidente. Por el reverso el asesino escribió este mensaje: «Confidente de la policía. Traidor. Éste es el precio por la muerte de nuestros camaradas, como ya hicimos en el 47, como haremos siempre con los traidores».

—Usted le dijo a mi madre que quería saber si efectivamente habíamos sido nosotros.

—Sí.

—¿Cómo mataron a ese hombre? —preguntó Sabaté.

—Lo envenenaron.

El guerrillero esbozó una sonrisa irónica.

—¿No cree que ya tiene la respuesta?

—Sí, pero necesitaba confirmarla.

—¿Cómo se llamaba ese tipo?

—Dimas González. Era un chorizo de poca monta que se dedicaba a los chantajes y algunos chanchullos pequeños. A mí no me daba la talla ni el perfil de confidente; sin embargo, a su favor contaba que nunca parecía haber sido pillado por la policía. Algo raro.

—Pero no inusual.

—No. Siempre hay quien es listo y no se moja demasiado.

—Su historia es interesante, señor Mascarell —convino Quico Sabaté—. Por supuesto, dadas las circunstancias, ya intuimos que a nuestros tres compañeros los habían traicionado. Y pudo haber sido peor. En el caso de capturarlos con vida, quizá alguno hubiera hablado de más bajo tortura. Ese atraco nos puso en peligro a muchos. Actuaron por su cuenta y lo pagaron. Fueron unos inconscientes. A pesar de todo eso... eran de los nuestros. El chivato, por supuesto, pagará. Y, desde luego, vamos a encontrarlo.

Miquel tragó saliva.

Esperó que no lo hubieran notado.

—Hemos hecho algunas indagaciones. Sabemos que Nicolás le dijo a alguien que pensaban dormir en casa de su hermana la noche antes —le tocó el turno a Fermí.

—Ella no quiso, y encima Dimas echó a Nicolás.

—Luego Dimas sabía el plan.

—Sí.

—El que lo mató lo hizo bien cargándole a él la presunta delación.

—Sí.

—Señor, Mascarell, después de la visita a mi madre nos empezamos a hacer preguntas. Todavía no tenemos todas las respuestas, pero sabe que daremos con ellas, ¿verdad?

—Lo imagino.

—Desde el primer momento usted dudó de que a ese tal Dimas lo hubiéramos matado nosotros, ¿no es así? —dijo Sabaté.

—Lo del envenenamiento no casaba muy bien con sus métodos.

—¿Por qué me da en la nariz que ya sabe quién asesinó a ese hombre, Dimas, y hasta el motivo? —Sonrió el guerrillero.

—Es cierto, pero no lo supe hasta ayer. Es una larga historia que no tiene que ver con ustedes.

—Si alguien mata a una persona y trata de echarnos la culpa, sí tiene que ver con nosotros, ¿no cree?

—Vamos, señor Mascarell —dijo Fermí—. Usted fue a ver a mi madre para que nos contactara. Nos arriesgamos mucho viniendo a Barcelona y haciendo esto. Ahora que ha resuelto su caso no puede dejarnos al margen.

Miquel comprendió que no podía mentirles. No a ellos.

Miró por la ventanilla. Volvían a pasar por el cruce de Gerona con Valencia.

Su casa.

—La persona que mató a Dimas estaba siendo chantajeada por él —reveló—. Es un abogado. Cogió los papeles de la CNT del sumario del caso que se falló el pasado día 6 y los usó para incriminar a Dimas en el papel de chivato.

—¿Podrá denunciarle? —preguntó Fermí.

—No.

—¿Por qué?

—Porque no puedo hacerlo sin incriminarme yo mismo. Dimas lleva más de cuatro días muerto. Además, ya se lo he dicho, es abogado. Si yo me salgo de la línea, acabo de vuelta al Valle de los Caídos, o quizá termine, incluso, en el Campo de la Bota ante el pelotón de fusilamiento.

El coche iba detrás de un carro, muy despacio, sin hacer nada para adelantarlo por no llamar la atención. Circulaban por la calle Aragón y en ese momento un tren pasaba traqueteando por las vías y arrojando una nube negra más allá de las aceras superiores. A pesar de circular con las ventanillas bajadas, el hollín se coló por todas partes.

El único que tosió fue el conductor.

—Llevamos demasiado rato dando vueltas —habló por primera vez.

—¿Cómo se llama el abogado? —hizo la pregunta final Fermí.

Era absurdo callar.

Y menos para proteger a un asesino.

—Domingo Montornés.

—Hemos oído su nombre.

—¿Van a matarle?

No hubo respuesta. El coche abandonó la calle Aragón doblando por la calle Bruch para escapar de la nube negra que persistía flotando pesada sobre las vías.

—¿Sabe qué creo yo, inspector? —habló despacio Quico Sabaté, como si también se escuchase a sí mismo—. De los tres muertos, ni Eleuterio ni Leandro tenían a nadie. Tampoco hablaron con nadie. Lo hemos averiguado. Solo Nicolás le contó a una persona lo que iba a hacer. Dimas se enteró, sí, pero, como usted ha dicho, un chorizo es un chorizo y punto; los chorizos no andan con líos de altos vuelos ni se relacionan con según quién. Por supuesto que podía ser el chivato. Una delación así valía mucho. Pero volvemos al punto de partida, porque casi siempre la verdad suele ser transparente y, cuando uno desbroza el camino, lo que queda es lo que se ve. ¿Me sigue? Si Dimas no fue, la única persona posible es la hermana de Nicolás, Magdalena.

Miquel sintió un vacío en la mente.

Y que algo se rompía en su estómago.

El pan, el jamón...

—Pero era su hermana. —Intentó parecer relajado y que su duda fuese sincera.

—Sume las partes, inspector. No se llevaban bien, Nicolás tenía fama de pesado, de haberla atormentado durante años. Además, esa mujer estuvo en la cárcel por apuñalar a un hombre. En lugar de purgar años, solo la retuvieron unas semanas, menos de seis meses. ¿Y salió sin más? Hasta Nicolás habló de «su suerte» cuando eso sucedió. —Hizo una pausa—. Hubo una delación, y la única que pudo hacerla es ella.

Miquel hubiera necesitado ir al retrete con urgencia. Logró dominarse. La diferencia entre el policía de antaño y el iluso detective de ahora era la impotencia, aquella maldita sensación de tener las manos atadas.

Quico Sabaté hizo la pregunta que Miquel más temía.

—¿Dónde está la hermana de Nicolás?

—No lo sé —mintió.

—Donde vivía imagino que no.

—Allí está el cadáver de Dimas.

—Mire. —El guerrillero seguía hablando con serena calma—. Si usted se metió en esto, solo pudo haber sido por ella. ¿Acudió a pedirle ayuda?

—Mi mujer y ella eran amigas hace años.

—¿A dónde ha podido ir? —insistió Sabaté.

—Imagino que a una pensión.

—¿Sola, sin nada?

—¿Qué van a hacerle? —Miquel se encaró con el guerrillero.

No hubo respuesta.

Los segundos se convirtieron en losas muy pesadas.

—¿Van a matar a una mujer? —persistió Miquel.

—En una guerra no hay hombres ni mujeres, solo personas. Y las personas son afines o enemigas. —Quiso dejarlo claro con dolorosa frialdad—. Hay que dar ejemplo, señor Mascarell. Si dejamos pasar algo así, damos un mensaje erróneo. En la guerra, la traición se paga con la muerte.

Miquel miró a Fermí.

No encontró refugio en él.

—Lo siento, inspector —dijo el hijo de Teresa Mateos.

—Ése es el problema —rezongó—. Que ya no lo soy.

—Antes de la Guerra Civil, nosotros éramos personas normales y usted un servidor de la ley —dijo Sabaté—. Hoy la persona normal es usted, mientras que nosotros servimos a nuestra causa. Usted no podría ser policía hoy, y cuando lo era, nosotros no éramos delincuentes.

—Van a matarla por chivata, pero me piden que lo sea yo.

—Es distinto.

—No, no lo es. Pero de todas formas les repito que no sé dónde está. ¿Quieren subir a mi piso a mirar?

—No es necesario.

Miquel no creía en las casualidades. Nunca había creído. Pero en ese momento el coche pasaba por delante de la mercería.

Mantuvo la mirada al frente.

Fermí sabía dónde vivía, él mismo le había dado las señas a su madre. Pero en el 48 ni estaba casado con Patro ni eran todavía propietarios de la tienda. Eso le daba un margen.

No sabía si pequeño o grande. Mientras fuera suficiente...

—¿La está protegiendo pese a ser la responsable de la muerte de tres hombres y, casi indirectamente, de la de ese tal Dimas? —insistió Sabaté.

—No la protejo.

—Yo creo que sí. —Entrecerró los ojos—. Sabe que daremos con ella igualmente, ¿no?

—Supongo. —Se sentía cada vez peor, más inquieto, más extraño, como si de pronto estuviese en el cine, dentro de una película.

—Señor Mascarell. —Quico Sabaté movió la cabeza con pesar—. Nos llaman «atracadores», «delincuentes», dicen que formamos un «gang», pero somos la última resistencia de la República, los últimos antifranquistas. Si caemos, ellos ganan. Si nos matan, morirá toda esperanza y el franquismo durará los mil años que no duró el Tercer Reich. Estamos aquí luchando por algo, y somos conscientes de que a veces, en un asalto, cae un inocente. Lo sabemos. ¿Cree que nos gusta? No, en absoluto. Pero necesitamos el dinero: por una parte, para continuar en la lucha, y por otra, para dar de comer no solo a los nuestros, sino a tantas familias represaliadas por el régimen. —Respiró un poco de aire—. Hay muchos en el exilio, nuestros propios gobernantes, pero se pasan el día hablando, hablando. ¿Y para qué? Para nada. Han pasado trece años y Franco sigue ahí, la dictadura sigue ahí. Sé que no aprueba alguno de nuestros métodos, me consta, pero también me consta que, en el fondo, sus simpatías están con nosotros. Debe de ser difícil aquilatar las dos partes, conciencia y deber, pero son tiempos en los que las líneas son borrosas y todo depende del lado desde el que se miren los hechos y de la luz de cada momento.

—Sí —asintió Miquel—. Tiene razón. Pero mis simpatías no llegan al punto de ayudarlos a matar a una mujer.

—Se lo repito: una mujer que sentenció a tres hombres, uno de ellos su propio hermano.

—No sabía que los matarían. Ella creyó que tendrían una oportunidad.

—Aunque los hubieran apresado vivos, la sentencia era la misma. Mire lo que pasó el día 6. El fascismo no da oportunidades.

—Tarde o temprano daremos con ella —repitió de nuevo Fermí.

Y no era una amenaza. Era una certeza.

El coche se detuvo. Miquel pensó que estaban en un cruce, con un urbano dando paso a los que circulaban en perpendicular a ellos. Se sorprendió un poco al encontrarse otra vez en la esquina de su casa.

Miró a Quico Sabaté.

—Siento haberle conocido en estas circunstancias —dijo el guerrillero.

—Yo también. —Estrechó la mano que le tendía.

—Por la libertad.

—Por la esperanza. —Suspiró Miquel.

Fermí ya había bajado del automóvil. Le abrió la puerta para que hiciera lo mismo y le ayudó cogiéndole del brazo para tirar de él.

Se quedaron frente a frente.

—Nos conocimos en extrañas circunstancias —dijo el maquis—. Y los dos seguimos resistiendo, ¿verdad?

—Eso parece.

—Sé que no se ha resignado, inspector. —Hizo un gesto de contención—. Déjeme llamarlo así, por favor. Para muchos es todo un símbolo, ¿sabe?

—¿Yo?

—¿Cuánta gente leal a la República sigue viva hoy para contarlo? ¡Y con su pasado policial! Más de un gerifalte en el exilio se alegró al saber que seguía con vida. Decían: «¿Mascarell? ¡Ah, gran policía, y mejor persona!».

—Creí que nadie se acordaba ya de mí.

—Todos dejamos una huella. Mejor o peor, pero la dejamos. —Señaló la mano izquierda de Miquel—. Veo que lleva un anillo de casado que no llevaba la última vez. ¿Aquella mujer tan guapa?

—Sí. Y hemos tenido una niña. El mes que viene cumple un año.

—Me habría gustado volver a verla. ¿Dónde están?

—Dando un paseo, imagino.

—Bien, gracias.

Fermí no le dio la mano.

Lo abrazó.

Después regresó al coche y Miquel lo vio alejarse hasta perderlo de vista.

39

Tuvo que subir al piso para cumplir con la urgencia. Adiós a los restos del bocadillo de Ramón. Sentado en el retrete, superó poco a poco el mareo y la tensión. También el dolor de cabeza. A la hora de limpiarse buscó un pedazo de *La Vanguardia* con la foto del Caudillo. Se los guardaba para momentos especiales, y ése era uno. Cuando se sintió con fuerzas salió del piso.

Al asomarse a la calle, escrutó el panorama.

Los coches, las personas.

Echó a andar, pero en dirección contraria a la mercería. Primero dio la vuelta a la manzana, compró el periódico, fingió leer algo mientras sus ojos volvían a recorrer todo lo que le rodeaba. El coche no estaba allí. La gente con la que se cruzaba ni le miraba. Tampoco nadie oculto en un portal o una tienda.

Nadie. El maquis, los guerrilleros antifranquistas, se habían ido.

No tenían ninguna prisa.

Habían sentenciado a muerte a Dalena, quizá también a Domingo, eso no lo sabía. Pero, desde luego, no tenían ninguna prisa.

El tiempo, aunque pudiera tardar, estaba de su lado.

Cuando llegó a la tienda se coló como un conspirador. Teresina estaba sola detrás del mostrador, ordenando unas cajas, como si la última parroquiana la hubiera mareado más de la cuenta buscando algo, un hilo especial o lo que fuera.

—¿Están dentro? —Apuntó con la barbilla hacia la trastienda.

—Sí, señor.

—Escucha. —Pasó al otro lado y se le puso delante, con el semblante grave—. No entres por nada, ni nos molestes hasta que yo salga, ¿de acuerdo?

—Sí, señor Mascarell —asintió un poco asustada.

—Tampoco llamadas. Nada, aunque se hunda el mundo.

—Bien, sí.

La dejó en suspenso, cruzó la puerta y llegó a su destino. Lo primero que vio fue a Raquel durmiendo. Se alegró. Patro estaba organizando papeleo detrás de la mesita en la que trabajaba y Dalena leía una revista de Teresina, probablemente el *Lecturas* del mes.

No tuvo que decir nada. A Patro le cambió la cara nada más verle. Él ni siquiera se había dado cuenta de que estaba alterado. Se levantó de un salto y emitió un sentido:

—¡Ay, Miquel! ¿Qué pasa?

Dalena también reaccionó. Bajó las manos y la revista estuvo a punto de resbalar de sus dedos.

Miquel se sentó delante de ellas.

No había sabido ni cómo empezar hasta ese momento.

—Escuchadme bien, las dos —dijo—. Pero sobre todo usted, Magdalena. —Empleó su verdadero nombre—. Se lo diré solo una vez. Y trate de entenderlo porque el tiempo apremia.

Patro arqueó las cejas.

Dalena dejó la revista a un lado y entrecruzó los dedos.

—¿Qué...?

—Cállese. —Miquel no la dejó hablar—. Anoche volví a su casa y la inspeccioné a fondo. Dos compinches de Dimas me hablaron de una caja secreta que guardaba en alguna parte. La encontré. Dentro había papeles, documentos, fotografías y este dinero. —Sacó las casi doce mil pesetas del bolsillo—. Lo cogí para dárselo a usted; porque, de haberlo dejado en la caja, se lo habría quedado la policía. Precisamente ahora va a necesitarlo, ¿me sigue?

Dalena recibió el dinero. Se lo quedó mirando estupefacta. Su incomprensión alcanzó las dudas reflejadas en sus ojos. Como si acabase de recibir un golpe de calor, las mejillas se le colorearon súbitamente.

—¿Le queda mucho del dinero que le dio Domingo?

—Bastante, sí. No tanto como esto, pero... Señor Miquel, me está asustando. ¿Qué pasa? ¿Por qué dice que voy a necesitarlo?

—Porque hoy mismo va a irse de Barcelona. A donde sea, pero cuanto más lejos, mejor.

Las palabras flotaron entre los tres como cristales rotos. Estaban ahí, pero no podían tocarse. Habían sido pronunciadas, y encerraban un sinfín de miedos. También abrían simas, abismos.

—Miquel, ¿de qué estás hablando? —musitó Patro.

Le bastó con mirarla. Pocas veces lo había hecho de aquella forma. Patro cerró la boca de inmediato y pareció al borde de las lágrimas. Se mordió el labio inferior para impedirlo, cambiando el dolor de sitio.

—Magdalena —continuó él—. Si se queda en Barcelona, la matarán.

—¿A mí?

—Escuche. —Miquel le apretó las manos, que, a su vez, sostenían el dinero de Dimas—. Lo sé todo. Y cuando digo todo, es todo. Más de lo que incluso imagina ahora. —Intentó serenarse un poco—. Acabo de decirle al maquis, a la guerrilla, que no sé dónde está usted. Me han creído. De momento. Pero no son tontos. Mi mentira servirá de poco si no desaparece en las próximas horas en autobús o en tren, da lo mismo.

—Pero ¿por qué? ¿Qué es lo que sabe usted, señor Miquel?

—Usted llamó a la policía aquella noche, horas antes del asalto al banco. —Miquel parecía desgranar las palabras una a una—. Usted delató a su hermano. Yo... lo he comprendido esta mañana...

—¡No, no! —Se agitó soltándose de sus manos—. Pero ¿qué dice?

—Magdalena. —De nuevo la calma, la pausa—. Esa noche fue al bar de la esquina de su calle. Llamó por teléfono a su contacto en la policía. Lo hizo por varios motivos, todos incluso comprensibles. Por un lado, estaba harta de Nicolás. Por el otro, si le detenían y le relacionaban con usted, máxime habiéndole pedido quedarse a dormir en su casa y, por tanto, sabiendo lo del atraco, igual volvía a la cárcel, y en esta ocasión con una acusación mucho más grave que la de apuñalar a un hombre hiriéndole levemente. Por si fuera poco, estaba Domingo, su proposición matrimonial. Necesitaba cortar con todo su pasado para quedar libre. Llamó y los dos amigos de Dimas, Demetrio y Segismundo, la vieron colgar y salir llorando del bar. Ni siquiera le pagó la ficha telefónica al tabernero. Hace un rato me ha dicho que la oyó gemir: «Lo siento, lo siento, lo siento». Acababa usted de condenar a Nicolás, para bien o para mal.

—Yo... —Buscó las palabras sin encontrarlas.

Mostraba un semblante despavorido.

—El maquis lo sabe. Y denunciar a uno de los suyos lo consideran traición —dijo Miquel.

Patro se acercó a ella. Le pasó un brazo por encima de los hombros. Dalena parecía de piedra. Todo su cuerpo estaba rígido, endurecido por el colapso. La vidriosidad de sus ojos se convirtió en lágrimas.

—¿Es eso cierto? —preguntó Patro.

Dalena se enfrentó a su amiga. De pronto endureció la mirada, como si le doliera verla.

—Patro... —gimió—. ¿Es que no lo ves? ¿Es que...? Si no hubiera ido a la cárcel por ti... nada de esto habría sucedido.

—¡Dios! —Patro se llevó la mano libre a los labios.

—¡Yo no podía estar allí! —sollozó la mujer—. ¡Me moría, Patro! ¡Era... demasiado! ¡Me decían que me pasaría en prisión varios años, que cuando saliera sería vieja y nadie me querría! ¡Me gritaban que en la cárcel a las putas las...! —Se ahogó un poco y tuvo que detenerse para llevar aire a sus pulmones—. Por eso cuando aquel hombre me propuso ser...

—¿Tenía que pasarle información de los clientes del Parador? —la ayudó Miquel.

—Sí —asintió—. De ellos y de lo que fuera, siempre que le resultara útil. Se me ocurrió incluir a Dimas en el acuerdo, para protegerlo. También me dijo... que si un día le proporcionaba algo realmente grande, me... liberaría del acuerdo.

—¿Algo como el atraco a un banco por parte del maquis?

Dalena asintió con la cabeza.

—Pero era tu hermano —dijo Patro tan exhausta o más que ella.

—¿Y qué? —El tono fue de desprecio—. En el fondo nunca le quise. Siempre me hizo daño, toda la vida, desde pequeños. ¿Te imaginas lo que me habría hecho cuando me casara con Domingo? —El nombre de su prometido la hizo reaccionar, como si fuera la primera vez que pensaba en él—. ¡Oh, Dios mío... Domingo! ¡Él me ayudará!, ¿verdad? ¡Él...! —Miró a Miquel con expresión alucinada—. ¡Domingo lo arreglará todo! ¡Él puede! ¿Cómo voy a irme justo ahora?

Miquel no quería ser cruel.

Pero la sinceridad hería.

—No podrá protegerla del maquis, y lo sabe. Si se casa con él, vivirá con miedo, cada día, cada hora. Pero es que, además, también es posible que vayan a por Domingo.

—¿Por qué?

—El maquis también sabe que Domingo mató a Dimas.

Fue el golpe definitivo. La roca que la aplastó por completo. Dilató las pupilas, su cara reflejó toda la incomprensión que sentía; su semblante atravesó en cinco segundos todos los estados de ánimo posibles, desde la sorpresa al miedo, desde la duda a la súbita certeza de una realidad que acababa de golpearla de lleno.

—Dimas intentó chantajearlo —se lo explicó Miquel con palabras—. O la mataba por dejarle, como le dijo, e igualmente se quedaba sin usted, o aprovechaba la oportunidad y esquilmaba a su enamorado. Averiguó quién era y le pidió dinero. Sin embargo, Domingo, gato viejo, imaginó que, si pagaba una vez, pagaría otras, siempre. Ningún chantajista se contenta con una sola ocasión. Domingo tiene más poder y recursos que Dimas, averiguó lo necesario, quién era y dónde vivía si es que usted no se lo había dicho. Le dio dinero para que se fuera y dejara su casa, y él se presentó, dispuesto a negociar, un día antes de lo previsto por Dimas. Quizá llevara dinero y todo, pero desde luego lo que llevaba era una botella de buen coñac. Domingo es persuasivo, amigable. Incluso en su papel de chantajeado debió de serlo. Ya ve: no sé por qué bebieron o brindaron, pero lo hicieron. La jugada era perfecta, y si le hubiera pegado un tiro, lo habría sido más. Pero Domingo no es de armas. Ése fue su error. No creo que llegase a pensar que la delatora había sido usted, pero sí dedujo que la muerte de Nicolás había sido una encerrona y que, si la policía interpretaba la muerte de Dimas como una venganza, acusándole de chivato, las piezas podrían encajar.

—Pero Domingo es... —balbuceó sin fuerzas.

—Domingo es un asesino. Mató por usted, sí. Quizá le parezca romántico. Pero en el fondo lo hizo por dominio, por fuerza, porque está habituado a conseguir lo que quiere y salirse siempre con la suya. Puede que para él fuera incluso un juego, una demostración de poder. Encima, muertos Nicolás y Dimas, usted iba a ser ya enteramente para él.

—¿Esto lo supo... ayer?

—Sí.

Las preguntas fluyeron en tropel.

—¿Y se lo calló? ¿No me dijo nada? ¿Por qué no llamó a la policía?

—Sabe perfectamente que no puedo hacerlo. Dimas lleva días muerto. ¿Cómo justifico haber estado en su casa? ¿Y Patro? Habríamos acabado todos en la cárcel antes que el propio Domingo. Tampoco quería hacerle daño a usted. Todos merecemos una oportunidad en la vida. Por duro que fuera para mí, mejor callar. Ahora, como le he dicho, no sé si el maquis va a dejarlo en paz. Usted los traicionó, está sentenciada a muerte. Él quiso cargarles un delito grave, responsabilizarlos de un crimen que no cometieron, así que, probablemente, no lo sé con certeza, le tocará sufrir las consecuencias. Sea como sea, lo pague o no, a usted ya la ha perdido. Y usted a él.

Dalena se dobló sobre sí misma y se quebró del todo. Los billetes de su mano se arrugaron al estrujarlos con todas sus fuerzas. Patro le apretó el hombro, pero ella ni lo notó. Luego la acompañó en sus lágrimas.

Miquel sintió pena por una, y dolor por la otra.

Aquellos meses de cárcel...

—Señor Miquel, por favor... —gimoteó ella con un hilo de voz.

—Le estoy salvando la vida, Dalena. —Se aferró a su convicción—. Patro irá ahora a buscar sus cosas. Una vez que las tenga aquí, métase en un taxi. Vaya a la estación de autobuses o a la de trenes. No nos diga a dónde va, si ya lo sabe. Mejor guarde el secreto. No sé si van a vigilarnos o no, pero a usted la van a buscar, seguro.

—No es justo... —siguió gimiendo Dalena—. Yo solo...

quise salir de... de la cárcel... Y ahora... ahora... No es justo, señor... No...

Miquel miró a Patro, inmóvil y atenazada por la escena.

Nunca se había sentido más solo desde su llegada a Barcelona.

40

Al meterse en cama y apagar la luz, se abrazaron, como siempre, y no solo por el frío.

Sabían que no iban a poder dormir fácilmente.

A Patro ya no le quedaban lágrimas. A él sí le quedaba mucho cariño que ofrecerle. La besó en la frente y, con el brazo pasado por encima de sus hombros, la estrechó contra sí. Era un gesto eterno, pero siempre parecía nuevo, o diferente. El gesto de amor más cálido en la quietud de dos seres tendidos en una cama.

Miquel estaba agotado, como si hubiera corrido una maratón.

En las sombras, tuviera los ojos cerrados o abiertos, veía a los personajes del drama: Dalena, Domingo, Dimas muerto, Quico Sabaté, Fermí, el tabernero, incluso aquellos dos chorizos de poca monta, Demetrio y Segismundo.

—Miquel...

—Va, duerme.

—No puedo.

—Lo sé.

Otra tensión en el abrazo. Otro beso en la frente.

—¿Qué será de ella? —susurró Patro.

Le habría gustado decirle algo positivo, que le iría bien, que era una mujer fuerte, pero no pudo. Se contentó con ser ambiguo.

—Es una superviviente.

—Pero seguirá siendo prostituta.

—Sí. —Fue sincero—. Si no ha hecho otra cosa, y siendo una mujer guapa como es... Probablemente irá a lo fácil.

—No digas eso.

—¿El qué?

—Que es fácil.

—Perdona.

—Nunca lo es, salvo para las que les gusta el sexo, la variedad o el dinero.

—Quería decir...

—Sé lo que querías decir —le cortó al tiempo que le acariciaba la cara y le rozaba los labios con las yemas de los dedos.

Miquel se los besó.

—Me siento culpable —dijo Patro.

—No, cariño. —Se agitó impotente—. No digas eso. No tenemos la culpa de los errores o pecados de los demás, aunque parezca que los cometan por nosotros. Pactó con la policía para quedar libre, sí, de acuerdo, y estaba en la cárcel por ayudarte, también. Pero fue ella la que decidió delatar a su hermano. Y lo hizo para sacarse de encima todo lo que la ataba a su vida pasada. Quería casarse y empezar de cero, algo que es muy muy difícil siempre.

—Tú empezaste de cero.

—Te tenía a ti —dijo rápido.

El silencio no duró mucho.

—Maldito Dimas —volvió a susurrar ella.

—Él lo complicó todo —convino Miquel—. Calculó mal sus fuerzas, fue a tropezar con un hijo de puta a prueba de todo, tan seguro de sí mismo como para matarle y montar ese falso escenario del crimen. Sin eso, nadie habría sabido nada, y mucho menos lo de la delación de Dalena.

—Digas lo que digas, aún no entiendo cómo ella pudo hacerlo. No me cabe en la cabeza.

—Cuando acabó de hacer aquella llamada, creo que lo comprendió y se vino abajo. Por eso salió llorando del bar y gimiendo una y otra vez que lo sentía.

—¿Lo has pasado mal?

—¿Cuándo?

—Con ellos, los del maquis. Ha tenido que ser...

—Mal no. Conocía a Fermí. Quico Sabaté es diferente. Él sí es un soldado, con sus códigos y esas cosas. Cuesta estar de su lado, porque a veces muere gente inocente en sus acciones, pero también cuesta no sentir empatía por los únicos que desafían al régimen. En muchas partes de Cataluña, por no decir en la mayoría, son héroes, aunque la gente finja que no. Para otros, para Franco y los suyos, son asesinos. Mientras haya franquismo, será así. Si un día cambian las cosas, puede que la historia sea reescrita. ¿Cómo saberlo?

—Sea como sea, gracias por no delatarla.

—¿Por quién me tomas? Iban a matarla.

—Pero te arriesgaste.

—No creo que Fermí me hubiera hecho nada.

—Has dicho que había cierto respeto de ellos hacia ti.

—Sí. Supongo que eso de ser un viejo superviviente de la República...

—Sigues siendo el mejor policía del mundo —afirmó ella con vehemencia—. Nadie podría haber atado cabos con todo ese lío como lo has hecho tú.

Estaban a oscuras. A pesar de ello, Miquel la miró.

—Señora Mascarell, usted sería capaz de levantarle la moral a un muerto.

—¡Es la verdad!

Fue apenas una leve explosión.

Regresó el silencio.

Cada vez que parecía que todo estaba dicho, la pausa, la falta de sueño, la excitación, los devolvía a la misma orilla.

—¿Crees que darán con ella?

—No lo sé, Patro.

—Ellos actúan aquí, ¿no? Si se va lejos, a Madrid, o al sur de España...

—No lo sé —repitió Miquel—. Como tampoco sé si irán a por Domingo. Con ellos no se sabe. Me lo insinuaron, y pienso que no lo dejarán pasar, pero...

—Siendo como eres, ¿no te molesta que Domingo siga libre y pueda quedar impune?

—¡Claro que me molesta! ¡Y a lo mejor se me ocurre algo para liarlo y que acabe pagando por ese crimen! Pero ¿qué quieres que haga? No hay ninguna prueba. Solo esas fotos y esas anotaciones en la libreta de Dimas y que yo haya deducido la verdad. Cuando la policía la encuentre, puede que vayan a verle y le pregunten. ¿Se vendrá abajo? No lo creo. Siendo abogado y con su manera de ser...

—Él también ha perdido —aseguró Patro—. Ha matado por nada. Ni siquiera sabrá por qué ha desaparecido Dalena sin más. No lo entenderá. —Dudó un instante—. ¿Y si ella lo llama por teléfono?

—¿Sabiendo que es un asesino?

—Claro, no —reflexionó.

Miquel tardó un poco en volver a hablar.

—Antes creía en la justicia —manifestó—. En la humana primero, luego... no diré que en la divina, porque no soy de ésos, pero sí en la idea de que, tarde o temprano, el criminal siempre paga, se envanece, comete errores, y acaba purgando por un motivo u otro. Ahora la justicia solo tiene un color, y es el de la dictadura. Ya no lleva una venda en los ojos, no es ciega. Te mira y sentencia partiendo de una ideología. No sé si Domingo se librará a corto o largo plazo, si seguirá igual, si mientras tanto, ajeno a todo, volverá al Parador a por otra candidata. No lo sé y puede que en el fondo ni me importe. Las causas perdidas de esta España son como la propia causa perdida del país. Somos la suma de una guerra y una posguerra en la que unos impusieron su razón a otros. Lo que sí sé es que yo no soy tan estúpido como para suicidarme por esto. Primero contigo y luego con Raquel, te confieso que cada vez le tengo más... no sé si llamarlo miedo, pero sí respeto a la vida. Ya me lo arrebataron todo una vez. No soportaría que volviera a suceder. Estoy harto, y cansado, Patro. Siento decirlo, me duele decirlo, pero ellos han ganado y esto va a durar. Es el mundo de los Domingos.

—Tú nunca te rendirás, cariño.

—¿Quieres que me vaya a luchar con el Sabaté?

Patro se dio cuenta de que iba a llorar, notó la subida emocional, el flujo de la respiración entrecortada.

Se puso casi encima de él. Por lo menos lo suficiente como para besarlo. Eso evitó que Miquel se viniera abajo, liberando ya al límite la tensión de todo el día.

Cuando Dalena había subido a aquel taxi, con sus exiguas pertenencias, habían tocado un extraño fondo.

Fin a una historia en la que todos habían sido perdedores.

—Te quiero... —Le besó una y otra vez.

—Estoy bien —le aseguró Miquel.

—Mañana volverá a salir el sol.

—Y el domingo iremos al cine, sí. A ver *Las minas del rey Salomón*.

—Y el día menos pensado Raquel empezará a hablar y dirá: «Papá».

Miquel la abrazó con fuerza.

A veces era muy difícil no llorar.

Día 5

Sábado, 16 de febrero de 1952

41

Sabía que Amalia estaba allí, inamovible al desaliento y al pie del cañón, así que no se sorprendió al verla. Dio un paso, cruzó el umbral de la puerta y la besó en las mejillas. La novia de David Fortuny lo sujetó por los brazos, para retenerlo, como si temiera que fuera a escapársele.

—¡Dichosos los ojos! —dijo.

—Tuve un par de problemas personales —se excusó él.

—¿Algo importante?

Se lo pensó un segundo.

¿Importante?

—No, no. —Fingió indiferencia—. ¿Cómo está?

Amalia cerró la puerta, pero se quedaron en el recibidor del piso.

—Pues... —Hizo como si lo evaluara—. A ver: gruñón, insoportable, quejica, repitiendo que tooodo le pasa a él, enfadado con el mundo en general, más delgado... ¿Sigo? Ah, bueno: y mimosón. Tan necesitado como siempre.

—¿Qué hombre no necesita mimos y caricias?

—¿Y nosotras qué?

—También, pero nosotros nos morimos antes. Por algo será.

Amalia sonrió.

—Lo cierto es que, cuando le subió la fiebre, se puso a delirar.

—¿En serio?

—Como que me pidió que me casara con él.

Miquel levantó las cejas.

—¡Qué me dice!

—Como lo oye.

—¿Y si no era un delirio?

—¿A cuarenta de fiebre? ¡Pues claro que era un delirio, hombre! Estaba en cama, titiritando de frío, yo abrazándole, él gimiendo que no le dejara, que si me iba se moría... ¡Un cuadro! Estaba tan cagadito de miedo que me lo soltó sin más.

—¿Usted qué le dijo?

—¿Qué iba a decirle? Que me lo pensaría.

—¿Y él...?

—¡Uy, se echó a llorar!

—¡No fastidie!

—Se lo repito: deliraba. Le dije que me lo pidiera cuando estuviera bien, no postrado en una cama pensando que se estaba muriendo.

—Y ahora, ¿se acuerda de su llamémosla «declaración»?

—No lo sé. No lo hemos vuelto a hablar.

—¡Hay que ver lo que me he perdido! —Llegó a sonreír él.

Su primera sonrisa en horas.

—Venga, pase. Se alegrará de verle, aunque ya se puede preparar porque no para de quejarse de que no hemos tenido trabajo y va a ser la ruina, que si como no llegue algún cliente cerramos, que si esto y aquello y lo de más allá... Ha preguntado por usted cada día, alarmado.

—¿Cómo está ahora?

—Ha despertado hace un rato y está mejor, aunque seguro que al verle se hace la víctima. Usted, ni caso. Lo he lavado un poco y está sentado en la galería, tomando el solecito, como un abuelo. Eso sí: procure mantener la distancia, no vaya a contagiarse.

Caminaron por el piso. Al llegar al comedor Miquel vio a

Fortuny sentado tal como le acababa de decir Amalia: en la galería, al sol, con una manta encima, despeinado y con el rostro un tanto macilento.

—¡David, mira quién ha venido!

El detective volvió la cabeza. Miró a Miquel. No le cambió un solo músculo de la cara.

—¿Quién es este señor? —preguntó.

—¡Venga, no seas tonto! —le regañó Amalia.

—Se parece a un antiguo socio —continuó él—. ¿Lo recuerdas? Un tal... Miquel, sí. Miquel Mascarell. Entonces era una buena persona. Se hacía apreciar.

Miquel se apoyó en el quicio de la puerta, a unos tres metros del enfermo.

—Menos coñas —le endilgó—. Una más y me voy.

David Fortuny dejó de fingir indiferencia. Le cambió la cara y frunció el ceño, mitad dramático mitad enfadado.

—¡Si es que tiene dos...! ¿Se puede saber dónde ha estado y qué ha hecho? ¡Yo aquí muriéndome, la agencia cerrada, y el señor...! ¿Qué, en casita, mano sobre mano, calentito y jugando a papás y a mamás? —El enfado llegó al máximo y casi gritó—: ¡Cuatro días! ¡Cuatro! ¡Qué bien se está sin dar golpe!, ¿eh?

Miquel prefirió callar.

Total...

Miró a Amalia y le dijo:

—No sé si va a poder casarse con él, aunque hablara en serio, porque si no le mata usted, lo haré yo.

Agradecimientos

Mi gratitud constante, como en todas las novelas de Miquel Mascarell, a Virgilio Ortega y a las hemerotecas de *La Vanguardia* y *El Mundo Deportivo*. También mi más profundo respeto a los personajes reales que aparecen en la historia.

Como en otras novelas de la serie Mascarell, la mezcla de realidad y ficción suele estar muy presente en la trama. A veces los hechos se entremezclan y para un lector joven es difícil saber qué parte es producto de la imaginación del autor y qué parte sucedió en la realidad y en el contexto histórico de la novela. En *Algunos días de febrero* debo hacer notar que el juicio finalizado en Barcelona el 6 de febrero de 1952 sí tuvo lugar, y que en él se dictaron nueve sentencias de muerte que luego quedaron en cinco, pasando cuatro de los condenados a cumplir cadena perpetua. Estos condenados fueron, como se dice en el capítulo 16, Pedro Adrover Font, José Pérez Pedrero, Santiago Amir Gruanas, Ginés Urrea Pena, Jorge Pons Argilés, Antonio Moreno Alarcón, Domingo Ibars Juanías, José Corral Martín y Miguel García García. Los cinco primeros fueron ejecutados y a los cuatro restantes Francisco Franco les conmutó la pena capital por condenas de cadena perpetua. La sentencia, basada en el Código Penal vigente entonces y en la Ley de Bandidaje de 18 de abril de 1947, se cumplió el 14 de marzo siguiente en el tristemente célebre Campo de la Bota, donde el régimen franquista fusilaba a sus presos en Barcelona. En este caso, sin embargo, fueron los últimos cinco que se llevaron a cabo allí desde 1939. A lo largo de trece años, en el Campo de la Bota fueron pasadas por las armas 3.385 personas. El inminente Congreso Eucarístico, que permitió un lavado de imagen de la dictadura y, a la par, un lavado arquitectónico y estructural de Barcelona, aceleró mucho la mejora de la deteriorada situación de la ciudad. Terminaron los fusilamientos, el 21 de marzo acabó el racionamiento de pan, el 1 de abril se inició la desaparición de las cartillas de racionamiento y los cortes del suministro eléctrico disminuyeron drásticamente. El Congreso, como se verá en una próxima novela, se celebró en mayo de ese año, tres meses después de lo que cuenta ésta.

Todos los datos y los textos que aparecen en el capítulo 16, así como la nota de la CNT por el ajusticiamiento de Eliseo Melis, son auténticos y se han transcrito tal cual fueron publicados en su tiempo, sin correcciones idiomáticas. De ahí, por ejemplo, la repetición de la palabra «gang», entrecomillada, que se usaba en la prensa y en la documentación judicial de entonces. Pedro Adrover Font, el Yayo, combatió en la Guerra Civil en la columna Los Aguiluchos. Acabada la contienda se recuperó de su estancia en un campo y a comienzos de 1947 entró en contacto con los grupos de acción de la guerrilla antifranquista. Su primera acción fue tratar de matar a Franco, junto con otros cincuenta guerrilleros, en su visita al norte de Cataluña. En 1947 fue uno de los ejecutores de Eliseo Melis. Los guerrilleros más históricos fueron sin duda Francisco «Quico» Sabaté, que aparece en esta novela como personaje, y José Luis Facerías, Face. Sabaté consiguió eludir a las fuerzas del orden hasta su muerte, el 5 de enero de 1960, en la calle Santa Tecla de Sant Celoni. Se le considera el último superviviente de la guerrilla urbana antifranquista. Facerías cayó en una emboscada de la policía y la Guardia Civil el 30 de agosto de 1957, en el extrarradio de Barcelona.

Los dos tienen sendas placas conmemorativas en los lugares donde fueron abatidos. Asesinos y atracadores en su tiempo, héroes en otro. Como dice Mascarell, todo depende de la perspectiva histórica.

El guion de esta novela fue preparado entre el 24 de agosto y el 2 de septiembre de 2020 en Vallirana. El texto final fue escrito entre el 2 y el 19 de enero de 2021 en la Barcelona pandémica del siglo XXI. *Algunos días de febrero* también está dedicado a todos los fans de Mascarell que, habiendo caído víctimas del COVID-19, no podrán leerlo.

«Para viajar lejos no hay mejor nave que un libro».

Emily Dickinson

Gracias por tu lectura de este libro.

En **penguinlibros.club** encontrarás las mejores
recomendaciones de lectura.

Únete a nuestra comunidad y viaja con nosotros.

penguinlibros.club

 penguinlibros